JN110693

物語るちから

——新しいアメリカの古典を読む

編＝新・アメリカ文学の古典を読む会
特別寄稿＝亀井俊介

松籟社

物語るちから——新しいアメリカの古典を読む　【目次】

物語るちから——新しいアメリカの古典を読む

まえがき

一．本書刊行の経緯と意義

本書『物語るちから』の出版を企画した「新・アメリカ文学の古典を読む会」（以下「新・古典を読む会」）は、本書の共著者である中垣恒太郎、水口陽子、森岡隆、山口善成、渡邊真由美及び森有礼の六名からなる研究グループである。本会の起源は、その前身とも言うべき「アメリカ文学の古典を読む会」（以下「古典を読む会」）に遡る。「古典を読む会」は、一九九四年に、亀井俊介氏がご郷里の岐阜女子大学に着任されたことを契機に、主に中部地区の、当時若手であったアメリカ文学研究者が亀井氏の下に集い、合宿形式での勉強会を行うかたちで発足した。「古典を読む会」は、「現在ではあまり読まれなくなったものの、実は面白く重要な作品」であることを作品選択の基準とし、自分の専門ではない作品に対して、それぞれが真摯に向き合い、むやみに批評理論や先行研究に頼ることのない、自分たち独自の読みの可能性を探る試みを進めた。水口を除く本書の五名の執筆者は、この「古典を読む会」の末席に加わって亀井氏を中心とした「読みの楽しみ」を追求する過程を目の当たりにしていたが、通算二期一二年にわたる読書会の成果は、南雲堂より刊行された二冊の図書『亀井俊介と読む古典アメリカ小説12』（二〇〇一）及び『語り明かすアメリカ古典文学12』（二〇〇七）としてまとめられている。

「新・古典を読む会」は、上記二冊の上梓後、出版母体でもあった「古典を読む会」の衣鉢を継ぐかたちで、前身である「古典を読む会」のメンバーでもあった五名に、新たに水口が加わって結成された。同会は「古典を読む会」が解散した翌年の二〇〇八年より、名古屋の中京大学を会場として、二〇世紀初頭から現代に至る「現代の古典」とでも呼ぶべきアメリカ文学作品を採り上げ、二〇一九年まで合宿形式の読書会を開催し、討論を重ねてきた。同会は「古典を読む会」のエッセンスを継承しつつ、新たなアメリカ文学読解の可能性を模索することを目指してその活動を始め、現在まで足掛け一三年にわたってその活動を継続してきた。その趣旨は、前身の「古典を読む会」の姿勢を基本的には踏襲しつつ、現代において新たに古典と見なし得る作品を発掘し、それらを再評価することにある。昭和の終盤から平成の前半に大学院生の時代を過ごした「新・古典を読む会」構成メンバー以降の世代にとっては、一九六〇年代までに発表された二〇世紀の作品が、また時として一九八〇年代から一九九〇年代の作品すらもが、文学研究の現場において、あるいは文学史上においてすでに古典と見なされ、正典化されているように思えてならない。その点を考慮した上で、「新・古典を読む会」では、前身の「古典を読む会」が扱うことのなかった時代の作品を積極的に採り上げてきた。具体的には、二〇世紀の一〇〇年を一〇年単位で区切り、それぞれの一〇年間（ディケイド）で、現在、いわゆる古典と呼ばれるにふさわしいと考えられる作品を一冊ずつ選び出して、読書会で討議してきた。こうした文脈において「新・古典を読む会」が考える古典とは、その作品が二〇世紀の特定の一〇年間（ディケイド）を反映しており、その意味で現在の視点から見て読んでおくべき作品と考えられるものを指す。特に昨今の文学研究の動向と、現代の文学作品の傾向とを踏まえ、人種的・性的マイノリティにも目をくばった作品を積極的に取り上げることで、メンバー個々の専門領域を超えた知見を得ることを目指してきた。

本書刊行の意義は、近年の英米文学研究、ひいては人文学研究全般の退潮に対する異議申し立てと、文学研究の基礎に立ち戻ることの重要性を提唱することにある。前世紀末からおよそ二〇年余にわたって進められてきた大学改編の波に洗われ、多くの大学で英米文学科、ひいては文学部そのものの縮小、改編、解体が続いてきた。その中で文学、とりわけアメリカの文学を読むということは何を意味するのか、大学でアメリカ文学を教え、また学ぶことにはどのような意義があるのか、ということを問い直すことなしには、（アメリカ）文学研究の今後を考えることはもはやできない状況にある。ひいては、日本のものであれ、海外の作品の翻訳であれ、大学に入学するまで文学にほとんど接してこなかった学生たちに対して、どのようにすれば「ものがたり」の楽しさを伝えられるのか、ということが、高等教育機関の教員でもあるメンバー一人ひとりにとっても切実な問題となっている。こうした現状を念頭に置いて、「新・古典を読む会」では、まず参加者一人ひとりが「ものがたり」を読むことを楽しむという素朴な実践から始め、そこに学問的、さらには教育的な意義を見出すことを目指した。これまでメンバー個々人がたどってきた人生経験や文学体験を総動員して、文学作品を読むという営為から何が言えるのか、という問いに答えるために、読書会という場を通して、一冊の文学作品を肴にして語りあうことで、一人の読書体験が、他の複数のメンバーによって共有され、個々では気づき得なかった作品の新たな側面を知ることになる。これこそが読書会の醍醐味であり、文学の読みの可能性を引き出す実践であると言える。非常に単純素朴であるが、それは知ること、気づくことの悦びであり、また自分以外の誰かの意見を尊重し、それを吟味し受け入れるという（口幅ったい言い方をすれば）「民主的」な交流の体験を得ることである。こんにち、学術研究成果最優先という研究現場の状況に流されるかたちで、個々の研究論文が専門性の内部にますます閉じこもってしまいがちな現状がある。だがそのような状況にあって、あえて読書会の効用について再考することで、さらにはいつの間にか敬して遠ざけられ、ともすれば瞬く間に忘れ去られかねない現代の「古典」を読み直し、捉え直すことで、今、「古典」から何を学び、何に気づくことができるのかを考えようとこの読書会は試みてきた。こうした試みを通じて現代の読者をアメリカ文学に呼び戻すことが、本書の目指すゴールである。

二．本書の構成と各章の概要

本書は「新・古典を読む会」の、「二〇世紀以降の新たな古典」を読むという趣旨に基づき、一九〇〇年から二〇〇〇年代に至るおよそ一一〇年から、各一〇年間（ディケイド）ごとに一作の代表作を合計一一編選定し、時代順にそれぞれ一章を充てて紹介している。また一一作品の紹介の後には、亀井俊介氏による特別寄稿「文学研究と『私』」を収録している。以下はその簡潔な概要である。

森岡が担当する第一章は、セオドア・ドライサーの『シスター・キャリー』（一九〇〇）を扱う。「『シスター・キャリー』──都会がかける魔法」と題された本章は、「おはなし」として単純化された登場人物造型が、キャリーとハーストウッドという二人の主人公の不在と空虚さを巧みに交差させる物語構成とも相俟って、読者をそのストーリーへと惹き付ける様子を論じるとともに、授業教材や読書会の課題図書としての本作の高い潜在的可能性（ポテンシャル）についても述べている。

渡邊による第二章はウィラ・キャザー『ぼくのアントニーア』（一九一八）を採り上げる。「『ぼくのアントニーア』――懐かしき大地、懐かしき女性」は、本作に見られる「額縁物語」と「その内部の物語」、およびアメリカの「東部的価値観」と「西部的価値観」との対比を通じて、大地に生きる人間の中に生の本質を提示するキャザーの作劇法を指摘する。同時にそれは一九世紀的リアリズムに対する、主観と回想による豊かな語りの復権のためにキャザーが採った「物語り」のあり方でもある。

第三章「『メイン・ストリート』――田舎暮らしの病」は、水口による章である。本論はシンクレア・ルイスの『メイン・ストリート』(一九二〇)において、「田舎ウィルス」に闘いを挑むヒロインのキャロルの眼を通じて田舎と都会を対比しつつ、リベラルモダニズムと保守的な伝統社会の対立や、個人と集団との葛藤を軸に本作を解読する。併せて、小さな田舎町に訪れる近代化の波、ひいては女性の自立の問題についても鋭い目を向けた作家ルイスが、百年後の現代にまで通じるアメリカの現実を提示していることを指摘する。

第四章「『エルサレムよ、もし我汝を忘れなば』――交錯する人生と災害の物語」において、筆者の中垣はウィリアム・フォークナーの『エルサレムよ、もし我汝を忘れなば』(一九三九)所収の「野性の棕櫚」と「オールド・マン」の二つの物語のうち、ことに洪水文学である後者を「災害文学」の系譜に位置づける。二〇〇五年の「ハリケーン・カトリーナ災害」が明らかにしたのは、現代のアメリカにおける環境正義の限界であり、それは本作が発表された三〇年代以降、本質的にはほとんど何も変わっていないことが明らかにされる。

性的・人種的・階級的言説と戦争/国家との相補的共謀関係を明らかにするのが第五章「『裸者と死者』――戦争文学において個人を描くということ」である。ノーマン・メイラーの『裸者と死者』(一九四六)を扱う本章も渡邊が担当するが、ここでは、軍務遂行の過程において、性的・人種的・階級的他者としての個人が、戦争／国家の言説によっていかに抑圧され、またその組織から排除されるかを描くメイラーの文学的演出について考察している。

バーナード・マラマッド『アシスタント』（一九五七）について述べる第六章「『アシスタント』――アメリカで「善きユダヤ人」になること」で、森は一九五〇年代のアメリカで、あえてユダヤ的戒律に則って生きることの困難と意義について論じる。他者の社会的・心理的負債を自らのものとして引き受けることで善きユダヤ人たろうとする主人公を通じて、作者マラマッドにとってのユダヤ的道徳観と倫理性が示される。

ジェイムズ・ボールドウィン『アナザー・カントリー』（一九六二）について論じる第七章「『アナザー・カントリー』――ルーファスの幽霊、あるいはすきまを揺らぐ「何か」のちから」と、マキシーン・ホン・キングストン『ウーマン・ウォリアー』（一九七六）を読み解く第八章「『ウーマン・ウォリアー』――閉じ込められた「私」と異形の語り」は、ともに山口による章である。第七章では、登場人物たちの前に現れる主人公ルーファスの亡霊の「捉えどころのなさ」が、彼等の性、人種、国籍を巡る決定不能性と響き合って、ボールドウィン特有の「何か」のちからとなっていることが明らかにされる。また第八章では、「沈黙と発声」との対比を軸に、キングストンの語りについて考察される。そこには、自らの声を沈黙させ、中国からの移民である母の語りを忠実に翻訳しようと努める娘が、その中で自分の声で語ろうと試みてもいるという葛藤がうかがえる。

一九八〇年代の作品を扱う第九章は、再び森岡が執筆している。「『サイダーハウス・ルールズ』――二〇世紀における王道のビルドゥングスロマン」と題された本章は、映画化もされたジョン・アーヴィングの『サイダーハウス・ルールズ』（一九八五）を扱う。伝統的な一九世紀的リアリズムの手法に沿って書かれた本作が、語り手のみならず読者もが登場人物の成長を見守る形式を採りつつも、徹底してそうした姿勢から読みの快楽に身を委ねる中で、読者が作品の創造的解釈へと参入してゆく様子を確認することができる。

トニー・クシュナーの『エンジェルズ・イン・アメリカ』（一九八九／一九九二）について書かれた第一〇章「『エンジェルズ・イン・アメリカ』――「回転する」世界と「アメリカらしさ」への懐疑」も水口の担当による。冷戦の終結とエイズの蔓延という混迷と変革の中にあったアメリカを背景として、時代の言説の意味を脱／再文脈化してゆく本作の演劇的ダイナミクスの中に、未来への展望と変化への意志を論者は見出している。

中垣による第一一章「ジョナサン・サフラン・フォア『ものすごくうるさくて、ありえないほど近い』――探し物をめぐる少年の旅」は、二〇〇〇年代の歴史的トラウマとなった二〇〇〇年九月一一日のアメリカ同時多発テロを背景とした物語を追う。この事件で父を喪った少年が、父の足跡を辿る「旅」の中で、新たな絆を見出してゆくなかで、傷ついた者達が互いに連帯し、深い喪失の傷から乗り越えながら、いかにして再び「アメリカの家族」の姿を再構築してゆくかを、本章は詳らかにしてみせる。

亀井俊介氏の特別寄稿である第一二章「文学研究と『私』」は、二〇一六年一二月三日に中京大学で開催された科研費基盤（C）「北米及びカリブ海地域におけるツーリズムに対するコロニアリズムの影響と推移」による二〇一六年度シンポジウム「語りと物語の逍遥――アメリカ古典想像の旅」における特別講演の原稿を書き起こしたものである。亀井氏は、研究者として文学作品を読むために、なぜ確固とした「私」が不可欠であるかを、近代的自我としての「私」を生み出してきた日米の作家の努力と苦悩に満ちた足跡を辿りながら諄諄と説かれている。「古典を読む会」以来亀井氏が繰り返し述べられてきた、読者一人ひとりが自身の「生」をもとにして作品と向き合う覚悟について、穏やかな口調ながらも峻（きび）しく問いかけられる亀井氏の教えと生き様が、本寄稿文には溢れている。

三．本書の特徴と活用例

本書はアメリカ文学研究の初学者である、英語・英文学系学科の学部学生を主たる対象として、アメリカ文学講読演習および講義の教科書もしくは参考書としても利用できる、実践的読解例を紹介することを企図している。したがって、各章で原則一作の文学作品を採り上げ、メンバー一人ひとりが自らの読解例を提示するとともに、その読解への導入として、各章の冒頭にコラム形式で、当該の時代、特にその作品が属する一〇年間（ディケイド）の文化史的・文学史的背景の大枠についての概観的な紹介文と、各章で採り上げる作品の作者及び作品についての解説を付記している。この紹介文と解説は、各章の本論（読解例）の理解を助けるさまざまな予備的情報を提供するものであるため、基本的にはこれらを参照のうえで本論を読むことを推奨する。ただし、この「コラム」は比較的分量が多いため、作品の読解に関心のある方は直接本論を読んでもらっても差し支えない。また「コラム」の末尾には読書案内として、その章で扱う作家による作品や、作品研究の手掛かりとなる導入的な参考文献も紹介している。作品については、可能な限り二〇二〇年末時点で入手可能な翻訳を挙げている。読者の方々が作家・作品研究に挑戦する際の一助となれば幸いである。

四．終わりに

「新・古典を読む会」の活動は、本書『物語るちから』の刊行を以ていったん終了となるが、本書を手に取った若い読者が、「新しい古典」を発掘しそれを読む悦びを少しでも実感してもらえれば、著者一同望外の喜びである。願わくば、本書の読者の中から一人でも多くの人が新たにアメリカ文学に関心を抱き、一冊でも多くの作品を手に取ってもらわんことを期待する。

また本書が、永年にわたって私たち「不肖の孫弟子」を辛抱強く見守り、叱咤激励してくださった亀井俊介氏の学恩に対して、わずかでも報いることができることを祈念する。併せて、編集作業の度重なる遅れにもかかわらず、辛抱強く本書の出版まで丁寧にお付き合いいただいた松籟社の木村浩之氏に、心より感謝申し上げる。

二〇二一年三月

著者一同を代表して　森　有礼

第一章………一九〇〇年代

セオドア・ドライサー『シスター・キャリー』

森岡隆

【一九〇〇年代の時代背景】

国際文化・文芸

一九〇一年に、スウェーデンでノーベル賞が創設された。〇七年にイギリスのラドヤード・キプリングが受賞しているものの、二三年にアイルランドのW・B・イエイツが受賞するまで、文学賞受賞者の圧倒的多数はヨーロッパ大陸の作家たちだった。

〇五年には、アインシュタインが特殊相対性理論を発表した。そしてこれ以降、物理学が飛躍的に発展する。〇七年にはアメリカのウィリアム・ジェイムズが「プラグマティズム」を提唱、この考え方は、アメリカの国家および人々を形容する代表的な思想として、それ以降国際的に認識されることとなる。

アメリカの産業

トーマス・エジソンらによりすでに開発が進んでいた映画の撮影機や映写機の発展を受け、〇二年、初の映画館がロスアンゼルスで開業した。ニッケルコイン一枚（五セント）で観られたため、映画館は「ニッケル・オデオン」（発音は「ニカラディオン」）と呼ばれ始める。またエジソンが〇八年に形成したモーション・ピクチャー・パテント・カンパニー（別名「エジソン・トラスト」）により、ヨーロッパ映画がアメリカ市場を席巻する時代は終焉を迎えた。しかし国内での映画製作・配給を独占したこのトラストの影響を避けようと、非加入の業者や独立系映画会社は映画産業のメッカ、ニュージャージーから新天地のハリウッドへ移転し始め、これが後の映画の都ハリウッドの急成長を促すことになる。

映画関係機器以外でも工業技術の革新は目覚ましく、〇〇年、オーチス・エレベーター社がパリ万国博覧会で「エスカレーター」を出展し、一位を獲得した。〇三年には、アメリカのライト兄弟が人類初の動力飛行に成功し、〇八年にゼネラル・モーターズが創業、フォードのモデルTが発売されている。

アメリカの政治と社会

一九〇一年九月、マッキンリー大統領が無政府主義者に暗殺され、セオドア・ローズヴェルトが新大統領に就任した。なお後にローズヴェルトは、日露戦争を終結させる仲介をしたことでノーベル平和賞を受賞している。

当時、人権に対する意識もわずかではあるが向上しつつあり、〇二年にはアンドリュー・カーネギーが慈善団体カーネギー財団を設立している。〇八年にはニューヨークで女性労働者たちがパンと婦人参政権を求めてデモを行い、その日三月八日は「国際女性デー」の起源となった。〇九年、全米黒人〔有色人種〕地位向上協会（ＮＡＡＣＰ）が設立され、この年、大統領はローズヴェルトから同じ共和党のウィリアム・タフトに引き継がれた。

アメリカ文学

一九〇〇年代の最初の一〇年にはハーマン・メルヴィルやウォルト・ホイットマンはすでに亡くなっており、マーク・トウェインやヘンリー・ジェイムズも晩年もしくは最晩年を迎えていた。その一方で、〇四年に「アメリカ芸術文学協会」のメンバーかつ会長に選ばれ、「アメリカ文学のディーン〔最古参・主席司祭）」と呼ばれた作家ウィリアム・ディーン・ハウエルズのように、編集者として若い才能の育成役を担う者もいた。

実際のところ、一九世紀後半にハウエルズが励まし続けた作家たちには、スティーヴン・クレイン、フランク・ノリス、ハムリン・ガーランド、セアラ・オーン・ジュエットらがいる。いずれも後に一時代を築いた新しい作家たちであり、当時のハウエルズの尽力が徒労ではなかったことが分かる。

他方、同時代人のシンクレア・ルイスやドライサーたちは、彼の作風を酷評した。というのも、アプトン・シンクレアの『ジャングル』（〇六）のように、この時期には、醜聞暴露的で人間性悪説に根ざした「自然主義」の作風の小説も少なくなかったからだ。ルイスやドライサー、シンクレアが最終的にハウエルズと相容れなかったのは、当時の主流に対するアンチテーゼであったことは間違いない。

【作家・作品紹介】

セオドア・ドライサー（Theodore Dreiser, 一八七一－一九四五）

『シスター・キャリー』（*Sister Carrie*, 一九〇〇）

ドライサーの出自

当時のアメリカ社会は、ワスプ（WASP：白人のアングロサクソン系移民でプロテスタント系キリスト教を信じる人々）が国を動かし、ピューリタン的道徳観が基本だった。一方セオドア・ドライサーは、ドイツからの移民で熱心なカトリック教徒の父とチェコ系メノナイト派の母のもとで育った。生活は困窮し、そのうえそれぞれ既婚者との駆け落ち、情婦、婚外子の出産など反社会的な生活をする兄姉がいた。このように彼は、宗教や思想、文化の点でアメリカ社会のマイノリティであっただけでなく、道徳の点でもピューリタン的道徳観とは相反する家庭環境で育った。ドライサーが、当時のアメリカ社会に対して違和感を抱き、日常生活の面でもたいそう居心地が悪かっただろうことは、想像に難くない。

『シスター・キャリー』について

前段の「アメリカ文学」の項で触れたように、ドライサーやシンクレア・ルイスたちは、同時代の文壇の権威的存在だったウィリアム・ディーン・ハウエルズの作風を酷評した。つまり逆にいえばその理由こそが、ドライサーの作風を特徴付けるものだといえよう。

ドライサーが一九〇〇年、三〇才の時に発表したこの処女作は、タイトルキャラクターの女主人公が、女性的立場を利用してのし上がっていく点が問題となり、出版に際し数々の修正を強いられた。修正を施す前の版はペンシルヴェニア版、修正後の一九〇〇年版は初版とそれぞれ呼ばれ、現在いずれのバージョンも手軽に読むことができるが、今回は初版

セオドア・ドライサー

のバージョンで話を進める。

この物語の主人公はふたりおり、労働者の世界からショービジネスの世界に入り、男たちと関係を持ちながらついにはブロードウェイの人気女優として羽ばたく、タイトルで皮肉にも「修道女（シスター）」と称される女性キャリー・ミーバーと、彼女を囲おうとしたが失敗し、転落の後半生を送る中年男性ハーストウッドである。のどかな郷里を離れ、一八八九年にシカゴの姉夫婦宅に転がり込んだキャリーは、やっと仕事を見つけ工場で働くものの、体調を崩し困窮暮らしを余儀なくされる。そんな彼女を救ったのは、軟派で洒落者のドルーエと、のちにニューヨークへ彼女を連れ去り自分のものにする前述のハーストウッドだった。

物語の前半では、大都会に幻惑され工場労働に困惑するキャリーが、彼らの援助を得て上昇していくさまが描かれる。また、物語の後半で後景に下がるドルーエと違い、キャリーに関わることで自分の弱い部分を露呈するハーストウッドは、前半からすでに苦悩する人物として描かれている。そして物語の後半は、一転してハーストウッド中心に進む。キャリーが大した挫折や道徳的な報復も受けずに、彼らとの同棲生活を踏み台に女優として成功するのとは対照的に、彼は売上金の持ち逃げ、駆け落ち、事業の失敗、労働争議の巻き添えとなるなどの経緯を経て、ついにはガス自殺を遂げる。

同時代人の前述のウィリアム・ディーン・ハウエルズは、リアリズムに根ざした「平凡」で「退屈」な物語を好んで執筆した。一方、アメリカ社会の片隅で、貧困のどん底で育ったドライサーは、現実を冷ややかに見つめ、人間の醜悪な性癖や野望を冷徹ともいえる作風で描いた。『シスター・キャリー』は、工業を主要産業に発展の一途を辿る大都市の消費文化の中で物語が進む。この小説には、転落の人生を強いられる男主人公、都市の大衆文化の潮流に乗り反道徳的にのし上がる女主人公だけでなく、第三の主人公として都市の産業、社会、民衆の物語が描かれている。主人公たちと彼らを巡る物語はいずれも、ハウエルズの作風とされた凡庸の対極にあるものだと言えるだろう。実のところ、実姉をモデルにしたこの物語で、作者ドライサーは彼女の人生を肯定したかったのかも知れない。

【作品案内】

ドライサー、セオドア．『シスター・キャリー（上）』『シスター・キャリー（下）』村上淳彦訳．岩波文庫、一九九七年．〔絶版〕

Dreiser, Theodore. *Sister Carrie: The Pennsylvania Edition*. U of Pennsylvania P, 1981.〔ペンシルヴェニア版〕

Dreiser, Theodore. *Sister Carrie*. Doubleday, 1900.〔初版〕　＊ただし論文作成の参考にするには書誌データや注釈、参考文献が豊富に掲載されているW. W. Norton版（2005）がお勧め。

『シスター・キャリー』──都会がかける魔法

一　はじめに──「おはなし」としての『シスター・キャリー』

セオドア・ドライサーの小説『シスター・キャリー』の草稿は、妻や友人によって修正が施された後、さらに出版社により細部が大幅に刈りこまれて、出版に至った。原書であれ翻訳であれ現在われわれが読んでいるいわゆる初版は、それらの編集を施されたバージョンである。一方、手書き原稿を含むオリジナル原稿も存在し、そちらは一九八一年にペンシルヴェニア大学出版局から出版されたことから、一般に「ペンシルヴェニア版」と呼ばれている。初版とペンシルヴェニア版を比較するといくつかの興味深い点が指摘でき、そのひとつが物語上の枝葉末節の削除である。このため『シスター・キャリー』では、登場人物たちが内省的になったり苦悩したりするのは稀で、連続して、様々な出来事が比較的テンポよく起こる。

例えば、第三一章に登場するヴァンス夫人とキャリーの会話のシーンでは、ヴァンス夫人の経歴を述べる長い段落が、初版では削除されている。また第四二章でキャリーはハーストウッドに対して哀れみや同情の気持ちを抱き、数ページに渡りためらいや憐憫の情を示していたのだが、それらも改訂後はカットされている。その他にも、工場で働き始めたキャリーが、周りの女性労働者たちの猥雑な会話を耳にして最後にはそれを容認する箇所や、彼女の性的な興味や渇望などに言及した箇所（いずれも第六章）や、性的関心が強い男性に対し彼女が嫌悪感を示す箇所（第三章、第二六章）も削除されている。[1]

このように、物語の枝葉末節が削ぎ落とされたことにより、苦悩や葛藤という情緒的な描写が削除され、『シスター・キャリー』は単純化された物語になった。二〇世紀の物語論の大家のプロップとダンダスは、物語を単純化しモチーフ素化して物語の構造を読み解こうとした。[2] ダンダスが主張するように、描写を手短かにする「単純化」こそ、民話やおとぎ話などの「おはなし」と、小説の違いに他ならない。彼ら二人が研究対象とした昔話や先住アメリカ人の民話ほどではないにせよ、その点で『シスター・キャリー』は、出版前の様々な改訂により「おはなし」化した作品に仕上がっているといえよう。そしてこのことは、後述するように、キャリーとハーストウッドの描かれ方にも当てはまる。

さて、本論では小説『シスター・キャリー』の「おはなし」の面に着目して話を進め、さらにキャリーとハーストウッドの二人を主人公とみなして、「不在」と「空疎」の要素からこの作品を読み解く。さらに、

（1）本論を進めるにあたり、ドライサー．『シスター・キャリー』村上淳彦訳．岩波書店、一九九七年．上下巻の巻末の詳細な注釈を参考にした。

（2）プロップ、ウラジミール．『昔話の形態学』北岡誠二・福田美智代訳．水声社、一九八七年．Vladimir Propp, *Morphology of the Folk Tale* (2nd ed: English version; U of Texas P, 1968) の翻訳。ソ連の昔話研究者による研究書で、原著は一九二八年発行。一九五八年に英訳版の初版が発行された。

ダンダス、アラン．『民話の構造——アメリカ・インディアンの民話の形態論——』池上嘉彦訳．大修館、一九八〇年．Dundes, Alan. *The Morphology of North American Indian Folktales*. Indiana UP, 1964; Academia Scientiarum Fennica, 1980. の翻訳。

そこから読者と読書がこの作品に与える影響について考察し、最後にこの作品を英語の教材や読書会の課題図書として読むことが可能であることを述べたい。

二　単純化された二人の主要登場人物

二.一　キャリー

当初、工場労働者として働いていたキャリーは、体調不良から失職し収入も絶たれた後、色男のドルーエ、高級酒場の支配人ハーストウッドらと関係を持ちながら、ダンサーから女優へとショービジネスの道を進んでいく。しかし彼女が着実にスターダムへと近づいていくにつれ、話の中心はハーストウッドに移行し、物語後半では彼女の存在感は極端に薄くなる。ショービズという日常と乖離した虚構の世界で生計を立てようとした彼女は、小説のタイトルロールにもかかわらず女優として人気を博せば博すほど物語からも乖離し、語り手はますますハーストウッドの物語を語り続ける。

ほぼ小説全体を通してキャリーは、郷里の家族や世話になった人々のことをほとんど思い出すことなく、スターダムへと駆け上る。姉夫婦、ドルーエ、ハーストウッドなどの人々と交わり、時おり困難に巻き込まれても、最終的に「こうなりたい」という明確なビジョンを持たぬ彼女は、さほど挫折することなくキャリアを積み上げていく。しかし原稿の削除の連続によって内面描写が減少した結果、虚像を演じる女優という職業を選んだキャリーの物語は、さらに彼女の乖離と空疎さ（不在）を目立たせながら語られていく。『シスター・キャリー』全体を俯瞰すると、内面描写の少なさゆえ、キャリーは半ば何を考えているのか分からない人物として描かれているといわざるを得ない。ただしこの小説を、後悔することなく人生を切り開いていくアイドルの成長譚として読めば、彼女のこの空疎さは逆に、「おはなし」に登場する「単純な」人物としての厚みを増す効果を生んでいる。単純化と空疎さにより語り手は「おはなし」をより円滑に語り、それによって読者は、主人公たちの人生の出来事に集中して物語を読み進めることができる。

二・二　ハーストウッド

『シスター・キャリー』の後半では、ハーストウッドの懸命な生き様が描かれる。先に述べたキャリーの資質とは対照的に、彼とドルーエは自分の信念を持っており、彼らは物語中それに基づくダンディズムを貫く。酒場の金庫の札束を持ち逃げし、キャリーを騙して駆け落ちはするものの、ハーストウッドは終始自分自身のダンディズムを崩さない。物語の後半では、キャリーが後景に下がるとともに彼がクローズアップされ、彼が最後に自らの命を絶つまでの苦闘が描かれる。その点で、後述するようにこの小説の主人公はキャリーとハーストウッドだという意見には納得せざるを得ない。

そのうえハーストウッドとドルーエのダンディズムは、キャリーの空疎さと対になっているとも解釈できる。小説世界の中で、彼らふたりはブレずに潔い男を貫き通す。スターダムを昇りつつあったキャリーに会いに来たドルーエは、彼女に媚びたり妬んだりせずに、去っていく。またハーストウッドは、例えば家計が困窮していることや、ストでの衝撃的な出来事をキャリーにきちんとは伝えず、自分の力でなんとか解決しようとする。特にハーストウッドは、そのダンディズムを捨てることさえできたら、物語の終盤で死なずに済んだかも知れない。その点からいえば、彼は都会とキャリーとに飲み込まれ翻弄されて、自分を変えることができずに最後には命を落としたとも解釈できよう。

キャリーが女優というショービジネスの世界に住む一方で、ハーストウッドは労働者として働き、やがては組合活動にまで関わることになる。小説の構造的には、物語の後半に、虚構の世界と対をなすこのような市井の人々の現実の世界を置く必要があった。もしハーストウッドがその世界で、ダンディズムに固執せずにキャリーのように空っぽになって生きることができれば、転落することもなかったかも知れない。厳しいことを言えば、その意味で彼のダンディズムとは、過去に囚われて物が見えなくなってしまっていた彼の器の小ささだったととることもできるだろう。

三　キャリーとハーストウッド

三・一　奇妙な一致と「おはなし」の要素

ドライサーの長編第一作であるこの作品を一読すると、作者自身が何を描きたいのか分からないまま、女性と男性の後半生を描きながらも無意識に社会や時代の空気を書き記したようにさえ感じられる。そんな状況でキャリーとハーストウッドの物語を著した作者は、物語を動かすうえでの重要な要素である、小説の「おはなし」の要素を重んじていたと思わざるを得ない。

例えば、『シスター・キャリー』は長部の小説であるにもかかわらず、キャリーとハーストウッドのそれぞれの価値観や観点は、物語中でほぼ変化しない。前者が環境に順応して人生を謳歌するのに対し、後者は環境に適応できず運命にも見放されて零落していく。しかしふたりがどのような境遇になろうとも作中人物たちの情緒は単純化されており、ハーストウッドが金庫から現金を盗むような重要な箇所を除き、語り手が彼ら二人の情緒的な葛藤や揺らぎを述べることは稀である。

つまりこの小説は、細かく描写することなく単純な語りで物語が進む、いわゆる昔話や「おはなし」を発展させた物語世界を構築していると解釈できよう。さらに細部の心理描写や自然描写を刈り込んだことで読者の意識は否が応でもプロットに向くため、結果的にその傾向はより強まったと言えるだろう。それにより、価値観がブレないという特徴が一致するふたりの主人公を類型化しやすくなり、読者の物語の理解をおおいに促すことになった。

三・二　片方が不在の時の空疎さ

小説『シスター・キャリー』の主人公はタイトルロールのキャリーであり、彼女を中心に論究することこそが重要とする意見を、本論は否定するものではない。しかし例えば『コロンビア米文学史』では、『シスター・キャリー』には女主人公（キャリー）と男主人公（ハーストウッド）が描かれていると記されており、本論もその考え方に従って論究している。[3] ここまで彼らふたりの特徴と共通点について述べてきたが、ここではさらに、表裏一体の彼らがもたらす相互効果について考えたい。

この小説は、前半がキャリー、後半がハーストウッドの物語として構成されていることは疑問の余地がない。彼らふたりが前後半で比較的バランスよく語られているからこその『シスター・キャリー』なのであり、二人のどちらかが欠けても、虚構の世界と草の根レベルの日常生活が対比された、広がりのある小説世界は構築できなかっただろう。とりわけ物語の後半では、キャリーも散発的に語られるものの、語り手はハーストウッドの生活を重点的に述べる。それでもハーストウッドと出会う前の彼女の物語を知る我々読者

（3）エリオット、エモリー・『コロンビア米文学史』コロンビア米文学史翻訳刊行会訳：山口書店、一九九七年．Elliot, Emory. *The Columbia Literary History of the United States*. Columbia UP, 1988 の翻訳。

には、語り手が語らずとも彼女の存在感を、彼女の「不在の在」を感じることは可能なのではないか。

とはいえ主人公はやはり彼ら二人であり、物語上は、片方が欠けると残された方は「空疎」にならざるを得ない。物語的には当然のことだが、つまり片方の不在はもう片方の精神面と生活全般に、ひいては物語全体に影響を及ぼすことになる。例えばハーストウッドについて見れば、キャリーに去られ、ダンディズムを崩す器用さも持ち合わせていない彼は、まるでその空疎さを埋めるかのごとく、大都会ニューヨークで独力で懸命にもがき続けざるをえなかった。

一方、キャリーの空疎さはハーストウッドのそれとは異なる。彼女の空疎さとはつまり信念や情緒の空っぽさであり、都会がかける魔法に翻弄されていた彼女が何を求めていたのか、結局物語終盤になっても読者には理解しづらい(4)。物語の冒頭でシカゴに出てきた頃から彼女は上流階級のファッションや結婚に憧れており、それ以降も刹那的で中身がない生活を送る。物語の後半で彼女は、ハーストウッドと別れてローラという同性のパートナーを見つけるものの、語り手による言及が極端に減ることで彼女の空疎さが浮き上がることになる。

そして、この小説で彼らの空疎さを埋める要素が、「解説」の項でも触れている民衆・都市である。その第三の主人公ともいえる要素が、本来のふたりの主人公を巻き込み、翻弄し、それぞれの人生を歩ませる。二〇世紀直前のアメリカで、きわめてエネルギッシュなうえにシステム化されつつあった民衆・都市は、それ以降も衰えることなく膨れ続ける。キャリーとハーストウッドというふたつの「個」は結局、民衆・都市のエネルギーに同化もしくは抗おうとしたハーストウッドが独居のまま命を落とし、深く思慮することのなかったキャリーはスターダムを邁進するという、皮肉な結果に終わる。

四　『シスター・キャリー』を通して見る文学鑑賞と読書会

四・一　単純化された物語と読者の存在

さて、ほとんどの小説は現在、印刷された書籍もしくは配信された電子書籍のテキストとして存在している。そしてそのテキストは、読者による読書という行為へと昇華され、それにより読者はテキストを理解しそこに記された物語を楽しむ。本論の『シスター・キャリー』について考えると、枝葉末節の削除による改訂によって物語が単純化され、難解な解釈を必要としなくなったため、読者が物語を追体験しやすく、また文学作品として鑑賞しやすくなった。つまり読者がテキストにより近づき、能動的に小説を読むことで、この作品の「不在」、「空疎」の要素は、読者にとってさらに親密なものとなるだろう。それではここからは、読者の存在に注目し、物語との関わりをさらに深める具体的な方法について考えたい。

四・二　文学教材としての『シスター・キャリー』

まず、英語文学の授業でこの作品を扱う際のことを考えてみたい。教員の役割が、学生たちの深い理解への橋渡しをすることだとするなら、授業で教員はまず『シスター・キャリー』の重要なポイントを紹介し、

（4）二〇二〇年現在、研究者の間では『シスター・キャリー』の語りの構造はポリフォニーの形をとっていると解釈するのが一般的である。これは、小説の後半で労働者階級の者が主人公となり彼の物語が語られることによって、キャリーが空っぽで「語る（もしくは語られる）ことができない」人物であることを、語り手が逆説的に語っている、とする考え方である。

それをもとに新しい事柄を発見させ考察させようとするだろう。また文学教材の解釈では、テキストを分析的に読むことが求められる。つまり個人的な生活体験に基づく読み方を極力排除し客観的に読まねばならない。主体的・対話的で深い学びを目指すアクティブラーニング形式で授業を運営するならば、まず授業の意図を示したうえで、教員は以上のことを意識してテキストを紹介し、作品の理解を深めるためのタスクを用いて、学生たちの批評的態度の育成を心がけることだろう。

授業でこの作品を紹介する際、執筆時の時代背景と、作家の生い立ちや家族関係を、教員はまず説明するかも知れない。本書ではすでに「一九〇〇年代の時代背景」および「作家・作品紹介」の項で紹介しているのでここでは割愛し、文学作品としての鑑賞、文学批評からの切り口について考えてみたい。この小説の重要なポイントとして、本論ではここまで「編集による物語の単純化」、「二人いる主人公の物語前後半での語られ方」とそれにより生じる「空疎」感を挙げてきた。例えば、そのうえで、キャリーとハーストウッドがまるでふたりでひとりの主人公を形作っているかのような点や、先の三、二で述べた民衆と都市がもうひとつの主人公である点をまず教員が再度指摘する。次にそれらを踏まえて、何が指摘できるかと考えさせるのも有益だろう。

さらに、これまで述べてきた主人公たちと空疎という観点から、「男女の主人公と、民衆と都市という三つ目の主人公は補完し合っており、それら三者が揃ってこそこの物語は内容的に充実し完結する」という結論が可能かどうか、学生たちに考えさせるのも面白い。その際、証拠の提示法に注意させつつ、ディベートのようにクラス全体をイエス、ノーのグループに分け時間をかけて論証を準備させれば、さらに議論が白熱することだろう。教員からのコメントや問題提議を適宜交えながら議論を進めれば、文学批評的にもアクティブラーニング的にも、より活性化し、より充実した授業になることは間違いない。

四・三　読書会の課題図書としての『シスター・キャリー』

次に、授業ではなく、読書好きがプライベートに集まって意見を交わし合う「読書会」でこの作品を扱う場合についても言及しておきたい。読書会の場合、参加者の読後感の報告や疑問点の投げかけの後に議論が始まる。その際、研究発表や授業などと根本的に異なるのは、生活体験に基づく読者の価値観が、参加者各々の意見に直接反映される点だ。そのうえ皆の意識が、作家の生い立ちや時代背景などではなく物語に集中しがちであり、そのためどうしても作品の掘り下げ方は、平板で浅くならざるをえない。

とはいえ、文学作品か否かに関わらず読者が最初に、そして最終的に関心を持つのは、小説の「物語」の部分であることは間違いない。その意味で、『シスター・キャリー』という単純化された物語は、本好きが集まって話し合う読書会の課題図書としては、適切な作品だといえよう。例えば、この作品を本研究会で扱った際、活発にディスカッションが為されたつまり皆が関心を持ち問題視していた点は、間違いなく（一）キャリーの生き方、（二）ハーストウッドの生き方、（三）彼らふたりの関連性だった[5]。

本論のテーマである「空疎」さと、先述の三者の主人公の相互関係を考える場合でも、読書会独自の進め

（5）歴史や文化、文学的な観点からの様々な意見が交わされたが、キャリーとハーストウッドの関係についての情緒的な疑問ももちろんあった。例えばキャリーに対し、彼女は美貌と人を惹きつけるものがあると繰り返し描写されており、すでに家父長的な立場を打ち立てている男性の心をくすぐり、思わず守ってあげたくなるような女性だったのだろうという意見もあれば、実際はこれほどつぎつぎとパトロンが現れるものではない、という我々の実生活に照らしての意見もあった。学究面でも、このような意見交換から重要なトピックが浮かび上がることも少なくない。

方、例えば皆でつぎつぎにワイワイと、ブレーンストーミング的にアイデア（意見）を出し合いながら進めれば、さらに知的で学究的な段階へとディスカッションを押し進めることが可能になるだろう。

五　まとめ

これまで見てきたように、小説『シスター・キャリー』は何度かの編集作業で単純化されて「おはなし」的傾向が強まり、より親しみやすく、より読者の心に訴えかける物語になった。さらに、アメリカ文学の教材としてだけでなく、「不在」と「空疎」感そして三者の主人公について能動的に考察することで、「読者の存在」を意識した読書体験ができる小説でもあることが分かった。このようにこの作品は、文学作品であると同時に、読書の楽しさと深遠さを味わわせてくれる読み物なのである。

実のところ、さほど技巧的でも実験的でもなく、学究的な要素に富んでいるとも言い難いため、『シスター・キャリー』がアメリカ文学史や講読の授業では扱われにくいことは否定できない。しかし、物語（おはなし）としての要素が文壇でまだまだ隆盛だった時代の小説であり、二〇世紀のアメリカ文学がスタートする際の、いわば第一走者的な存在の作品である。その意味では、これ以降どのようにアメリカ文学が、特にアメリカの小説が成長・発展していくかを考えるうえで、間違いなくとても興味深い作品だろう。

使用テキスト

Dreiser, Theodore. *Sister Carrie*. Doubleday, 1900.〔初版〕

第二章………一九一〇年代

ウィラ・キャザー『ぼくのアントニーア』

渡邊真由美

【一九一〇年代の時代背景】

革新主義の時代

アメリカ合衆国の一九一〇年代をひと言で表現するならば、二〇世紀の到来とともに始まる、「革新主義（プログレッシヴィズム）」であろう。「革新主義」の政策・施策を明示することは難しいが、強いて言うならば、一九世紀末から問題になった、大量の新移民、労働運動、都市の貧困層の拡大、自然環境の保護問題、女性の権利獲得運動などに対して、連邦政府の介入をもってしても改良していこうとするアメリカ社会全体の意志のようなものであろう。（この運動を連邦レベルで推進したのが、当時史上最年少の若さで大統領に就任したセオドア・ローズヴェルトであった。ローズヴェルトは、企業の市場に対する寡占・独占状態を解消することを目指した反トラスト法の積極的な適用、労働争議への政府の介入、国定公園の策定などの施策を次々と打ち出した。）しかしながら、一四年に第一次世界大戦が勃発し、一七年にアメリカも参戦すると、革新主義は次第に終息へと向かう。

一〇年代前半は、革新主義運動の成果がもたらされた時期であった。一九〇〇年代から大企業や政治家の不正を告発してきたマックレイカーたちの中で、一〇年代に活躍したのは、弁護士ルイス・ブランダイスやデイヴィッド・フィリップスなどであった。前者は投資銀行の不当な利益独占を告発する『他人の金』を一四年に出版、一六年、ウッドロー・ウィルソン大統領によりユダヤ人初の最高裁判事に任命される。後者は、連邦議員の腐敗と拝金主義を告発した「上院の裏切り」を雑誌に連載し、反響を得た結果一三年に憲法修正第一七条が発効し、上院議員の直接選挙が実現することとなった。

経済的な側面では、一一年に連邦最高裁判所がスタンダード石油会社に対してシャーマン反トラスト法を適用し、解散を命じた。貧富の差が拡大したことで、労働運動も引き続き激化、一三年にはコロラド州で炭鉱ストライキが起こり、警察・州兵らと労働者側との武力衝突を招き五一人が死亡した。このような状況下で、世界産業労働組合（ＩＷＷ）は組織の拡大を続け、全米中で起こるストライキを支援した。これらの労働運動の高まりを背景にアメリカでは社会主義運動も盛んになった。左翼系雑誌『マッセズ』が一一年に創刊され、ジョン・リードは一七年に起こったロシア革命のルポルタージュ『世界を震撼させた十日間』（一九一九）を出版した。

革新主義時代の文化

文化的な側面に目を向けると、一九一〇年代は科学技術の進歩が人々の日常生活に反映された時代でもあった。世界に先駆けて自動車先進国となったこと、ニューヨークに摩天楼が出現したこと、映像技術の進歩によって長篇映画の制作が可能となったことなどが挙げられる。とりわけ映画では、Ｄ・Ｗ・グリフィス監督が活躍した。彼は、映画制作に分業体制を導入し、技術的には異なる映像を繋げて一つの場面を作り出す編集方法である「クロス・カッティング」や、登場人物の心理状態を捉える「クローズ・アップ」の技法を用いた。また、大胆な髪型や服装で自由を謳歌する「イット・ガール」が登場する映画が評判を得て、大衆の娯楽となった。

演劇・文学の分野では、ナショナリズムの高まりと軌を一にして、アメリカ合衆国の独自性を追求する動きが見られた。一五年にはプロヴィンスタウン劇場やワシントン・スクエア劇場などの「リトル・シアター」が発足し、アメリカ発の演劇運動が始まった。文学批評では、ヴァン・ワイク・ブルックスが『アメリカ成年期に達す』（一九一五）を著し、アメリカ文学が世界文学としての地位を確立したことを宣言、また、『ケンブリッジ・アメリカ文学史』（一九一七）が出版され、アメリカ人の筆によるアメリカ文学の通史が完成した。文学作品では、地方に目を向ける「地方主義文学」の動きが続いていた。この時期の特徴は、中西部が主な舞台となったことである。合衆国全体に広がりつつあった急激な近代化・産業化は地方都市の画一化を引き起こしていたが、その動きに抵抗するように、エドガー・リー・マスターズは田舎に生きる人々の人生を墓碑銘という形式でうたった詩集『スプーン・リヴァー詩歌集』（一九一五）を発表し、カール・サンドバーグは『シカゴ詩集』（一九一六）を、シャーウッド・アンダーソンは『ワインズバーグ・オハイオ』（一九一九）を、ウィラ・キャザーは中西部を舞台とした諸作品を出版した。

【作家・作品紹介】

ウィラ・キャザー（Willa Cather, 一八七三–一九四七）

『ぼくのアントニーア』（*My Ántonia*, 一九一八）

ウィラ・キャザーは一八七三年にヴァージニア州に生まれた。八三年に一家は、祖父母を頼ってはるか西部のネブラスカへ移住（『ぼくのアントニーア』はこの経緯の一部を取り込んでいる）。この後、大学を卒業する九五年までネブラスカ州で暮らした。一三歳（八六年）になると、彼女は髪を短くして男装をするようになり、自身をウィリアム・キャザーと名乗ったと言われている（九二年ぐらいまで）。

九一年、ネブラスカ大学に入学すると、彼女は文筆活動を本格化させ、在学中に小説、詩、文学論を地元紙や学生新聞に発表すると同時に、ネブラスカ大学の学生新聞の編集を務めた。九五年に大学を卒業すると、ピッツバーグやワシントンD.C.およびニューヨークで雑誌の編集にかかわった。一九〇一年以降、高校の教員をしながら創作活動を行った。一九〇三年にはイーディス・ルイスとニューヨークで出会って恋愛関係になり、一九〇六年に教員をやめて、ニューヨークで『マックリューアー』の編集にかかわった。一九〇八年には、イーディスとグリニッジ・ヴィレッジで同居をはじめ、またこの年、セアラ・オーン・ジュエットの知遇を得、「生活の静かな中心を見出し、そこから小説を書くように」と言われたとされる。

ウィラ・キャザー

キャザーはジュエットの言う「生活の静かな中心」は幼い頃に過ごしたネブラスカにあると定め、一三年以降、中西部を舞台とした諸作品を発表。スウェーデンからの移民の女性が中西部の開拓者として成功していく『開拓者たち』、一五年には『ひばりの歌』、一八年、『ぼくのアントニーア』を出版して好評を得た。だが、第一次世界大戦以後、作品のテーマを大きく変え、戦争を扱った『我々の一人』（一九二二、ピューリツァー賞受賞）を発表、二三年には失われつつある中西部開拓期の姿を一人の女性に重ねて描いた『迷える夫人』などを発表した。

二九年以後、数々の大学から名誉学位を授与されたが、三〇年代の大恐慌の中で辛く苦しい現実に目を背けた作品を書く作家として次第に忘れ去られていった。四七年、脳出血によりニューヨークで死去。

キャザーの初期の作品はヘンリー・ジェイムズの影響を受けていると考えられるが、ジュエットの助言によって、彼女自身の独自性を中西部の開拓民の姿を描くことに求めた。ただし、彼女の作品は、彼女の記憶の中の中西部を小説の中に再現するものであり、過去の再生産を有効にする手立てとして、主人公の物語を知る第三者によって語らせる、という手法をとる。一九八〇年代に入ると、キャザーがレズビアンであったことを明らかにする伝記が出版され、フェミニズム批評の見地からの再評価が相次ぐようになった。九〇年代には中西部を舞台とする初期の作品が映像化され、二〇〇二年には、当時のファースト・レディであったローラ・ブッシュ主催のアメリカ西部における文学的伝説となった女性たちについてのシンポジウムにおいて、キャザーが伝説の一人として選定された。このことは、現在、彼女の作品の重要性が認められていることの証左であろう。

物語は、ニューヨークで鉄道会社の顧問弁護士として成功したジミーが、友人の女性に自分の幼少時代を物語風に書いた原稿を預けることに始まる。彼は幼い頃に両親を亡くし、ネブラスカの祖父母に引き取られるが、その原稿には、ネブラスカへの道中に出会ったボヘミアからアメリカに移民してきたシメルダ一家の娘、アントニーアとの思い出が綴られていた。シメルダ一家は、騙されて開拓にはきわめて不向きな土地を売りつけられ、芸術家気質な父親はアメリカの生活に馴染めないまま自殺し、一家は困窮する。他方で、ジミーの祖父母は彼の就学のために、ネブラスカの小都市ブラック・ホークで暮らすことを決意する。アントニーアもまた彼の祖母の計らいで、ブラック・ホークで住み込みのお手伝いとして働くが、初めて町で生活するうちに遊び回るようになる。ジミーはブラック・ホークを離れて州都リンカーンにあるネブラスカ大学に入学し、二人の距離は広がって行く。ジミーは、幼馴染でお針子として働くリーナとリンカーンで再会し、恋愛関係に陥る。学業に身が入らなくなったことを案じた教員からハーヴァード大学行きを勧められ、その言に従う。アントニーアは男に騙されて捨てられるが、すでに身ごもっており、開拓地の母親の元へと帰り出産する。ハーヴァード大学を卒業したジミーは、ブラック・ホークに帰省し、アントニーアの噂を聞き、彼女に会いに行く。その後、再び彼が故郷を訪れたのは二〇年後で、彼女は、ボヘミア移民と結婚して開拓を成功させ、大きな農場を経営し、幸せな結婚生活を送っている。ジミーは、二人が共有していた開拓地での生活を懐かしんで、この物語は終わる。

【作品案内】

キャザー、ウィラ．『マイ・アントニーア』佐藤宏子訳．みすず書房、二〇一〇年．
——．『迷える夫人』枡田隆宏訳．大阪教育図書、一九九八年．
Lindemann, Marilee Ed. *The Cambridge Companion to Willa Cather*. Cambridge University Press, 2005.

『ぼくのアントニーア』——懐かしき大地、懐かしき女性

一　語りの構造

『ぼくのアントニーア』は、額縁構造（フレームナラティヴ）になっている。額縁構造とは、作品の主たる物語を語るまでの状況を解説する外枠の物語を持つことを指す。『ぼくのアントニーア』であれば、枠内の物語は、ジミー・バーデンが自分と幼馴染のアントニーア・シメルダの成長を回想する部分であり、外枠はジミーがアントニーアの物語を語るまでの経緯を、二人の共通の幼馴染である女性が説明する部分（「イントロダクション」一九一八年版）[一]となる。『ぼくのアントニーア』で注目すべきは、外枠の中で、枠の中の物語の語り手、ジミーについて語る、もう一人の語り手の存在である。つまり、『ぼくのアントニーア』では、外枠の中に、ジミー・バーデンの物語が存在することになる。なぜ、わざわざジミーの物語を、外枠に入れ込んだのだろうか。このエッセイでは、この「語り」の問題をきっかけにして、キャザーが構築しようとした二〇世紀の西部神話について考えていきたい。

額縁構造の物語としてすぐに思い浮かぶのは、『千一夜物語』やワシントン・アーヴィングの「リップ・ヴァン・ウィンクル」（一八一九）、時代が下るとスコット・F・フィッツジェラルドの『華麗なるギャッツ

ビー』（一九二五）だろう。額縁構造は、通常はファンタジーやおとぎ話などに用いられることが多い構造であるが、『華麗なるギャッツビー』では、ギャッツビーの物語をその隣人であったニック・キャラウェイが語る構造になっていて、外枠ではニックによる一人称による語りによって、若き日の自分のこと、ギャッツビーとのかかわりを回想する。このように、枠内の物語を始めるにあたって、その物語を語るいきさつなどを語るものが多いなかにあって、『ぼくのアントニーア』のように、外枠の中に内枠の物語とはあまり関係のないもう一つ別の物語が入り込むのは極めて珍しい。

このような仕掛けは、二〇世紀のアメリカの新しい神話を構築することを目的としてキャザーによって採用されたように思える。実際のところ『ぼくのアントニーア』は、アメリカ独自の文学が登場し始めた一八世紀以降の文学作品の中で提示し続けてきたアメリカの神話、つまり、男性によるセルフメイド・マンの成功譚や広大な手つかずの大地（西部）を開拓し、産業化することによってなされるアメリカの国家建設（マ

（1）本論考では、一九一八年版（初版）を使用する。一九二六年に第二版が出版されたとき、キャザーはイントロダクションに修正を加え、ジミーのニューヨークでの生活についての語りを大幅に省略している。このことに関して同書を翻訳した佐藤宏子は「解説」の中でキャザーが修正した理由を次のように推測している。

初版の「序」は、そのあまりにも具体的な情報のために、ジム（ジミー）という人物が特定化され、アントニーアの価値の普遍性が狭められているように思われる。改訂版の方は、ジムという人物が、より曖昧で一般化された姿で示され、読者との距離が縮められている。それが、作者が改訂版で意図したことではないだろうか。（佐藤　三一四）

ニフェスト・デスティニー）などを否定するものだ。

まず、二人の語り手の立場を確認しておきたい。外枠でジミーの物語を語る女性は、ジミーとアントニーアの幼馴染とされている（ただし、ジミーが語るアントニーアの内枠の物語の中で、彼女を特定することはできない）。この女性は、ジミーから「君がこれまでどうしてアントニーアについて書いてこなかったのか理解できない」（xii）と言われており、文筆家であることが推測できる。ジミーの言葉にあるように、彼女にもアントニーアの物語を語る資格は十分にあり、アントニーアとジミーの物語として第三者の視点から語ることも可能であったはずである。しかし、彼女は私たちに成長したジミーの情報を与えるだけである。ここに作者の意図を読み取ることができるだろう。語り手を信用しがちな読者は、彼女から与えられたジミーの情報を客観的で正しいものだと受け取る。外枠の語りの中のジミーは、ニューヨーク在住のやり手企業弁護士として世間から成功者とみなされてはいるが、現在の生活に充足感を得られず、アントニーアと過ごした子供時代を懐かしんでいるとされ、ジミーによって語られる物語が、ノスタルジックな感情、あるいは主観的な思い、にあふれたものとなることを読者は推測することになる。

そして、そのノスタルジックな回想は作者キャザーのものでもある。作者と語り手を同一の存在と考えることはできないが、この作品は、キャザーの伝記的な部分が色濃く反映され、二人の語り手がそれぞれ作者の一部を代弁していると思われる。特に、ジミー・バーデンの設定は、キャザー自身の経歴と共通点が多く、ジミーの語りはキャザー自身の想いを重ねているところが多いことは明らかである。

平石貴樹は、キャザーの文学の特徴を「視点の主観性をそのまま（主観的でかまわない）真実として容認」（平石 三〇八）し、「ごくふつうの人びと」に「目をむけ」、「かれらの生活と心境に寄りそうことによって、作者はかれらを肯定的に描」（平石 三〇九）いたのだと述べる。実際のところ、ジミーはアントニーアの物語を書くことを承諾したとき、「自分のこともたくさん語るだろうね。僕自身を通して彼女を知って、感じたんだから」(xii)と述べ、自分の視点からの物語であることを明確にしている。その上、外枠の語り手は「以下の語りがジム(ジミー)の原稿である。おおよそ、彼が私に持ってきたままである」(xiii)と述べ、修正も加筆もしていないことをわざわざ述べて、ジミーの主観的な物語であることを読者に印象付ける。事実、枠内の主人公であるアントニーアが全く登場しない、ジミー自身が「私は」と「I」を主語として回想する部分がしばしば登場する。

アントーニアの内枠の物語が、ジミーの主観的な語りであるという度重なる表明は、ジミーの視点の背後にある作家の主観的な語り(キャザー自身の美しい記憶の再生産)を存分に行うことができるようにするためのものであると言えよう。一九世紀末に一応の完成をみたリアリズム文学における「語り手」の役割は、物語の進展を俯瞰的にかつ客観的に(自分の意見などないかのように)語り、そしてその存在が見えなければ見えないほど「優れた」文学作品として扱われてきた。そのため、キャザーが「懐かしい記憶」を作家の主観に沿って描きだそうとするならば、このような語りの構造を持たなければならなかったに違いない。キャザーは、『ぼくのアントニーア』における二重の語りの構造によって、作家自身の主観性を自由に表現し、新たな神話の構築をなし得たのだろう。

二　東と西の物語

アントニーアの物語――ネブラスカの開拓の物語――は、東部と西部という二項対立を基軸に物語が進む。東部的価値観と西部的価値観――社会的・経済的成功と開拓地の自給自足的生活、個人主義と大家族、打算的結婚と恋愛による結婚など――をジミーとアントニーアにそれぞれ振り分けて、東部的価値観を否定し、西部、というよりもネブラスカを麗しい大地として描きだす。

ジミーの移動は、両親を亡くしてヴァージニアから祖父母の暮らすネブラスカの開拓地、その地域の小都市ブラック・ホーク、州都リンカーン、ボストン、ニューヨークと成長するにつれて、より東へ、そしてより大きな都市へという軌跡をたどる。一九世紀を通してアメリカ合衆国では、産業化・都市化の進展に伴ってますます必要とされるようになった医師・弁護士などの専門職の社会的地位が飛躍的に上昇し、富裕になることが可能な職業として見なされた。彼の移動は、この社会動態の変化と一致し、移動するごとに彼の社会的地位は高くなっていく。佐藤宏子が指摘するようにジミーは「アメリカで最高の成功と考えられているものに向かって着実に一歩ずつ登っていき、その頂点を極め」（佐藤　三一三）る人物である。

しかし、彼の社会的成功は必ずしも幸福をもたらすものではない。外枠の語りからジミーの現在の様子をうかがい知ることができる。彼は弁護士になりたての頃、今ひとつパッとしない職業人として過ごすが、富裕な家の娘であるジェヌヴィエーヴ・ホイットニーとの、ニューヨーク社交界が驚くほど突然の「輝かしい結婚」（x）によって弁護士として注目を集めるようになる。ジェヌヴィエーヴは、女性参政権運動に協力したり、若い詩人や画家たちのパトロンになったりすることを生きがいとしていて、ジミーの華やかさに欠ける生活態度に物足りなさを感じている。語り手によれば、ジミーの妻はなんらかの理由で「ジミー・バーデンの妻であること」に固執し、二人の結婚生活がすでに破綻状態にあっても、離婚しないのだとほのめかす。外枠の語り手は、ジミーを自らの世界（東部的価値観）のなかに押しとどめようとするジェヌヴィエーヴに対して「私は彼の妻が嫌いだ」（x）とはっきりと述べ、語り手とジミーとが共有している西部的な価値観とは異なる人物であることが分かる。

一九世紀半ば以降、アメリカの社会階層が固定化するにつれて、東部の伝統ある大学を出て稼げる職業につくことが「アメリカ最高の成功」であり、アメリカ人の理想とするセルフメイド・マンへの近道だとされた。このような言説は、アメリカを支配してきた東部のエスタブリッシュメント（既成の利権保持者）によって作られたもので、アメリカ国民の一部にしか適用されないものだとキャザーは言いたげであることに気づく。ジミーがハーヴァード大へ進学するように説得する際に教授は次のように言う。「君は今のままでは何もできないだろう。大学を辞めて働きに出るか、大学を変えて再び真面目にやるかだ。あの美人のノルウェイ女性と一緒に遊びまわっているうちは、正気に戻ることはできないだろう」（二八〇）。ここで教授の言う「正気に戻る」とは、恋愛を捨てて東部的価値観を全面的に受け入れること、つまり西部と結びつくもの（＝リーナ）を捨て、社会的に成功する道を選ぶ、ということである。

他方でアントニーアは、物語の最後には西部的価値観を体現し、成功する人物として描かれるが、都会の恐ろしさをたっぷりと味わう。ジミーの祖母の紹介でブラック・ホークに職を得たアントニーアは、ダンスを覚え、女友達たちと夜ごと遊びまわる。ついには勤め口をやめ、新しい住みこみのお手伝いさんの職を見つけるが、身持ちの悪い主人におそわれそうになる。ジミーは、彼女の窮地を救うが、彼女を遠ざけるようになる。ジミーがアントニーアの消息を知るのは、大学卒業後のことである。アントニーアは、鉄道の車掌と交際するようになり、法的な婚姻関係を結ばないまま、デンヴァーで生活を共にする。アントニーアの蓄えがなくなると、その男は、彼女を捨てて、どこかへ行ってしまう。妊娠していた彼女は開拓地の家族のもとへ戻り、子供を産み育てる。

若い女性が一人家を出て、都会で男性に騙されて不幸な結末を迎える、という筋はアメリカ合衆国の文学史においては古くからある「センチメンタルノヴェル」のプロットを踏襲している。センチメンタルノヴェルはミドルクラスの家庭の娘たちに対する教訓という面を持っていたので、身持ちの悪い女性はその代償として不幸な最期（多くは死）を迎えるが、アントニーアの物語はまるでネブラスカの大地が彼女の罪を洗っていくように、彼女にその代償を求めることはない（あるとすれば、歯がなくなったことである）。彼女の恋愛事件は、シメルダ家の隣人で、彼女の結婚の準備を手伝い、そして、彼女の帰郷後も彼女を支え、ずっと「自分の娘のように見守ってきた」（三〇〇）スティーヴンス夫人から同情的、あるいは主観的にジミーに語られることで、本物の幸せを摑むためのレッスンと解釈され、生き直し、あるいは西部的価値観の再確認の物語へと改変されていく。

アントニーアは再婚し、多くの子供に恵まれ、開拓に成功する大地に生きる女性として幸福に暮らす。自らを「私は農場に生きる人間なのよ」（三三二）と表する。ジミーは二〇数年ぶりに彼女に再会し、次のように思う。

> 僕は彼女を見て思った。例えば、歯（がない）のことなんて些細なことだ。彼女が失ってしまったものをみんな持っている女性たちをたくさん知っているけれど、みんな心のうちの輝きを失ってしまっている。どんなものがなくなってしまっても、アントニーアは人生のともしびを失うことはなかった。
>
> （カッコ内筆者加筆、三二五）

ジミーは、アントニーアの姿に大地に生きるもののたくましさと、人間の本質的な姿を見出し、自分の都会生活のありようとの相違を知り、自分がこれまで捨て去ってしまったものが自分にとっていかに重要であるかを改めて思い知るのである。

三　幻想的な悲劇か悲劇的な幻想か

一九一八年代という出版年、あるいは設定とされている一九世紀末という時代を考えれば、西部の開拓で、アントニーアのように成功することは難しくなっていたと考える方が良いであろう。鉄道が引かれて線路の周辺の土地は買収され、土地価格は高騰して農民たちが入手できるような金額ではなくなっていたし、工業化に押されて農地を放棄して都市へ流入する人口が増えていた。一八九三年にはアメリカ中を不景気が襲い、農業で生計を立てることがさらに難しくなる。その状況は二〇世紀に入ってより悪化した。とりわけネブラスカは、開拓移民にとってあまり魅力的な土地ではなかったようで、西を目指した多くの人々はネブラスカを素通りし、より西へと歩を進めたと言われている。つまり、ジミーの語りの最終盤、アントニーアの一家が小麦だけでなく果樹などの様々な農産物の栽培や家畜の飼育に成功し、前述のような近代化の影響から逃れて幸福に生活している姿が描かれるが、このようなことは、この作品の同時代の人々にとって滅多に起こらない幸運か、夢物語であったことだろう。

だが、ここにこそキャザーの意図が感じられる。彼女の作品はしばしば、政治や社会情勢（とりわけ第一次世界大戦）に対する作家の考えが反映されておらず、いわゆる言論人としての責任を回避しているのではないかと批判されてきた。しかし、前節で見たように、キャザーは『ぼくのアントニーア』の中で、アメリカ全土で広く信じられてきた東部の富裕層にしか適用されないような幸福の基準をひっくり返しているし、そもそも、ネブラスカを美しい大地として描き出し、一農民の女性を主人公に据えたこと（しかもセンチメンタルノヴェルのヒロインになりそうな！）こそが、東部的価値基準に対する抵抗を示すものだと言える。だが同時にキャザーは、西部の開拓が悲劇的なものに終わることがあることを描いている。その描き方はきわめて幻想的で、開拓地の悲劇を美しい物語へと昇華させようとする作家の意図さえ感じさせる。『ぼくのアントニーア』の中では、ロシア移民のパヴェル、そしてアントニーアの父親の死がそれにあたる。彼らは逃亡のため、あるいはアメリカで幸福になることを目指して生まれ育った国を離れてアメリカを目指したものの、土地や家畜を買うために蓄えは底をつき、莫大な借財を背負い、希望を失い死んでいった人たちである。

とりわけ、ロシアから移住したパヴェルとピーターの悲劇は、『ぼくのアントニーア』全編を通して最も幻想的な挿話である。アメリカでの労働によって身体を壊して大量に血を吐いたパヴェルが、自分の話を聞いて欲しいとシメルダ（アントニーアの父親）とアントニーアに懇願し、ジミーもそれに付き添う。彼らの家の窓やドアは風でガタガタと音を立てていて、その様は「戦いに敗れ、退却しようとしている軍隊」（五一）のようでもあり「必死に避難場所を求める幽霊」（五一）のようでもある。パヴェルの話は、ロシア語で語られるためジミーには理解できない。そのため、パヴェルの話はアントニーアからの伝聞であり、「その時、彼女が話せなかったことは、後から話してくれた」（五四）とあるように、読者に伝えられるのは子供によって再構成された話であり、その正確さや客観性に疑問符がつく。パヴェルとピーターの不幸を引き起こしたウクライナでの出来事とは次のようなことである。

パヴェルとピーターは若いころ、友人の結婚式に参列する人たちのために橇を引く役目を頼まれる。披露宴が済んで、新郎新婦や親族たちを乗せて帰るいくつもの橇が、「月のないただ星明かりが雪を照らしている」（五五）雪原をパヴェルとピーターが操る橇を先頭に走っていると、狼たちが「影の稲妻のように」

（五五）追いかけてきて、橇を次々に襲う。「背後で起こっていることを確認することはできず」（五五）、ただそれと分かるのは、「馬の叫び声は、橇に乗っている男女の叫ぶ声よりも恐ろしく」（五五）響いているだけである。最後の一艘となったパヴェルとピーターの橇を引く馬は、真っ白い雪原の道を「風のように疾走」（五六）する。狼の追撃を払うために橇を軽くしようと、乗っていた新郎新婦を橇から引きずり落とす。パヴェルとピーターが、花婿と花嫁を自分たちの身を守るために犠牲にした話は国中に広まり、彼らに付きまとい続け、故国を捨てざるを得なくなる。しかし、アメリカに移住しても二人の生活が楽になることはなく、「不幸が丸太小屋の屋根の上にいる邪悪な鳥のように取り憑き、翼を広げて、そこから立ち去るようにと警告を与えて」（四九）いるようだと描写され、そのことが示唆するようにパヴェルは死の床につく。

先に、この描写を「幻想的」と表現したが、その理由は橇に乗った人々に起こった不幸について比喩表現を多用すると同時に、視覚的・聴覚的効果を最大限に利用して読者の想像力を駆り立てることにある。白い雪原とは対照的に、黒い狼の影が近づき、その姿は音で感じるしかない。馬と男女の叫び声が響く。狼は稲妻、馬は風と表現され、彼らの丸太小屋の上には、邪悪な鳥がつきまとう。色彩によって読者に情景を喚起させ、パヴェルとピーターに訪れた悲劇を、「幽霊」や「不吉な鳥」と表現する手法は、感じたものをそのままに表現しようとする印象主義に通じる。

アントニーアの父親の死もジミーには伝聞で伝えられる。ジミーは「シメルダ氏を殺したのは郷愁の思いだ」（九七）という。そして、故国の別れを惜しんだ友人や、アントニーアとその母親が月夜の晩に薪を盗みに入った貴族の森などの「シメルダ氏の記憶にあったであろうことが僕（ジミー）にも生き生きと思い起こされた。それらは、彼をずっととらえ続けた空気のようになって消えることはなかった」（カッコ内筆者加筆、九八）と思う。ここでもまた、幻想的な何かがアントニーアの父親を包み込み、死を招く。

リアリズム（写実主義）ではなく、印象主義的な記述は、作者の主観を表現する手法として知られている。これら二人の悲劇的な死を迎えた人たちに対するジミーの個人的な悲しみを表現し、なおかつ、死の原因を故国に預けて、ネブラスカ開拓地の価値を失わないようにするのには、うってつけの手法であったといえよう。

四　まとめ

作家ウィラ・キャザーは外枠のなかにも枠を作り出し、一人称の主観による語りを利用したことで、西部神話を再構築した。主観による語りは、古い物語ではよくみられたものであろうが、一九世紀を通じてリアリズム小説が発展したことによって、主観的な語りは排除されていった。キャザーは、西部／ネブラスカという土地に対する思いを表現するために、主観と回想による語りを復権させたのである。

使用テキスト

Cather, Willa. *My Ántonia*. Ed. Charles Mignon. 1918. University of Nebraska Press, 1994.

引用文献

キャザー、ウィラ．『マイ・アントニーア』佐藤宏子訳：みすず書房、二〇一〇年．

平石貴樹．『アメリカ文学史』．松柏社、二〇一〇年．

第三章………一九二〇年代

シンクレア・ルイス『メイン・ストリート』

水口陽子

【一九二〇年代の時代背景】

ロスト・ジェネレーション（失われた世代）

T・S・エリオット、F・スコット・フィッツジェラルド、アーネスト・ヘミングウェイ、ガートルード・スタインなど第一次大戦後の物質主義のアメリカに幻滅しヨーロッパに渡った作家たちは「失われた世代」と呼ばれた。これは、一九一四年から一九一八年に起こった第一次大戦の恐怖とトラウマを経験した若者たちの世代のことを指して、ガートルード・スタインがヘミングウェイに対して言った言葉が元とされている。当時のパリは「二〇世紀そのもの」であり、モダニストたちの集まるパリに作家たちは集い、芸術的実験を行っていた。一九二四年には、『トランスアトランティック・レビュー（*Transatlantic Review*）』がパリで刊行された。

若者たちは、第一次世界大戦によってそれまでの価値観を覆され、喪失感に苛まれ、放浪していた。そのような目的のない生き方を指して述べられた言葉であり、ヘミングウェイの『日はまた昇る』のエピグラフともなっている。「失われた世代」という言葉は、フィッツジェラルドやジョン・ドス・パソスなど戦後の喪失感を作品に見事に描いたアメリカ人作家のことを指して用いられるようになった。フィッツジェラルド『華麗なるギャツビー』（一九二五年）は、のちに何度も映画化されるなど、アメリカ小説の代表作として読まれ続けている。

モダニズム

一八九〇年代から一九四五年頃の間に勢いを持っていた実験的、革新的芸術運動である。ロマンティシズム、リアリズムへの反動として始まり、一九世紀的な安定した時間・空間構造の解体、断片化への志向という特徴を持つ。一九二〇年代にはジェイムズ・ジョイスの『ユリシーズ』や、T・S・エリオットの『荒地』（ともに一九二二年）などが出版されている。

モダニズムの詩人の代表として、エズラ・パウンドや、不要な言葉をそぎ落とす手法のイマジズム詩で知られるガートルード・スタインなどがいる。ピカソなどによって確立された「コラージュ」、「キュビズム」など絵画の手法ともリンクし、絵画的技法を詩の世界で再現しようとした試みであると言える。その一方で、同時代の小説において、ヴァージニア・ウルフらが、意識の流れという全く異なる文体、手法を採っていることも興味深い。

都市と農村

一九二〇年には、アメリカの人口の半分が都市部に居住し、六〇〇万人が農村部から都市部へ流入して、都市化の進展と農村の疲弊が進んだ。「騒々しい二〇年代」と呼ばれる軽薄さと共に活気のある時代でもあった。陽気なことに飢えていた若者たちの文化は、ジャズ・エイジ（フィッツジェラルドの短編集からとられた呼び名で一九一九年から一九二九年の期間を懐かしんで用いられる）と呼ばれ、フラッパーと呼ばれる娯楽志向の若い女性たちが登場した。ジャズやダンスホールも都市部で流行した。

ニューヨークでは黒人居住区であるハーレムが文化的にも重要な役割を果たして来たが、一九二〇年代に教育を受けた黒人たちがハーレムに集まり、文学、音楽、美術等の分野で独自の芸術運動を繰り広げた。とりわけ一九二二年から一九二九年はハーレム・ルネッサンスとよばれている。

【作家・作品紹介】

シンクレア・ルイス（Sinclair Lewis, 一八八五–一九五一）
『メイン・ストリート』（*Main Street*, 一九二〇）

シンクレア・ルイスはミネソタ州ソークセンターに生まれる。イェール大学に進み、新聞記者などの仕事をしながら、アメリカ各地を転々とする。一九一四年に作家として本格的にデビューを果たした。一九二一年に『メイン・ストリート』でピューリッツァー賞を受賞したが、選考委員会の審議により白紙撤回された。一九三〇年、アメリカ人として初めてノーベル賞を授与された。

ルイスは、アメリカ中西部の田舎町を舞台に、典型的なアメリカ人の中流社会をアイロニカルな眼差しで描いた。彼は冗舌で人まねが得意であり、「テープ・レコーダーのように他人の言葉を記憶できた」という。ルイスは小説執筆の前に詳細なノートを作り、登場人物の詳しい伝記を書いてから作品を書いていた。一九二〇年代のルイスの人気は爆発的で、ベストセラー作家であった。出版社ハートコートの宣伝も巧みであった。当時は二〇〇〇年に古典となっている作家として一位に挙げられていたが、現在では読まれなくなっている。しかしながら、ルイスなくして現代アメリカ文学を考えることはできず、アメリカ人の姿も想像できないという批評家もおり、アメリカ社会、特にその中産階級を諷刺的に描いた風俗小説として優れていると評されている。農村的アメリカと工業的アメリカという根本的な対立、生産と消費を取り巻く企業の活動と個人の生き方、一般大衆を描いた。本作品以外にも、『メイン・ストリート』以降の五編『バビット』（一九二二年）、『ドクター　アロースミス』（一九二五年）、『エルマー・ギャントリー』（一九二七年）、『ドッズワース』（一九二九年）、『アン・ヴィカーズ』（一九三三年）が代表作とされている。

ミネソタの都市セントポールで育ったキャロル・ミルフォードは、田舎育ちの医者であるウィル・ケニコットと結婚し、夫の地元の町ゴーファー・プレーリーに住むことになる。キャロルは理想に従って町を改革しようとするが、改革を望まない住人たちと対立してしまう。彼女の試みはことごとく因襲的な町の空気によって妨げられ、一旦逃げ出すものの、町の生活を不本意にも受け入れざるを得ないという結末に至る。この小説は、画一化されていくアメリカ社会を風刺していると言われている。

『メイン・ストリート』では、中西部の典型的な田舎町を描き、中産階級、つまり、よくある小さな町によくいるタイプの人間が住んでいる、という読者がよく知る世界を描いた。当時、ベストセラーとなり、普段新刊を手にしない人も買い求めたというが、正真正銘のアメリカ人を描いているという

シンクレア・ルイス

当時の評価がある一方で、芸術作品としての評価はけっして高くない。

ルイスは田舎の息苦しさの経験から『村のヴィールス』という作品を一気に書き上げ、それがこの小説の元になっている。視野の狭さ、偽善、自己満足、新しいものや新参者を排除する社会を風刺しながらも親近感をもって描いており、田舎町に対するノスタルジアも含んでいる。退屈な作品という評価の一方で、当時のアメリカの家庭、町の様子を忠実に記した優れたアメリカ社会批判小説として評価されている。

【作品案内】

ルイス、シンクレア．『本町通り（上・中・下）』斎藤忠利訳．岩波文庫、一九七〇・一九七一・一九七三年．

――．『ドクター　アロースミス』内野儀訳．小学館、一九九七年．

斎藤光編．『二〇世紀英米文学案内　一三　シンクレア・ルイス』．研究社、一九六八年．

『メイン・ストリート』——田舎暮らしの病

一　はじめに——アメリカと移動、田舎と都市

広大な土地と様々な対立や矛盾を抱えるアメリカにおいて、田舎から都市への移動と両者の対比は長らく文学作品のテーマであり続けてきた。郊外の誕生と移動手段や交通網の発達と共に、現代アメリカ人の土地に対する意識も、人と空間との関係性も大きく変化した。広大な国家に住むアメリカ人たちにとっての土地に対する相反した意識（愛着と反発）、そして、ある土地から別の土地への移動は、アメリカ文学において中心的なテーマであり続けてきたと言ってよい。とりわけ、二〇世紀転換期には、田舎から都市への移動を描いた作品が登場し、産業化と時代の変化、自由、富、成功／失敗、都市における女性の労働、そして、解放と転落にまつわる多様な作品が生み出された。スティーブン・クレイン『街の女・マギー』（一八九三年）、ドライサーの『シスター・キャリー』（一九〇〇年）、『アメリカの悲劇』（一九二五年）などが挙げられる。

当時の読者がこぞって読んだシンクレア・ルイスによる『メイン・ストリート——キャロル・ケニコットの物語』（一九二〇年）は、長らく田舎と都市、そこに住む人々やそれぞれの価値観の対立の物語として読まれてきた。本論考では、この作品が一九二〇年までの「アメリカ」というものを空間の描写を通してどのようにとらえ、語っているのかに注目したい。風俗作家、リアリスト、風刺作家としての従来のルイス評価を

ふまえつつも、ストーリーテラーとしての語りの面白さに注目する。この作品に描かれる空間や他者にまつわる語りを考察し直し、今この作品を読む楽しみを提示してみたい。

二　空間を物語るキャロル

一九二〇年に出版された『メイン・ストリート』は、二年で二〇〇万部という大ベストセラーとなった。その成功は、一九二〇年が都市人口がそれ以外の人口を上回った年であり、二〇世紀に入り女性を含む多くの労働者が田舎から都市へと流出していったことと無関係ではないだろう。都市に住む読者に加え、田舎などの小さな町、故郷への思いを携えて、大きな都市を目の前にした多くの読者がこの作品を手に取ったことであろう。

この小説の興味深い点は、『シスター・キャリー』などの二〇世紀転換期の主な小説が田舎から都市へという移動を伴う都市小説であるのに対して、この作品では主人公キャロルが都市から田舎へと時代の流れとは逆向きの移動をしていることである。つまり、都会人の視点を持った教養ある女性が、小さな町で遭遇する出来事とその葛藤を描くことで、アメリカの典型的な町（スモールタウン）の姿、そこに住む人々の姿を描いているのである。ゴア・ヴィダルが述べているように、「この小説には全くプロットはない」。[1]つまり、何か劇的な出来事が起こるわけではなく、多くの部分はキャロルの視点から書かれているのだが、町の住民が次々と現れ、語られるだけで、登場人物間のやり取りの羅列でしかない。

主人公キャロル・ミルフォードはカレッジ卒の若い女性で、シカゴで一年を過ごし、セントポールの公立図書館で働いた経験を持つ。九歳の時に母親を、一三歳で判事であった父親を失くしており、姉が一人いる。ドクター・ケニコットという医者と結婚し、ゴーファー・プレーリーという小さな町にやってくる。冒頭の第一章で、「優美さと活発さと美しさ」さらに、「自由」（一）をまとった存在として強調されるキャロルは、「プレーリーの町を美しくする」（五）という思いに取り付かれる。「美しい町を作りたいという欲望」（七）によって、キャロルの意識はまずゴーファー・プレーリーの町の外観に向く。次の場面は、ゴーファー・プレーリーに対するキャロルの第一印象が描かれている箇所である。

その一つの言葉——ホームという言葉——に彼女は恐ろしくなった。自分はこのゴーファー・プレーリーと呼ばれる町に住むという契約をしてしまったのか？（中略）そして、彼女はゴーファー・プレーリーが彼らが通り過ぎてきた集落の延長に過ぎないと知った。（中略）人々は——彼らは家々と同じぐらいくすんでおり、彼らの平原と同じぐらい平らで薄っぺらかった。彼女はこの男から解き放たれ、逃げなければならなかった。（二二〜二三）

ここでは、アメリカはどこへ行っても似たり寄ったりの町であることが示される。続いて、彼女が初めてメイン・ストリート（本町通り）に出たときの場面である。

三二分間歩くと、キャロルはまちの全てを東から西、北から南まで完全に見終わってしまった。そして、

（1）Vidal, Gore. "The Romance of Sinclair Lewis." *The New York Review of Books*. Oct. 8, 1992; Web. 1 Dec. 2016.

彼女はメイン・ストリートとワシントン・アベニューの交差する角に立ち、絶望した。

　メイン・ストリートには、二階建てのレンガの店や一階半の木造の住居があり、泥が広がり、フォードの群れや木材を積んだ荷馬車があるのだが、あまりにも小さくて彼女を夢中にさせることはできなかった。(中略) 彼女は、大地の巨大さと空虚さに気がついた。メイン・ストリートの北の端にある数ブロック離れた農場に建つ骨格だけの (残骸の) 鉄の風車は死んだ牛の肋骨のように見えた。彼女は、北風の到来のことを考えた。北風が吹くと風吹く荒地を全速力で駆けてくる嵐の恐怖の中、防御されていない家々が一緒にうずくまるのだろう。それらはあまりに小さくて弱々しい小さな茶色い家々だった。それらはスズメの避難所であって、温かい笑いに包まれた人々の家庭 (home) ではなかった。(二九)

この描写の後に、メイン・ストリートに立ち並ぶ商店や、教会、郵便局、銀行などが一気に描写されるのだが、「醜さ」だけでなく「建物の計画性のなさ、一時しのぎ、あせた色合い」(三三) に、キャロルは圧倒され、そこから家へと逃げ帰る。

　メイン・ストリートの町並みに打ちのめされたキャロルの関心は、都会風の洋服を着ること、自宅の居間のリフォーム、目新しいパーティーを開くことに注がれるが、町の人々にとっては嘲笑のネタでしかない。その後、キャロルは、次から次へと、市役所、図書館、診療所の待合室、学校の新校舎の改革への思いに駆られては、それらの夢がことごとく打ち砕かれることになる (一一六)。

　次第に、町の建物の外観からの改革ではなく、内なる改革、つまり、住民たちの意識の改革へとその熱意の矛先は転じ、「サナトプシス」というスタディ・クラブでは建築、陶器、家具だけでなく新しい詩人たちについて議論し、演劇クラブを立ち上げようとする。詩や演劇から「反逆」の一歩を始めようとする試みも失敗に終わり、キャロルの町の改革に対する試みはことごとく打ち砕かれ、最後まで実現することはない。芸術的、文化的、知的に遅れている田舎の町。そこには、実践的なもの、実用的であることをよしとしたアメリカの姿も垣間見える。

結局のところ、町の人々とのやり取りを通して、チャンプ・ペリー夫人ら、ゴーファー・プレーリーの成り立ちを知る人々とキャロルとの間にある大きな溝（一二二）を彼女は悟ることになる。「アウトサイダー」（一四三）、つまり、よそ者でしかないキャロルの改革への熱意は、古い世代の持つ何もないところから自分たちが築き上げて来たものを壊されることに対する抵抗（一二三）との戦いである。キャロル自身も改革を目指す中で、アメリカ中西部の成り立ちを知ることになるのだが、開拓当時の様子（一三六）は、登場人物のみならずアメリカの読者たちのノスタルジーをもかき立てるものであることも忘れてはならない。

常に、「簡素（simplicity）」（一三七）と文化、つまり、洗練と「教養（liberalism）」（一三〇）を求めるキャロルは、この町では「個人」になれないことを嘆いている（一八二）。キャロルのゴーファー・プレーリーに対する視線は、常に町の人々を外から眺めたものであるが、一つ注目に値するのは、「ゴーファー・プレーリーに福音を説く（evangelize）」（一四〇）、「ゴーファープレーリーを美意識へと改宗させる（convert）」（二〇五）という表現が用いられていることである。これらの宗教的なイメージを伴う言葉によってキャロルが自らの信念を宗教的な疑いの無さでもって信じていることが示され、信仰心に厚い時代遅れの町の住民と同じくらい滑稽な印象を与えている。

この小説の中でキャロルを悩ませる「メイン・ストリート」とは一体何なのだろうか。それは、単なる場所であるだけでなく、アメリカのフロンティア神話であると同時に、ピューリタン的精神の現れであり、キャロルの野望を打ち砕く存在である。また、「村ウイルス（the Village Viruses）」（一四〇、一八一）という病のイメージを伴ったゴーファー・プレーリーとその象徴であるメイン・ストリートとは、常に他の場所との「類似（similarity）」（二四三）がちらつき、「凡庸さ（mediocrity）」（一三〇）、「醜さ（ugliness）」（三三）、「退屈さ（dull（ness））」（二四〇）そのものでもある。度々作品の中に登場する『ゴーファー・プレーリー・ウィークリー・ドーントゥレス』の記事は、皮肉にもゴーファー・プレーリーというコミュニティーの凡庸さを露呈するものとなっている。この雑誌の名称の中にある「くじけない、不屈の、ひるまない（dauntless）」という言葉の中にもこの小さな町の意識が垣間見える。

スモールタウンとは、メイン・ストリートがせいぜい数ブロックの町である。都会が匿名で断片的であるのに対し、住人同士が互いを知っており、皆、その町の構成員となっていて一人一人の人生が見える。大地に根差したスモールタウンこそがアメリカの精神であると信じられてきたが、それまでのアメリカでは「美化されてきた」スモールタウン神話を本作品は否定している。キャロルは色々な物語や芝居を読みあさり、アメリカのスモールタウンは二つの伝統を持っていると結論づける。二つの伝統とは、「友情と正直さと愛らしい結婚適齢期の女性にとっての安楽の地であり」、「都会に疲れた人々が帰ってくる場所」という理想的場所というイメージと、「田舎者」のイメージであり、実際は四〇年も前にすでに消え失せたイメージである（二三九）。そして、豊かになった住民たちが街に住むために出て行くのは、「田舎者」のイメージのせいではなく、村には「何も面白いものがないからなのだ！」（二四〇）と結論づけている。

また、この作品には、「個人」として生きることの困難さと共に、都市と田舎とプライバシーの問題（七七、二二〇）も描かれており、ゴーファー・プレーリーのような小さな町にはいかに自由さやプライバシーが無いかを語る一方で、ワシントンD.C.などの都市においては自由と孤独（三八一）は常に隣り合わせであることも述べられている。個人と集団の葛藤という問題は、文学の主要なテーマの一つであり続けていると言える。この「個人」であることと、集団の中でのプライバシーのせめぎ合いというテーマはイーディス・ウォートンの代表作である『無垢の時代』（一九二〇年）の大きなテーマでもあり大変興味深い。

ハウエル・ダニエルズが「この小説における主要な役割は、フロンティアの神話によって演じられている。メイン・ストリートは過去に対する意識と未来への自信に取り憑かれているのだ（八九）」[2]と述べているように、ゴーファー・プレーリーという場所はキャロルの目には何ら変化を遂げない場所でありながらも、アメリカの未来への予感をも含んでいる。

キャロルは「メイン・ストリートなるもの」（二〇六）に打ち負かされながらも、多くのよそ者が来ては去って行く中、次第にキャロルも町の一部となっていく（二二三）。この作品において、空間について語る場面とその行為は、物語の中で重要な役割を果たしている。

三　視点と語り――ゴーファー・プレーリーの多様性

次に、この小説の特徴の一つとして、視点と語りの問題について考えたい。主に主人公キャロルの視点から物語が語られていくが、次第に語りが多様になっていき、「他者」の視点を並列することによってキャロルの立場に対して常に反対の見方を提示している。キャロルのゴーファー・プレーリーや改革への思いを登

（2）Daniels, Howell. "Sinclair Lewis and the Drama of Dissociation." Harold Bloom, ed. *Modern Critical Views: Sinclair Lewis*. Chelsea House, 1987, 83-102.

場人物たちの視点からも語らせることで、ケニコット、ヴィーダ・シャーウィンらの町の住人たちの側への共感を呼び起こし、読者は主人公を客観的に捉え直すようになる。また、女中のビー・ソレンソンという登場人物は、キャロルとの比較の上で上手く用いられている。ゴーファー・プレーリーに初めてやって来た時の場面を、時を同じくしてゴーファー・プレーリーにやって来たビーの視点から書くことによって、メイン・ストリートという空間を再び語り直す。

また、キャロルの視点と語りの中で重要であるのは、当時の女性の声を代弁しているだけでなく、ドイツ系移民や（スウェーデンなど）北欧からの移民の存在を浮き彫りにしていることである。このような登場人物は、この町では弱者であり、町の主要人物との違いや町の人々の多様性を表すのに用いられている。ゴーファー・プレーリーのコミュニティーの中でアウトサイダーとして存在し続けるキャロルにとって、このコミュニティーの周縁にいるマイルズ・ビョーンスタム（一二七）や女中のビーはその率直さにより親近感を抱かせる存在となる。この小説がこれら周縁の人々の声を一つ一つ拾うことにより、この町の人々が決して同一の意見を持った一枚岩のコミュニティーではなく、多様な人々からなる集団であるということを提示している。つまり、キャロルの目を通して、ドイツや北欧からの農夫たちやスラム街（一〇二）の風景、ジプシーのように生活する人々を描き、キャロル以外のこの町に受け入れられないよそ者たちを登場させることで、この一見したところ単一的なコミュニティーの中に多様なアメリカの姿を映し出しているのである。

さらに、この小説においてキャロルの声と語り手の声が巧みに混じり合っていることにも注目すべきだろう。この第二二章パート六は、キャロルの思考という体裁を取りながらも、ほとんど語り手の声となっていると言ってもいい箇所である。

疑いもなく、あらゆる国のあらゆる時代の、全てのスモールタウンは、ただ冴えないというだけでなく、意地悪で辛辣で、好奇心がはびこる傾向がある、とキャロルは認めた。フランスでもチベットでも、ワイオミングやインディアナと同じようにこれらの臆病さは孤立している限り避けられないものである。（二四一）

このような視点の多様性を、ゴア・ヴィダルは、バフチンの言う「ポリフォニー的小説」であると述べているが、[3] この小説の本質は、短いエピソードの連なりであり、プロットらしいプロットを持たず、この町の凡庸さというものを人物描写や空間描写の羅列によって表現しているところにある。この作品に描かれる登場人物たちは、経済的に多少豊かになることや別の土地に移り住むことを除いて、誰一人として特に成長するわけでもない。ゴーファー・プレーリーという町に忠誠を誓っているようで、この町に飽きて嫌気がさしている住民の存在も語られ、余裕のある住民たちの願いは、最終的には、カリフォルニアや都会に移り住むことなのであるという皮肉も描かれている。

四　今『メイン・ストリート』を読むということ

この小説は欠点を指摘されながらも、一九一〇年代のアメリカ社会や文化、風潮と変化を的確に描写した作品として評価することができ、キャロルの改革への思いを通して、アメリカ中西部の成り立ちを知ること

（3）Vidal, Gore. "The Romance of Sinclair Lewis."

ができる。ルイスはスモールタウンの典型的人物とキャロルの両方の立場を知っていたからこそこの作品を書くことができ、自分の生まれ育った小さな町を自らの目で鋭く見つめることができたのである。この作品自体が当時の文学（演劇を含む）、さらには映画に対する批評となっているのみならず、鉄道の時代から自動車の時代への変化についても語っており、第一次大戦とアメリカ参戦をアメリカ国内やスモールタウンの住民の視点から描いている。このような時代の風刺は、時として社会主義やコミュニズムに対する当時の眼差しも垣間みさせてくれる。シャーウッド・アンダーソンの『ワインズバーグ・オハイオ』（一九一九年）が今日の読者にも読まれ続けているのに対し、一九六〇年代以降の正典（キャノン）の見直しによって本作は文学史より除外され、文学的価値というより歴史的資料としての側面が強調された。

今ではほとんど読まれなくなってしまったこの作品の意義について、主に次のような三つの評価がなされてきた。三つの評価とは、アメリカ（人）の姿を表出し、アメリカ人としての自己意識を作り出し、その後のアメリカ小説を生み出したものであるという指摘である。この作品が一九二〇年代以降のアメリカ社会と文学への橋渡しとなり、新しい女性（ニューウーマン）の登場、女性参政権の問題、モダニズム、経済的発展、さらなる都市化、工業化へと邁進するアメリカの姿を描き出していることでも、この作品の価値を認めることができる。

また、働く女性の増加、女性と労働・家事の問題を描いた小説としても重要な作品と言えるだろう。ケイト・ショパン『目覚め』（一八九九年）に代表される、家庭から解き放たれ、自由を勝ち取るという希望が打ち砕かれる女性の物語の系譜をたどる作品ではあるが、様々な女性の可能性を示唆している作品とも言える。主婦に渡される生活費、女中の給料（八一、八五）、外で働くことという医者の妻としてのタブー（七六）、親戚付き合い、夫婦間の不和といった、家庭や女性のコミュニティーの中で起こるいざこざを生き生きと描いてもいる。キャロルが子連れでワシントンD．C．で二年も過ごしゴーファー・プレーリーに舞い戻ることにも、一九二〇年代以降ますます顕著になる女性と労働の問題、自立への兆しを見て取ることもできるだろう。

出版後一〇〇年を経て、改めて『メイン・ストリート』という作品を読むことにどのような意義があるだろうか。この作品を読むことで二〇世紀前半のアメリカ小説の系譜がより明確となり、読者は改めて現代アメリカにも通ずる「アメリカという理想と幻想」をはっきりと捉え直すことができるだろう。メディアなどに現れる豊かで巨大な力をもつ絶対的ナンバーワン国家としてのアメリカのイメージとは異なり、実際は自分の町から出ることなく一生を過ごすアメリカ人も多い。現状に満足し、変化を好まない、偏狭なアメリカ人、アメリカ国家の原型をそこに読み取ることができるかもしれない。トランプ政権下でますます分断し、田舎対都市、保守とリベラル、共和党と民主党、ポピュリズムと多様性（移民）という二つの価値観が対立する現在のアメリカにおいて、その根元の姿を、この『メイン・ストリート』という作品の中に読み取ることもできるのではないだろうか。この作品を読めば、アメリカという国の性質がより一層明らかになるのである。

使用テキスト

Lewis, Sinclair. *Main Street: The Story of Carol Kennicott*. 1920; Penguin, 1995.

第四章…………一九三〇年代

ウィリアム・フォークナー『エルサレムよ、もし我汝を忘れなば』

中垣恒太郎

【一九三〇年代の時代背景】

大恐慌の時代

一九二九年一〇月二四日、ニューヨーク市場で株価が大暴落したことを契機に、世界的に深刻な長期不況に陥った。米国の景気後退は一九三三年まで続き、一九三〇年代を通じて経済は停滞し、一時は約二五%まで失業率が上がり、賃金は大幅に下落した。第三二代大統領フランクリン・ローズヴェルト（一九三三〜四五年在任）は、「ニューディール」政策を掲げ、多額の赤字国債発行により資金を調達し、公共事業に投じた。新規まき直しを意味する「ニューディール」の語はマーク・トウェインの小説『アーサー王宮廷のコネティカット・ヤンキー』（一八八九）に由来する。

大恐慌の時代を反映し、社会の矛盾に対する抗議の姿勢を示す社会意識の高い作品が文学の傾向として現れている。ジョン・スタインベックの『怒りの葡萄』（一九三九）は、家と土地を失ったオクラホマ州出身の貧しい小作農のジョード一家に焦点を当てた長編小説である。大規模資本主義農業の発達、工業化の波に加え、オクラホマ州や中西部で深刻な災害と化していた「ダストボウル」（砂嵐）による凶作により所有地が耕作不能となってしまい、先祖代々何世代にもわたって生活してきた土地から立ち退かざるをえなくなった一家が職と生活の場を求めてカリフォルニアを目指し旅に出る。カリフォルニアにたどり着いてみると、同じように土地を追われたオクラホマ出身の農民がすでに数多く流れ着いていたために、労働力が過剰な状態となってしまっており、移住者たちは「オーキー」と呼ばれ蔑まれながら、貧民キャンプを転々と移り、雇用者である農園主の言い値となる低賃金の日雇い労働に甘んじるしかなかった。当時の労働争議をめぐる様子も描き込まれている。

ジョード一家がオクラホマから、豊饒な「約束の地」としてのカリフォルニアを目指す展開は、旧約聖書の「出エジプト記」を下敷きとしており、すべての家財を売り払い、一家が国道六六号線をオクラホマ州からカリフォルニア州まで車で移動するこの物語は、ウディ・ガスリーに代表されるフォーク・ソングをはじめ、アメリカ大衆文化における移動をめぐる物語の想像力の源流を成している。とりわけジョン・フォード監督による映画版（一九四〇）は、国道六六号線の移動を記録した最初期の映像であり、アメリカ大衆文化の人気ジャンルとなるロード・ムービーの発展の下地となった。

この大不況におけるニューディール政策の一環として、ＷＰＡ（公共事業促進局）による失業者救済策は芸術文化の表現者たちまでをも射程に入れたものであり、「連邦作家計画（ＦＷＰ）」では多くの作家たちがこの事業に関与し、文筆を仕事とする対価として経済的支援を受けた。ＦＷＰの主要事業として挙げられる『アメリカ旅行ガイド』（一八三七〜四一）シリーズは、アメリカ全土の地域文化を州毎に収めた観光ガイドブックであり、地域文化や地元にゆかりの深い文学、証言や方言を記録する役割を担った。

大衆文化の発展期――映画・アニメーション・コミックス文化の成熟

一九三〇年代は未曾有の恐慌期であると同時に、大衆文化における発展期ともなった。ハリウッド映画の黄金時代として位置づけられ、とりわけマーガレット・ミッチェルのベストセラー小説を原作とする『風と共に去りぬ』の映画版（一九三九）は、最先端となるテクニカラーの手法を導入し、南北戦争を舞台にした壮大な大河小説をおよそ四時間におよぶ分量で映像化した。原作者のミッチェル自身の出自を反映しているとされるヒロイン、スカーレット・オハラの力強い生き方は、一九二〇年代以降の「新しい女性」の価値観が投影されているとみなされており、アメリカ女性の変遷もこの作品から読み取ることができる。さらに、二〇世紀末の多文化主義／ＰＣ（政治的正しさ）の観点からは、『風と共に去りぬ』におけるアフリカ系（黒人）をめぐる描写についての批判が高まったことを受け、公の場所での上映が認められなくなるなど、歴史を描写することの意味も含め、表現をめぐる規制の問題もそれぞれの時代を反映している。スクリューボール・コメディなどのジャンル文化が発展してきた時代でもあるが、同時に映画の影響力の強さが懸念され、「ヘイズ・コード」と呼ばれる表現規制が制度化された時代でもある。アメリカ映画製作配給業者協会により一九三四年から実施されたこの自主規制の基準は今日の「レイティング」制度に継承されるものであるが、一九六〇年代後半に至るまでハリウッド映画の表現のあり方に多大な影響を及ぼした。

アニメーションにおいては、ウォルト・ディズニーの登場が大きな転換点となった。『蒸気船ウィリー』（一九二八）は、前年に登場したばかりのトーキー導入を踏まえた世界初の音入りアニメーション映画である。ディズニーは三次元的な奥行を表現する効果を生み出す手法である「マルチプレーン・カメラ」を導入した『風車小屋のシンフォニー』（一九三七）でアカデミー賞短編アニメーション部門賞を受賞するなど技術面における革新を追求し、名声を高めていく。さらに、カラー長編アニメーション映画の先駆作『白雪姫』（一九三七）においてアニメーション映画の芸術的評価を決定づけた。さらに、フライシャー兄弟をはじめとする他の製作者もこの時代に果敢に新しいアニメーション映画の技法を考案し、アニメーション表現の革新をもたらしている。

さらに、コミック・ブックの発展期でもあり、一九三〇年代に「パルプマガジン」と称される安価な大衆向け雑誌において、それまでに新聞で発表されていた「コミック・ストリップ」（コママンガ）を再掲する流れが人気を呼ぶ。いわゆる「アメリカン・コミックス」もこの時代に誕生したとされており、既発表作品の再録ではなく、オリジナル作品も増えていくが、パルプマガジンで人気のあった探偵もの、冒険ものなど大衆小説の影響を受けたものが多く現れた。転機となったのは、一九三八年に発表されたスーパーヒーローを主人公とする『スーパーマン』（『アクション・コミックス』第一号）である。この作品の爆発的な人気が契機となり、アメリカン・コミックスの出版社がこぞってスーパーヒーローものを扱うことになり、現在に至るまでアメリカン・コミックスの主要ジャンルを形成している。一九三〇年代から五〇年代初頭までが「アメリカン・コミックスの黄金時代」として総称されており、不況期から世界大戦にかけての時代の中での安価な娯楽であったと同時に、原案・作画を分業とする製作体制が特徴であるコミックス産業は不況期に人種の壁を越えて多くの表現者に仕事を提供した。

繁栄の象徴としての「摩天楼」

二〇世紀への転換期に、アメリカにおける商業、経済の中心がニューヨークに移りはじめ、ニューヨークの町には「スカイスクレーパー」（摩天楼）と呼ばれる高層建築が数多く林立し、建物の高さを競いあった。中でも「エンパイアステートビル」はその代表となり、キングコングがビルにしがみついて飛行機をつかみ落とす映画（一九三三）の場面が表すように、ニューヨークの象徴であり、さらにはアメリカの発展を象徴する存在となった。実際には一九三一年に竣工したものの世界恐慌の影響でオフィスの大部分は一九四〇年代まで多くが空室のままとなっていたのだが、やがて多くの人々が訪れる観光名所となり、一九七二年にワールドトレードセンターのノースタワーが竣工するまで世界一の高さを誇った。

一九三〇年代は世界恐慌と労働争議に代表される厳しい世相が支配的であった一方で、一九二〇年代の好景気を受けて、アメリカが政治的、経済的、文化的な繁栄を遂げた時代でもあり、世界をリードする大衆文化の発展期でもあった。

【作家・作品紹介】

ウィリアム・フォークナー（William Faulkner, 一八九七–一九六二）

『エルサレムよ、もし我汝を忘れなば』（*If I Forget Thee, Jerusalem*, 一九三九）

アメリカ南部の因習的な世界を「意識の流れ」をはじめとする実験的手法で描いたウィリアム・フォークナーは、生涯の大半をミシシッピ州の田舎町で過ごし、その地をモデルにした架空の土地ヨクナパトーファ郡ジェファソンを舞台にした作品群は「ヨクナパトーファ・サーガ」と称される。

日本では『野性の棕櫚』の題名で長年親しまれてきた作品であるが、作家自身による原稿では、*If I Forget Thee, Jerusalem*（エルサレムよ、もし我汝を忘れなば）」という題が付されていたことから、その後、著者の意向に基づく題名が用いられるようになり、二〇〇三年以降に刊行された版からは両方の題名を併記した版（*The Wild Palms* [*If I Forget Thee, Jerusalem*]）が流布している。

二つの物語が章毎に入れ替わりながら展開される二重小説の形式が採用されており、「野性の棕櫚」のパートでは、医師である中産階級の白人男女が不倫、妊娠、堕胎のすえ、悲劇的な結末を迎える。「オールド・マン」のパートでは、囚人である貧しい南部人が洪水に巻き込まれ、妊婦を救い、出産を助け生還する。「オールド・マン」とはミシシッピ川の俗称であり、一九二七年に起きたミシシッピ川の大洪水を背景としている。二つの物語は共に刑務所をめぐる場面で終えられているが相互の連関はない。

「野性の棕櫚」は、インターン崩れとして医師の資格を得ていないハリーと、恋人であるシャーロットが堕胎手術に失敗した場面からはじまる。その後は回想が挟み込まれる形で構成されている。

ハリーはニュー・オーリンズの病院でインターン生活を送っており、薄給のためにつつましい日々を送っていた。二七歳の誕生日に参加した、あるパーティにて、シャーロットという二人の娘を持つ既婚女性と出逢い恋に落ちる。

二人はシカゴに向かうが、ハリーはインターンを途中で放棄したためにまともな職にありつけない。やがてハリーはユタ州の鉱山での医師の仕事を見つけ、二人の新しい生活がはじまる。そこで出会った鉱山主任のバックナーがハリーに妻の堕胎を行うように依頼する。ハリーは最初拒否するが根負けして手術を行う。その後、今度はシャーロットの妊娠が判明し、二人はテキサス州サンアントニオに赴き堕胎の方法を探すがうまくいかない。結局、二人はミシシッピ州の海岸に

ウィリアム・フォークナー

ある別荘を借り、そこでハリー自らがシャーロットの堕胎手術に挑むことになる。

　このパートの最終章では、ハリーは堕胎手術に失敗し、シャーロットは病院に送られるも死亡、ハリーは刑務所に入れられる。シャーロットの夫リトンメイヤーがハリーを訪ねてきて逃亡を促すがハリーは逃げない。ハリーは故殺で告訴され、判決にて半世紀におよぶ期間の重労働を課せられる。ハリーの独房にリトンメイヤーが再び現れ自殺を促すが、ハリーは拒否する。「無よりも悲しみを選ぼう」とハリーが決意するところでこのパートは終わる。

「オールド・マン」は、一九二七年五月にミシシッピ川で洪水が起こるところからはじまる。列車強盗未遂の罪状で一五年の刑に処されている「背の高い囚人」がおり、すでに七年間の刑期を過ごしている。もう一人「太った囚人」がいて、強盗殺人の罪により一九九年の刑を宣告されている。二人の囚人は他の囚人たちと共に洪水対策に駆り出されることになる。背の高い囚人と太った囚人はボートで人命救助を行っていた際に渦に巻き込まれてしまう。太った囚人は木の枝に捕まり別のボートに救助されるが、背の高い囚人は溺死したものとして扱われる。

　背の高い囚人は漂流しながらも木の枝にしがみついていた女を救助する。その女は妊娠八か月であった。ボートはその後、堤防の内側の氾濫地からミシシッピ川の本流に流される。やがてインディアン塚にたどり着き、女は赤ん坊を産む。その後、背の高い囚人は鰐の皮を商うアケイディアン人と見られる男と出会い、ワニ狩りの職を得て女と赤ん坊とともに束の間自由な暮らしを送るが、堤防爆破が起こったことによりその場所からの立ち退きを余儀なくされる。

　最終的に彼はボートと女を保安官に引き渡した後、刑務所に戻ってくる。彼はすでに「死亡」したとして書面上扱われていたために、扱いに窮した刑務所長により「脱走を企てた」という罪状でさらに一〇年間の刑期が加えられる。背の高い囚人が太った囚人に、離れて以降の過程を物語る。『エルサレムよ、もし我汝を忘れなば』における二重小説の手法は、村上春樹『世界の終わりとハードボイルド・ワンダーランド』（一九八五）や、ジム・ジャームッシュによるオムニバス映画『ナイト・オン・ザ・プラネット』（一九九一）などに継承されている。

【文献案内】


フォークナー、ウィリアム．『響きと怒り（上・下）』平石貴樹・新納卓也訳．岩波文庫、二〇〇七年．

――．『八月の光（上・下）』諏訪部浩一訳．岩波文庫、二〇一六年．

――．『アブサロム、アブサロム！（上・下）』藤平育子訳．岩波文庫、二〇一一・二〇一二年．

大橋健三郎．『ウィリアム・フォークナー研究』．南雲堂、一九九六年．

諏訪部浩一．『ウィリアム・フォークナーの詩学、一九三〇―一九三六』．松柏社、二〇〇八年．

日本ウィリアム・フォークナー協会編．『ウィリアム・フォークナー事典』．松柏社、二〇〇八年．

『エルサレムよ、もし我汝を忘れなば』
――交錯する人生と災害の物語

一　世界を相対化する眼差し――『エルサレムよ、もし我汝を忘れなば』の重層的物語構造

ウィリアム・フォークナー『エルサレムよ、もし我汝を忘れなば』では、二つの物語が並行して進行する形式が採用されており、「野性の棕櫚」と「オールド・マン」と題された物語が一章毎に交互に語られる重層的な構成になっている。共に時間軸は直線的な構成になっておらず、回想をめぐる語りなども複雑に挟み込まれている。

「野性の棕櫚」は、苦学して医大を卒業し、インターン修行を務めていた主人公のハリーが人妻であるシャーロットと出会い、インターンの修行を途中で放り出して駆け落ちするところから展開される。彼女が妊娠してしまったことから、医師として堕胎手術の執刀を求められるハリーは当初拒否するのだが、自ら手術を行う決断に至り、その結果、シャーロットを死なせてしまう。不倫の旅路の末に、愛と死をめぐる悲劇的な物語になっている。

「オールド・マン」はミシシッピ川の俗称でもあり、一九二七年に起こったミシシッピ大洪水の最中、人命救助に駆り出された囚人の運命に焦点が当てられる。貧しい生育背景を持つ「背の高い囚人」たちがミシ

シッピ川の洪水をめぐる災害救助に駆り出される。その災害救助の任務の最中にボートが転覆し、背の高い囚人は死亡したとみなされていたが血を流しながらも一命をとりとめていた。さらに、道中で救った妊婦の出産に立ち会って以降、赤ん坊も含めた三人で洪水災害後のミシシッピ川流域を流浪する。未曽有の災害時に奇跡的な生還をはたし、新たな生命の誕生も迎える「生」の物語であるのだが、背の高い囚人の言動は終始淡々としたものであり、メロドラマ的な不倫をめぐる逃走劇としての「野性の棕櫚」における「動」のイメージと対照をなしている。背の高い囚人が囚人となるに至った背景として、列車強盗未遂の罪で一五年の刑を処されており、冒頭場面ですでに七年間の刑期を過ごしていた。この男の名前は作中で明らかにされておらず「背の高い囚人」として周囲から識別されている。もう一人、「太った囚人」が別におり、背の高い囚人が回想する際の聞き役に徹している。こちらは強盗殺人の罪で、当時のいわゆる「マン法」に基づき一九九年の刑に服している。

この二つの物語の間には表面上の連関がないが、「愛のためにすべてを犠牲にするが、やがてその愛すらも失なってしまう男女の物語」であり、「堕胎による死」によって終わる悲劇としての「野性の棕櫚」と、「愛や家族、自由を手に入れたはずなのに、そこから逃れて刑務所に戻っていく囚人の物語」であり、「出産と生還」の物語としての「オールド・マン」とは、フォークナー自身の言葉によれば、ポリフォニー音楽の作曲技法である「対位法」のレトリックでもって説明されている（*Faulkner in the University* 一七一）。「対位法」とは主役のパートを不明瞭にしながらそれぞれのパートを対等に位置づけ、それぞれが独立性を持った旋律を奏でるという技法である。「野性の棕櫚」のハリーとシャーロットは二人だけの愛の世界を成就するために奮闘し、すべてを失う覚悟で逃避行を続けるも、その夢は叶わず、死と離別の結末を迎える。一方、「オールド・マン」の背の高い囚人は、運命に操られるように自分が救った女性とともにボートで災害後の世界を彷徨いながら、生および再生の世界に到達する。これはハリーとシャーロットが何ものにかえても欲しいと願った境地と言えるものであるが、「オールド・マン」の背の高い囚人は、その愛と生、自由を手放して自らの意思で刑務所に戻ってくる。

アルゼンチンの作家ホルヘ・ルイス・ボルヘスがこの『野性の棕櫚』を刊行の翌年（一九四〇年）にスペイン語訳で紹介するなど、物語の技法は同時代および後世の作家に対して甚大な影響力を有した。「野性の棕櫚」においては愛をめぐる物語であることが強調されている一方で、「オールド・マン」においては直接的な愛をめぐる描写は描かれていない。並行世界を交錯させる（あるいは、直接的に交錯させない形で並行して展開される）物語構造をめぐる解釈に焦点が当てられてきたが、それぞれの作品が独立してとりあげられることも多く、フォークナーの文学史上の功績を決定づけたとされる『ポータブル・フォークナー』（一九四六）においても「オールド・マン」のみが単体で収録されている。さらに、「オールド・マン」を独立して映画化した翻案作品もある（テレビ映画版『オールド・マン』、一九九七年）。

本稿では、まず「オールド・マン」のパートを軸に、「災害文学」の観点から考察する。災害という非常時に階層や格差など社会構造的な問題が顕在化する。「オールド・マン」の物語は一九二七年に実際に起こった洪水災害を背景にしている。この際にプランテーション農園で働いていた黒人たちが銃で脅されながら堤防の決壊を防ぐための労働を強いられた。「オールド・マン」においても、囚人たちは危険な災害の只中で命を懸けた労働を強いられている。さらに、移動の物語の観点から、「野性の棕櫚」における堕胎をめぐる旅路を探る。いずれの物語も移動を踏まえた物語になっていることから、それぞれの交錯する人生模様を移動の物語の観点から読みとり、『エルサレムよ、もし我汝を忘れなば』を捉え直してみたい。誰が、誰に向かって何を物語っているのか、物語を捉える眼差し、語り方にも注目する。

二 「堤防が壊れるとき」——洪水をめぐる物語の系譜

文学は災害をどのように描いてきたか。「オールド・マン」の背景になっている一九二七年のミシシッピ川の洪水災害の表象を災害文学の系譜から辿っておこう。

日本では東日本大震災が災害と文学との関わりを考える契機となったが、二〇〇五年夏に死者数一八〇〇人を超える多大な犠牲を出したハリケーン・カトリーナ災害は、後の「トランプ現象」にも繋がるアメリカの分断を知らしめた。長期に渡ってその傷跡が生々しく残り、大国であるはずのアメリカ合衆国の様々な社会構造上の問題点を露呈させた。人口のおよそ七割をアフリカ系アメリカ人が占めるニュー・オーリンズを中心に起こった大災害は、人種差別および貧困層の階級問題を内包している事実を顕在化させたのである。復興が遅々として進まない、ハリケーン・カトリーナ「以後」のニュー・オーリンズの姿は、大国アメリカ合衆国の暗部を象徴している。ここで鍵となるのは、人種・階級を含む環境正義、環境人種差別主義をめぐる諸問題である。

社会・政治的な問題、人種間の緊張について挑発的な作風で知られる映画監督のスパイク・リーによる『堤防が決壊したとき』は、ポスト・ハリケーン・カトリーナのニュー・オーリンズの状況を描いたドキュメンタリー作品である。二〇〇六年にＨＢＯによって製作され、ニュース映像の豊富な引用、地元住民、市長、州議員など百人近くに及ぶ多様な人々のインタビュー構成から成り立つ四部構成となっており、四時間を超える長編ドキュメンタリーである。ハリケーン・カトリーナがフロリダ、ルイジアナに接近するところから、ニュー・オーリンズに上陸し、堤防の決壊、家屋の倒壊などのすさまじい爪痕を残して去った災害「以後」の住民がいかに悲惨な状況に放置され続けてきたのかを伝えている。

「堤防は、以前からその強度が疑問視されていたにもかかわらず、補強がなされなかった事実」、「大統領が現地入りするまでに二週間もかかった事実」、「災害発生直後にライス国務長官がショッピングを楽しんでいた事実」、「避難する住民に向けて警察が橋を渡らせないように銃口を向けた事実」など、スパイク・リーならではの皮肉を交えながら、ハリケーンによって露呈された様々な問題に疑問を突きつける。中でも、復興があまりにも遅れ、避難したまま帰りたくとも、仕事も住む場所もないためにニュー・オーリンズに帰ることができないでいるアフリカ系アメリカ人の人々の苦境に焦点を当てている。

このドキュメンタリー映画のタイトルになっている『堤防が壊れた時』は、黒人ブルース曲のタイトルに由来するものであり、黒人ブルース歌手、カンザス・ジョー・マッコイによる一九二九年のオリジナル曲は、一九二七年に起きた「ミシシッピ川の洪水」について歌ったものであった。そしてこの「ミシシッピ川の洪水」こそが「オールド・マン」の物語の背景となった洪水災害である。このブルース曲は、壊れた堤防の修繕に黒人の労働力が駆り出された歴史的事実を背景にしている。ゾラ・ニール・ハーストンの『彼らの目は神を見ていた』（一九三七）においても、ハリケーンによる洪水で亡くなった死体を判別する作業が描かれており、白人は棺桶に、黒人は土の穴に分けて入れられる場面がある。マイノリティや格差による人命軽視は現代社会においても社会構造的な問題として継承されているものであり、スパイク・リー監督がハリケーン・カトリーナをめぐるドキュメンタリー映画のタイトルに一九二七年の洪水を連想させる題名を選んだことの意味もここにある。世界水準から見ても先進国とは到底思われない復興スピードの遅れ、積み重なる住民の行政不信は、環境人種差別主義の観点からも見過ごすことのできないものであり、「あるアメリカの悲劇」という惹句が宣伝文に記されているように、大国アメリカ合衆国の裏の一面を浮き上がらせた。さらにコロナウイルスの世界的蔓延においても、格差や分断をめぐる社会構造上の問題が弱者に対してより厳しい現実を突きつけることがさまざまな形で現れている。災害文学の系譜を辿ることの意義もまさにここにある。

「災害文学」の系譜から、古典文学としての「オールド・マン」をどのように今、読み解くことができるだろうか。災害という非常時に露呈する社会の分断はどのように描かれているのか。そして、非常時の中で主要人物たちはどのようにふるまうのか。

三　「名前のない人物」たちの物語——環境人種差別主義と寓話的効果

「オールド・マン」のパートを環境人種差別主義の観点から捉え直してみるならば、囚人たちは固有の名前すら与えられておらず、そして堤防決壊の非常事態の最中、その訓練を受けた経験があるわけではないにもかかわらず、救援作業に真っ先に駆り出されている点にまず注目したい。「野性の棕櫚」が固有の名前をもった人物たちの物語であるのに対し、「オールド・マン」の登場人物たちは、刑務所内の役職名、囚人たちは身体的特徴で呼ばれるのみである。囚人たちは実はそれぞれ個性的な面々であるが、誰からも固有名を求められない「名もない存在」である。

一九二七年のミシシッピ川洪水からスパイク・リーのドキュメンタリー映画のタイトルがとられている事実も、災害時におけるマイノリティの扱われ方を考える上で重要な意味を帯びてくる。スパイク・リーが二〇〇五年のハリケーン・カトリーナ災害と一九二七年のミシシッピ川洪水とを繋ぐ連想を意図的に用いることにより、二一世紀を越えてなお、表面上はＰＣ（「政治的正しさ」）の時代思潮の中でなかったことにされてしまっているマイノリティに対する冷遇ぶりを歴史化させているからである。ブルース曲「堤防が決壊する時」の歌詞に歌われているように、洪水が起こった際にプランテーション農園で働いていた黒人たちが集められ、銃で脅されながら堤防の決壊を防ぐための作業を無理やりさせられていた。その後も彼らは帰郷を許されず、食料の供給も乏しい中、キャンプ生活を強いられ救助活動を手伝うことを強いられた現実があった。

「オールド・マン」では刑務所に長期服役している囚人たちが洪水の救助活動に駆り出される。

「遅い夜明けの明かりが訪れた時には、二人の囚人は他の二十人と一緒にトラックに乗っていた」（五二）

「『奴らは俺たちを溺れさせようとしているぞ。鎖を外せ！』」（五五）

背の高い囚人はもともと列車強盗未遂事件で一五年の実刑を受けており、一九歳の誕生日を迎えてすぐに刑務所生活がはじまり、物語冒頭の時点ですでに七年の歳月を送っていた。列車強盗を起こす手順は探偵小説雑誌で得た知識をもとにしていたが、実際には犯行に及ぶ間もないほど早い段階で逮捕されてしまっている。囚人たちの中には、堤防の近くで刑務作業としての農作業に従事しているにもかかわらず、堤防の向こう側の世界にミシシッピ川があることを実際に見たことがない者すらいる。囚人の一人が仲間たちに読んで聞かせる地方新聞の記事によれば、主として黒人たちが水嵩を増していく河水に対し、堤防人足として奮闘させられている様子が報告されている。粗末な食事とテント内の泥土の床に寝るだけの場所をあてがわれているのみの囚人と同じような待遇で、危険かつ不衛生な労働環境に置かれている。そして、そうした災害非常時の労働は囚人にとって他人事ではなく、いよいよ堤防が決壊した際には彼ら囚人が呼び集められることになる。

背の高い囚人はボートに乗せられ災害救助を命じられるが、渦に巻き込まれ転覆してしまう。そのために書面上、作業中の死亡として扱われることになる。刑務所の役人にとっては、彼の命それ自体よりも書類上の扱いの方がはるかに大事な問題になっている。

「一九二七年の大洪水の際に人命救助作業中に溺死、と書き添えて知事に送付し、署名を求めてはどうか」（中略）「死亡したものとして囚人名簿から名前を削っておこう」（六七～六八）

実際には、背の高い囚人は転覆後にボートに帰還することができており、さらに木の枝にしがみついていた妊婦を救助する。この顛末については、後に刑務所に戻ってから、「太った囚人」に語り聞かせる形で伝えられる。妊婦はやがて出産し、産まれたばかりの赤ん坊とともに三人で災害後の世界を流浪する。赤ん坊が加わった一行は疑似的な家族として成り立つはずであった。そしてなによりも、刑務所生活から離れて自由の身で新たな人生をはじめることもできたはずであった。

しかし、背の高い囚人は数か月の流浪の果てに自分の意思で刑務所に戻ることを選択する。刑務所の役人にとってもまったく想定していないことであり、すでに書面上は事故死として処理されていたために、むしろ書面上の処遇に困惑する事態となる。背の高い囚人は、行方不明となっていた状況から自ら出頭して帰還してきたわけであるが、自首により刑期を減刑されるどころか、脱走を企てた罪を新たに科せられて、さらに一〇年の刑期を上乗せされてしまう。

「死亡したものとして公式に処理されている。恩赦でもなければ、仮釈放でもない。釈放なのだ。あの男

は死者か自由の身かのいずれかなのだ。いずれの場合でも当刑務所に属していない」（二七六）

「昨日起きた事件であるということで、行方不明になっていた間にまた新しい列車強盗事件を起こしていたことにすればいい。あいつにとってもどうでもいいことだ。外に出るよりもここに置いてもらうほうがありがたいんだから。どうせここを出ても行くところもない。ここの連中は皆、釈放されてもクリスマス頃までには同窓会でもやるみたいに戻ってくる。しかも前に捕まったのとまったく同じ罪状でだよ」（二七七）

背の高い囚人は彼自身が捉える正義、公正を貫き、自らの意思で刑務所に戻ってきたにもかかわらず、彼の思いや危険な災害救助に尽力した功績について一切尊重されることはない。彼の話を聞いてくれるのは同じ囚人仲間である太った囚人であり、「オールド・マン」の最終場面も二人の対話で締めくくられている。太った囚人は一九九年の刑に服しているが、何の罪で服役しているのかは他の囚人もよく知らない。ガソリンスタンドが襲われ店番が射殺された事件に巻き込まれ、真犯人がすでに逃げてしまっていたために罪を被せられた経緯によるのだが、彼の存在もまた、周囲からは注目に値しないものとしてみなされている。二人ともに不条理といえるほどまでに社会から冷遇されており、理不尽なまでに長い刑期に服す日常を送っている。

四　堕胎をめぐる旅路の果て――「以後」の世界を生きる「愛」と「追憶」の物語

『エルサレム、我もし汝を忘れなば』は、妊娠中絶をめぐる旅の物語である「野性の棕櫚」と、洪水の災害の只中での出産による愛と新しい生命の誕生をめぐる放浪の物語である「オールド・マン」が交互に描かれる。共に運命に翻弄される登場人物たちの移動をめぐる物語になっている。

「野性の棕櫚」の主人公ハリーは苦学して医学部を卒業後、二年間のインターンを終え医師免許を取得するまであとわずかのところで、人妻であるシャーロットと出会い、医師になることを目前にしながら、その夢を捨ててシャーロットと駆け落ちする。二人はまずニュー・オーリンズからシカゴに渡るも、いわゆるインターン崩れのハリーはまともな仕事を得ることができず、ユタ州の鉱山で「訳あり」の医療行為に携わることになる。採掘会社が倒産しており、まともに給料も支払われない中で、英語が通じないポーランド移民たちのみが残っている状況にある。転落の旅路の最中で、社会に取り残された層の存在も見えてくる。ハリーはここで鉱山主任の妻の堕胎手術を求められ、当初は拒むも結局は請け負うことになる。さらにその後、シャーロットの妊娠が発覚してからは堕胎手術をしてくれる先を探し、鉱山を離れてテキサス州サンアントニオに向かうも成すすべなく、ミシシッピ州の海岸沿いにある別荘に辿り着く。最終的に、ハリー自らが堕胎手術を行うことになるが失敗し、シャーロットを失った挙句、ハリーは拘置所に送られる。

シャーロットの堕胎手術に失敗した際に、ハリーは別荘のオーナーでもある医師に救援を願い出る。四八歳になるこの医師は、二人が結婚していない「訳あり」な関係であることにそれとなく気づいていながらも別荘の借用を認めていた。ハリー自身が社会的に「訳あり」の境遇に置かれており、別荘のオーナーである医師は「訳あり」の弱者をそれとなく鷹揚に扱う構図になっている。医師は、ハリーとシャーロットの不倫をめぐるメロドラマの世界を相対的に捉える視点として機能しており、医師にならない人生を選択したハリーにとっては、医師になっていたかもしれないもう一つの人生を体現する人物でもある。しかし、ハリーは自分が医師崩れ（インターン崩れ）であることを明かすことはせず、画家を目指して絵を描いていると自分の境遇を説明する。医師は社会的責任を負う立場でもあり、ハリーの状況を判断し、病院と警察に連絡することを選択する。さらに、医師の妻は今まさにシャーロットが死の際にある中でも、厄介ごとに巻き込まれることを露骨に嫌悪している。

拘置所に送られたハリー（・ウィルボーン）は、ウィルソンやウェブスターなど役人から名前をくりかえし間違えられる。ハリーはそれに対し、訂正しようとすらしない。つまり、それまで固有名詞を付されていた主人公の名前に揺らぎが生じている。シャーロットの夫であるリトンメイヤーが拘置所を訪ね、ハリーに救助の手を差し伸べるも、ハリーは「悲しみを選ぼう」と宣言し、追憶に生きる選択をして物語は終わる。逃避行の旅路の果てに人生を賭した愛を失ってしまったハリーは、五〇年を超える重労働の刑を科せられ、独房の中で物語の幕が閉じられる。悲劇の愛の物語の締めくくりとしてふさわしい結末であるとも言える。

一方、共に刑務所で場面を終える「オールド・マン」では、背の高い囚人と太った囚人が理不尽なまでに長い刑期を過ごしており喜劇的な様相を帯びる。背の高い囚人は、疑似的な家族のように移動を共にしながらも結局は、そこから離れ一人で刑務所に戻ることを選ぶ。愛をめぐる物語のポジとネガの対照性が際立つように、「野性の棕櫚」においては二人がすべてをなげうってまで愛の境地を手に入れようとして到達しえなかったのに対し、「オールド・マン」における背の高い囚人は、愛や家族の世界からの解放を求めるのである。

小さな町でもこの厄介者を引き渡すことができる人間なり家なりが見つかるだろう。そうすれば、この女からは妊娠だのなんだのという一切の女の生活からは永久に背を向けることができる。(中略)この女からの解放が間近になってくると、彼女が憎いという気持ちもなくなった。(一三〇)

どんな犠牲を払っても、溺死することになっても、自分が選んだわけではなく、知らないうちに背負わされていた重荷から縁を断ち切りたいという、彼の揺るがない意思を遂行しようとしているかのように。(中略)水の中にうつぶせに転がり込んだ。それでもなお、赤ん坊の弱々しい産声も自分の体にくっつけて水面下に飛び込んだような気がした。(一四九)

災害という極限状況においても、生命の誕生を含めた人生のドラマは様々に起こりうるものである。そして生命の誕生をもって物語が感動的な展開を迎えようとも、その後もさらに人生も生活も続く。「オールド・マン」では生死を彷徨う中での災害時の出産というドラマティックな展開が起こるが、その描写は淡々としたものになっており、「野性の棕櫚」における「愛と追憶をめぐる悲劇の物語」との対照性が際立っている。そして、「悲しみを選ぼう」と決然と宣言するハリーの選択までもが相対化されるように、「オールド・マン」の結末は理不尽な刑期を甘んじて受け入れる囚人二人の語りで締めくくられ、並行世界の『エルサレム、我もし汝を忘れなば』全体も幕を閉じる。

五　災害「後」を生きるための物語の共感力と他者理解

一九二七年のミシシッピ川の洪水をモチーフにする「オールド・マン」を中心に、『エルサレム、我もし汝を忘れなば』を災害文学の系譜に位置づけ、環境人種差別主義の概念を参照することで、弱者やマイノリティをめぐる諸問題が浮かび上がってくる。

災害文学として古典作品を読み直す効用として、時代や国、文化が異なる世界を「繋ぐ」役割も見過ごすことができないものである。作品を通じて「共に考える」機会をもたらすことにこそ災害文学の社会的役割がある。災害文学の観点は、過去をも含むほかの世界に生きる人に対して「共感する想像力」を媒介に、読者は作品を通して、災害後の世界を生きるための知恵であり、癒し、力強さ、共感といった要素を得ることができるものである。しかしながらその系譜においても、フォークナー作品はまったく一筋縄ではいかないものであり、背の高い囚人の言動から共感や癒しを見出すことは簡単なことではない。内面に籠ってしまうハリー、囚人仲間同士の対話からは、むしろ、ともすれば物語の共感力を安易に称揚してしまいかねないことに対する反証として、容易に理解しえない「他者」の存在を意識させる機能をはたしているとも言えるのではないか。そして、まさにその点にこそ本作を災害文学に位置づける意義がある。災害文学および転落や放浪をめぐる移動の物語の観点から本作を捉え直すことで、浮かび上がってくる社会構造上の諸問題の複雑さもあらためて見えてくる。

使用テキスト

Faulkner, William. *The Wild Palms (If I Forget Thee, Jerusalem)*. 1939. Vintage, 1995.

＊『フォークナー全集　野性の棕櫚』井上謙治訳．冨山房、一九六八年．を参考にした。

引用参考文献

Barry, John M. *Rising Tide: The Great Mississippi Flood of 1927 and How It Changed America*. Simon & Schuster, 1997.

Hartman, Christopher and Gregory D. Squires, eds. *There Is No Such Thing As a Natural Disaster: Race, Class, and Hurricane Katrina*. Routledge, 2006.

Solnit, Rebecca. *A Paradise Built in Hell: The Extraordinary Communities That Arise in Disaster*. Viking, 2009.『災害ユートピア――なぜそのとき特別な共同体が立ち上るのか』高月園子訳．亜紀書房、二〇一〇年。

巽孝之．「ミシシッピの惑星――ウィリアム・フォークナーのポスト・アポカリプス」『モダニズムの惑星――英米文学思想史の修辞学』．岩波書店、二〇一三年．

中良子．『災害の物語学』．世界思想社、二〇一四年．

ハーン小路恭子．「洪水と息切れのアメリカ――ゾラ・ニール・ハーストン『彼らの目は神を見ていた』再読」松柏社ウェブリレーエッセイ（二〇二〇年六月一八日）

（DVD）Lee, Spike. *When the Leeves Broke: A Requiem in Four Acts*. HBO, 2006.

（VHS）*William Faulkner's Old Man*. 1997. Hallmark, 1999.

第五章……………一九四〇年代

ノーマン・メイラー『裸者と死者』

渡邊真由美

【一九四〇年代の時代背景】

「アメリカの世紀」

一九四一年、雑誌『ライフ』および『タイム』の社主であったヘンリー・ルースは『ライフ』誌上に「アメリカの世紀」と題するエッセイを発表し、アメリカ合衆国が世界に自由と正義をもたらす指導的役割を果たさなければならないと主張した。また同年には、異例の大統領三期目を迎えたフランクリン・ローズヴェルト大統領が、年頭教書で「四つの自由」と題して「言論の自由、信仰の自由、欠乏からの自由、恐怖からの自由」を基礎とする世界の構築を実現すべきであると語った。これらはいずれも、迫り来る戦争を見据え、戦後世界の秩序と平和はアメリカ的価値観を基盤に再構築され、アメリカ合衆国はその担い手になるべきだと世界に宣言したものである。

この「アメリカの世紀」は、第二次世界大戦とその後の戦後処理を通して実現された。アメリカ合衆国の第二次世界大戦への参戦は、四一年一二月七日の日本軍によるハワイ真珠湾攻撃をうけて対日宣戦布告することに始まるが、経済的にはそれより以前に参戦していた。四一年三月に成立した武器貸与法により、アメリカ合衆国は連合国側に対して多額の資金・および軍事的援助を行っていた。この援助は、連合国側の勝利に大きく貢献すると同時に、軍需産業を中心とした国内経済に好況をもたらし、戦後世界におけるアメリカの重要度を高めるものとなった。加えて、科学技術の分野でもアメリカは世界をリードした。四五年には世界初の原子核爆発実験に成功し、八月に日本に原子爆弾を投下した。さらに、現在のコンピューターに直結する電子演算機（ＥＮＩＡＣ）が開発された。

アメリカの戦後政策

第二次世界大戦が終結すると、アメリカとソ連の対立は明白になる。ソ連は、核兵器を持つアメリカに対抗するべく東欧諸国を次々と共産主義化していった。四六年には、イギリスの前首相ウィンストン・チャーチルがアメリカで、西欧と東欧の間には「鉄のカーテン」が存在すると講演し、冷戦の現状を訴えた。合衆国は、四七年のヨーロッパへの資金貸与を定めたマーシャル・プランなどを通してヨーロッパ諸国のアメリカ経済への依存度を高めると同時に、ヨーロッパ諸国の共産主義化を防ごうと躍起になった。国内では、冷戦に対応するための法律や機関を次々と新設した。国家安全保障法を成立させ、国防長官や国防の基本政策を策定する国家安全保障会議と、その下部組織として中央情報局（CIA）を設けた。非米活動委員会が恒常的組織になり、四七年にはハリウッドの「赤狩り」が行われるなど、国家規模で反共産主義へ傾斜していく。

他方で、戦争中に多くの就労年齢の男性が徴兵や志願により軍の仕事についた（参戦から終戦までに一六四〇万人が従軍）ため労働力不足という問題に直面した（四一年には失業率は一五％であったが、参戦後、完全雇用状態となった）。とりわけ、軍需産業における労働力不足を補う女性（「リベット（鋲止め）・ガール」）の雇用が推奨されて女性の社会進出が進み、戦後もその傾向は続いた。また、四四年に成立した復員兵援護法（G・I・ビル）によって、大学教育資金や住宅購入資金を得ることができるようになり、四六年には百万人以上の退役軍人が大学に入学した。

戦争中の娯楽と文学

一九四〇年代の国内政治は戦争一色であったが、他方で国民は娯楽を求めた。とりわけ、映画は大衆の娯楽として活況を呈した。戦争中のアメリカ国民を鼓舞するものや、ナチズムに抵抗する映画や演劇が多数上映された（一例を挙げれば、四〇年公開のチャールズ・チャップリン監督・主演の『チャップリンの独裁者』）。また、主に犯罪を題材として影の効果を利用し、フラッシュ・バックを多用するフィルム・ノワールが量産され始め、オットー・プレミンジャー監督の『ローラ殺人事件』（一九四四）などが公開された。他方でアメリカの民主主義や自由、ヒューマニズムなどを賛美する映画、例えば四六年のフランク・キャプラ監督『素晴らしき哉、人生！』などが評判をとった。

文学の分野では、ヘミングウェイやスタインベック、フォークナーなどが活躍を続けていた。また、この時期、アメリカ文学の独自性を誇るかのように重要な批評書が登場する。F・O・マシーセンの『アメリカン・ルネッサンス』、戦後のアメリカの大学の文学部において広く取り入れられた批評理論であるジョン・クロウ・ランサムの『ニュー・クリティシズム』など（いずれも四一年出版）。

【作家・作品紹介】

ノーマン・メイラー（Norman Mailer, 一九二三-二〇〇七）
『裸者と死者』（*The Naked and the Dead,* 一九四六）

ノーマン・メイラーは、一九二三年、ニュージャージー州に生まれ、九歳の時にニューヨークのブルックリンに転居。一六歳でハーヴァード大学に入学し航空工学を学ぶが、在学中にジョン・ドス・パソス、ジョン・スタインベック、アーネスト・ヘミングウェイなどの文学作品に親しみ、小説家になることを志した。四四年に大学を卒業すると、軍に志願し、二等兵として太平洋戦線、ルソン島での日本軍との戦闘に参加した。この時すでに戦争小説を書くことが念頭にあり、四六年に除隊すると、わずか一五ヶ月で『裸者と死者』を書き上げた。G・I・ビルの奨学金を得てフランスのソルボンヌ大学に留学していた彼は、本国で出版された本が大反響を巻き起こしていることをフランスの地で知った。

メイラーは、『裸者と死者』の成功によって人気作家となり、精力的に執筆を続けた。彼の著作の大半は、組織や国家に対する批判・反逆の姿勢を示すものである。五五年にはハリウッドの退廃と荒れ狂うマッカーシズムを描いた『鹿の園』を発表。その後は、評論やノンフィクションまで活動の幅を広げ、アメリカ文明批判を展開するエッセイ集『僕自身のための広告』（五九年）、ヴェトナム戦争抗議集会に取材したノンフィクション『夜の軍隊』（六八年、ピュリツァー受賞）、自ら死刑を求めた殺人犯ゲイリー・ギルモアを取材した『死刑執行人の歌』（七九年、ピュリツァー賞受賞）など話題作を次々に発表し、第一線の作家であり続けた。二〇〇七年にはナチス親衛隊の語りによるヒトラーの生涯を描いた『森の中の城』を発表し、人々を驚かせる。同年、急性腎不全で死去。

ノーマン・メイラー

ノーマン・メイラーは終戦直後の多くの知識人同様、ジャン＝ポール・サルトルらが提唱した実存主義に大きな影響を受けた。実存主義とは、人間の現実の存在が本質に先行することを主張するもので、第二次世界大戦という未曾有の災厄が人間によって引き起こされた、という反省から、とかく観念が先行していたそれまでの西洋思想を大きく転換させたものである。メイラーは、五七年に雑誌『パルチザン・レヴュー』に発表したエッセイ「白い黒人」の中で「アメリカの実存主義者――ヒップスター」という存在のあり方を提唱している。原子爆弾や国家による殺害などが起こりえる現状において、現代に生きる人間は「社会から離れ、根無し草のように存在し、抵抗することを絶対的命題とする地図のない旅に出る」[1]ことが必要だと訴える。彼の著作に登場する過激な性表現や政府に対する批判は、今ここにある一瞬を生きるという、自身が存在することの証だったのだろう。

『裸者と死者』は、作者のルソン島占領作戦における従軍体験を基に、架空の島アノポペイの日本軍掃討作戦をめぐって、偵察隊の兵士たちを描いた物語である。物語はアノポペイ島にアメリカ兵が上陸するところから始まる。物語の前半部はアノポペイ島で、アメリカ兵が突然襲ってくるスコールに阻まれながら野営地を築き、散発する日本軍の攻撃によって戦死する新兵、作戦の総司令官であるカミングス将軍とその副官ハーン少尉との確執を描く。後半部では、日本軍の背後を狙う作戦のための斥候と、任務を負った偵察隊の人間関係を描き出す。重い荷を背負いながらジャングルを進み、岩場を登る偵察隊の進みは遅い。その道程の中で、兵士のウィルソンが日本兵に撃たれ、本隊へと移送するために数人の人員を割くことになる。指揮権をハーン少尉に奪われたクロフト軍曹は、ハーンを誘導して日本兵の潜む草原を進ませ、死に至らせる。その後も岩場の裂け目に疲れ果てた兵士が落ち死ぬ。もう少しで山頂に到達、というところで蜂に襲われ、隊はばらばらになって蜂から逃げ出し斥候は失敗に終わる。しかし、六日間の斥候から本隊へ帰還する際、すでに日本軍に対する掃討作戦は決行されており、すべては無駄であったことがわかるところで、物語は終わる。

偵察隊は、隊を実質的に指揮するサム・クロフト軍曹、アイルランド系のギャラガー、メキシコ人のジュリオ・マルチネス、大学卒でユダヤ系のロス、同じくユダヤ系のゴールドスタイン、孤児院育ちのポラック、イタリア系のミネッタ、将軍の副官であったものの、将軍に逆らって偵察隊に配属されたハーヴァード大学卒業のハーン少尉らで構成される。彼らをめぐり、隊のなかでの権力関係や人種差別が描かれていく。

本作品は、卑猥な俗語を多用し、兵士たちのありのままの姿を写しながら、死に結びつく裏切り行為などの戦争の現実を描いた、自然主義的描写に溢れていると言える。他方で、ドス・パソスの影響を多分に受け、ストーリーの展開とは別に「タイム・マシーン」という個々の兵士の回想や「コーラス」という兵士の日常を戯曲仕立てにした場面が時折挿入される。この手法によって、軍隊という組織が様々な個性や背景を持つ個人によって成り立っていることが明確になっているといえよう。

【作品案内】

Mailer, Norman. *Advertisements for Myself.* G. P. Putnam's Sons, 1959.（『ぼく自身のための広告』山西英一訳．ノーマン・メイラー全集5、新潮社、一九六九年．

——.『裸者と死者Ⅰ・Ⅱ』山西英一訳．ノーマン・メイラー全集1・2、新潮社、一九六九年．

ブフィジス、フィリップ・H．『ノーマン・メイラー研究』田中啓史訳．荒地出版、一九八〇年．

（1）Mailer, Norman. *Advertisements for Myself.* G.P. Putnam's Sons, 1959, p.339.

『裸者と死者』――戦争文学において個人を描くということ

一　個人の物語と人種、階級、性

『裸者と死者』は、日本軍が占領している熱帯地域のアノポペイ島を奪取しようと日本軍掃討作戦を行うアメリカ陸軍の偵察隊の兵士たちを描いた群像劇である。

メイラー自身の従軍体験をもとにした戦争小説ではあるが、ペーパーバック版で六〇〇ページを超える大部な作品の中に激しい戦闘の場面はほとんど出てこない。この物語の中心的な役割を担う偵察隊の兵士たちが戦闘に巻き込まれるのは二度ほどで、代わりに、熱帯のジャングルの中での不快さ、故郷に残した妻に対する思い、戦闘に対する恐怖、上官への不満などが描かれる。この物語には戦争小説にありがちな兵士の英雄性などというものは存在せず、代わりにスラングを使って、仲間同士で賭け事に興じ、酒を飲み、猥談に興じる男性たちがいる。メイラーは、戦場を日常生活から隔絶した空間とするのではなく、兵士それぞれの日常の延長線上にあるものとして、つまり、戦争という究極的な国家の営みの現場である戦場という場に個人の物語を持ち込んだ。そこに、『裸者と死者』の新しさがある。

一九九〇年代末ごろから、「人種」、「階級」、「性」という三つの視点からアメリカ文学を分析することが必要だと盛んに言われた。これらの三つの視点を読みに取り入れることで、アメリカ社会を描き出すものとしての物語を考察することができる、ということだろう。

そもそも、一七七六年に採択された独立宣言は、「全ての人間は生まれながらにして平等」という文言が入ってはいるが、起草者であるトマス・ジェファソンその人が、奴隷を所有する大土地所有者であったという矛盾を抱え、奴隷制とそのことによって生じた人種差別は何世紀にもわたってアメリカ社会に存在している。公民権運動をはじめとする人種的平等獲得への活動は幾度となく起こったが、現在に至っても完全に解消されたとは言い難い。「階級」ということで言えば、植民地時代から富裕層と年季奉公としてアメリカに渡ってきた貧しい労働者がおり、独立後のアメリカ国内の産業発展によって、経済的な格差はひろまる一方であった（南部では、奴隷制によってその格差が広がった）。また、性については、二〇世紀の初頭までは、男性中心の社会に対して、女性の社会進出が主に問題とされ、白人女性の参政権など一定の成果をみたが、今日にいたっても（二〇一六年の大統領選挙でドナルド・トランプがヒラリー・ロダム・クリントンに勝利したことからもわかるように）性差のない社会となったかは疑問である。また、二〇世紀半ば以降になると同性愛者たちも自ら声を挙げるようになり、ＬＧＢＴ（レズビアン・ゲイ・バイセクシャル・トランスジェンダー）といった多様な性のあり方をアメリカ社会に問うてきた。

これらの三つの視点から考察を加える際に、注意しなければならないのは、これらは相互に深く関係しているということである。本論考では、軍隊の序列を社会的階級としてとらえ、「性」、「人種」を視野に入れながら、「階級」という視点から考察を進めていく。そのことによって明らかになるのは、物語りの流れを止めてまで挿入される個人の生い立ちや生活をたどる「タイム・マシーン」、兵士の戦場での日常を切り取る「コーラス」といった文学上の工夫によって、戦場に駆り出される個人に焦点を当てているけれども、実のところは、性的・人種差別・階級の言語のなかに、戦争／国家の言説がはいりこんでおり、国家の意思としての戦争が個人の自由な思考を許すことはない、ということである。

二　タイム・マシーンによる自分語り

メイラーは、群像劇という語りの視点がそれぞれの登場人物に移っていくという手法を使って、個に焦点を当てている。「タイム・マシーン」と呼ばれる部分では、ジョン・ドス・パソスの影響を受けて、主要な登場人物たちの入隊以前のアメリカ合衆国本国での生活や生い立ちを描く。偵察隊の主要な兵士とアノポペイ島上陸作戦の司令官であるエドワード・カミングス将軍、偵察隊を実質的に指揮する軍曹のサム・クロフトなど十一人についてである。そこには、それぞれの人物を端的に示すタイトルがつけられている。メキシコ人ジュリオ・マルチネスには「雌馬に蹄鉄をはめる」、サム・クロフトには「狩人」、ロバート・ハーンには「不毛の子宮」、カミングス将軍には「際立ってアメリカ的な表明」など、彼らの物語中の役割がぼんやりとではあるが、読者に伝わるような仕掛けになっている。

さらに、「コーラス」の部分では、戦闘状態ではない戦場での兵士の日常の一場面（食事や単なるおしゃべり）が戯曲仕立てになっていて、ドキュメンタリーを読んでいるように思える。このように、語りにおける様々な手法を使って、戦争を兵士の視点から多角的に描き出すと同時に、兵士個人の物語を紡いでいる。

三　不在の性による存在証明

『裸者と死者』の中では、戦闘や作戦を男女関係の比喩を用いてしばしば語ることがある。本作品中に生身の女性は登場しない。つまり、作品中で女性が登場するのは、兵士たちの会話か回想の中である。不在の性（女性）についての言説に注目し、それらが戦争の言説と置き換え可能であり、女性を否定的に、あるいは支配的に語ること――つまりは男性性を前面に出すこと――が、敵を倒すという戦争のもっとも本質的な姿を語っていることと同義である、ということを明らかにしたい。

カミングス将軍は、アノポペイ島に上陸して最初の作戦の成功について副官のハーンを前に次のように言う。

物事のこの種のことを私は、ディナー・テーブル作戦と呼んでいる。私がか弱い淑女だとする。隣に座った好色家にドレスの下に手を入れるのを許すと、その手が這い上がってくる。そこを手首から切落とすようなものだ。（一六五）

将軍は作戦を女性のたくらみとして語り、性の言語を使って、戦争を語ることが可能であることを示している。

本作品では、女性は主に敵もしくは敵に近い存在として語られる。妻を故郷に残してきた偵察隊の一員であるブラウンは、「女の中には、一人だって、地獄の雪玉ほどの価値のあるヤツなんていないんだ」（一二〇）と女性の存在を貶める発言をしているし、イタリア系の兵士ポラックは「売女（ビッチ）なんてちっとも信用してない」（一八四）と言う。淋病を患って、腹部に膿が溜まっているウッドロー・ウィルソン（第一次大戦に参戦した当時の大統領の名と同一であることは興味深い）は、「女とやる、気持ちよくって、暖かくってまるでゼリーのように感じる。それが体の中をダメにしちまうんだ」（三七二）と言い、女性との性的関係が自分の肉体を蝕んでいると言う。ウィルソン自身が「テーブル作戦」の犠牲者のようだ。対して、同僚の兵士たちには「とても近しいものを感じた」（五六）とか、「とてもいいやつだ」（五七）と自分にとって同じ部隊の仲間たち（男性）が同性であるがゆえに信頼しうることを表明する。

このように、女性を表現する言語と男性を表現する言語は大きく異なっており、彼らにとっての女性は、彼らを痛めつけ、生存をも危うくする敵と同じように語られる。不在の性を語ることは、敵を語ることであり、彼らは雑談のなかにおいても戦争の言説のなかに取り込まれていることを示している。

四　人種

メイラーは、軍隊内における人種差別も描き出している。アノポペイ島の日本軍掃討作戦に黒人兵は登場しないが、アイルランド系、メキシコ系、イタリア系、ユダヤ系、日系の兵士などが登場し、作品の中では人種間の軋轢が描かれている。前述したように、作品中の人種間の問題は階級と結びつき、兵士と上官の間に支配と被支配の関係をもたらすことを述べていきたい。

もっとも明らかな人種差別はユダヤ人をめぐるものである。以下の引用は、ユダヤ人のゴールドスタインが移動中のトラックの中で聞いた兵士たちの会話である。

「F中隊に配属されないといいですな。あそこは、忌々しいユダヤ野郎たちのいるところだから」と言うと笑い声がどっと起こり、誰かが続けて、「もしそこに配属になったら、俺はとっとと軍隊を辞めてやるよ」と言うと、さらなる笑いが起こった。(五三)

ユダヤ人に対する差別は当然のこととしてとらえられ、ユダヤ人をからかうことは、兵士間の息抜きにもなっているようだ。ゴールドスタインは、クロフトから「聞け、ユダヤ(Izzy)」と言われると「俺の名前はユダヤじゃない」(一三七)と怒りをあらわにし、「僕たちは選ばれた民のはずなのに。」(五四)とユダヤ人の同僚であるロスに愚痴を言う。クロフトに対する怒りの背景にはユダヤ人の選民思想があることが明らかになる。

注目しなければならないのは、ゴールドスタインの選民思想には、戦争を正当化する言説が含まれていることである。将校たちの一兵卒の扱いについてゴールドスタインとロスが話し合う場面がある。

「将校たちをどう扱ってるか知ってるか?俺たちが、船倉の中に豚みたいに詰め込まれてる時に、奴らは特等室で寝てるんだ。奴らはそれで自分たちが優れている、選ばれた、と感じることになるんだ。それはヒットラーがドイツ人に優越民族だと思わせるやり口と同じだよ。」とロスは何か深遠な所にいるように感じていた。

ゴールドスタインは手を挙げた。「だから、俺たちはそんな態度はとっちゃいないんだ。俺たちはそれと戦っているんだから。」(中略)「そうだな、分からないが、あいつらはみんな反ユダヤ主義なんだ。」

「誰が、ドイツ人が?」

ゴールドスタインはすぐには答えなかったが、「……そうだ」と言った。(五二～五三)

先の引用中のゴールドスタインにとっての戦争は、ユダヤ人の差別状態からの解放を意味している。自らが抱える選民思想を問うことなく、自らを優越的だと考える人々を敵（ここではドイツ人）と判断し、人種差別を戦争の言説へと転換している。

また、クロフトとメキシコからの移民である軍曹のジュリオ・マルチネスの関係は、白人の黄色人種に対する優越性が軍隊組織を補強するものとして働いていることを教えてくれる。

マルチネスは、テキサスで暮らしていたが、自分をテキサス人と考えることに躊躇を覚える。なぜなら、白人が彼をテキサス人と認めないだろう、という白人に対する強い恐れを持っているからである(四六二)。さらに、軍隊内で、軍曹として命令を下しても、(恐らくは、人種的な差別があって) 誰からも聞いてもらえないことを嘆く。しかし、クロフト（白人。テキサスの西部の出身で、その地域に最も早く入植した一家の出）は、彼をジャップベイト (japbait「ジャップ」は日本人に対する蔑称で、「ベイト」は「餌、おびき寄せるもの、囮」を意味し、日本兵をおびき寄せる、といった意味であろうか）と呼び、彼を信用できる部下とみなし、彼自身もクロフトに絶対的な忠誠を捧げる。

二人の関係は、軍内部の階級によるところが大きいが、マルチネスの身体性やクロフトの属性も検討しなければならない。マルチネスは「ハンサムなメキシコ人」でその肉体は「均整が取れていて、鹿のような優美さを持っていた。どんなに早い動きでも、彼の動きはいつでも滑らかで自然だった」(二〇) と描写されている。他方でクロフトは、「タイム・マシーン」の中で、「狩人」と表現され、幼い頃から父親と共に、山に入って鹿撃ちをしていたことが父親の視点から語られる。先の引用で鹿に例えられるマルチネスと「猟師」クロフトの、狩られる者と狩る者という関係性が示され、マルチネスに対するクロフトの優位性は明らかである。マルチネスはどれほど困難な任務をクロフトから命じられても、「バカなことではないのか？と、彼はいぶかしんだが、すぐにその考えを捨てた。クロフトが必要だというのなら、きっと必要なんだ」（五八六）と、任務を遂行する。ここには、彼の白人に対する承認要求が満たされたことに対する感謝があるようであり、彼が持っている人種的な劣等感をクロフトが巧みに利用し、マルチネスから自律的な思考能力をも奪う。結果として、クロフトが計画した作戦遂行を絶対的な命令と思い込み、戦争の遂行を自分の使命と感じるようになっていく。

ここでは、差別を受けている兵士たちの戦争に対する反応を検討した。一つは、ユダヤ人のように戦争がまるで自らが受けてきた差別を解消するための戦いと考えるもの、他方は、メキシコ人のように自らの居場所を軍隊のなかに見出し、任務を遂行することによって、それまで与えられることのなかった承認を得ようとするものである。人種にからむ感情を巧みに描き出すことによって、メイラーは、人々を戦争へと駆り立てていく様を見せている。

五　階級

軍隊は極めて明確な階級組織で、上官には絶対的な服従を強いられる。しかし、物語の後半は、少尉ロバート・ハーンがカミングス将軍に対して反抗したことがきっかけになって、偵察隊に異動となり、自分の立場が危うくなった小隊長のクロフトが策略によってハーンを死に追いやる筋立てが中心になっている。ハーン、カミングス将軍、クロフトの三人の中で、ハーンだけが軍隊の論理＝階級の論理を理解できない。

この三人の関係を通して、軍隊の論理がいかに強固で、個人を飲み込んでしまうものなのかを考察したい。

まず、三人の出自について簡潔にまとめてみたい。ハーンはシカゴの実業家を父親にもち、東部のプレップ・スクール（有名私立大学入学を目指す子女が通学する大学進学準備校）を卒業してハーヴァード大学に入学し、文学を志す。在学中に父親への反抗から共産主義に傾倒するが、卒業後はニューヨークで編集の仕事や組合活動などを経験し、真珠湾攻撃の前に入隊する。物語の始まる時点で少尉である。

エドワード・カミングスは中西部の銀行家で市一番の金持ちの家に生まれる。幼い頃は、裁縫やスケッチを好む子供であったが、男らしく育つことを望む父親によって十歳で軍隊式学校に入れられる。その後は、ウェスト・ポイント（ニューヨーク州南東部の都市）にある陸軍士官学校に入学、幹部候補として陸軍に入隊、学生の頃に知り合った女性と結婚をして順調に出世をして第二次世界大戦時には将軍となっている。ハーンとカミングスの二人は典型的なミドルクラスといっていい。特筆すべきことは、カミングスは、女の子のようであったというジェンダー的な劣等感を抱いているのではないか、という点である。そのため必要以上に男性らしくふるまい、かつ軍隊内での（男性性の発露としての）階級を求める傾向があるようだ。

この二人に対してサム・クロフトは、テキサスの農夫の息子である。その地区では最も早い時期に入植した一家ではあるが、先の二人のような豊かな家で育っているわけではない。州兵になったのち、連邦軍に入隊している。物語の始まりの時点で軍曹である。

カミングス将軍がハーンを副官に選んだのは、「同じ程度の知性」を持ち「将軍を理解できる知性を持っている唯一の人間」（七八）であると将軍が見抜いたからである。ハーンもまた将軍に目をかけてもらっていることを十分に認識していて、上官将校に口答えをした際も、将軍が救ってくれることを確信している。同時に、自分の将軍への甘え、つまりは、将軍と下級将校という関係性を超えて、擬似的な親子関係であることを「父親への依存」(七四)であると嫌悪を感じている。前述したように、ハーンは父親への反感から共産主義運動に身を投じたが、仲間から「ブルジョア的理想主義者」とレッテルを貼られて、運動から身を引くように言われる。つまり、どんなに自分の出自に抗おうとも、自分のブルジョアとしての特権を捨てきれない人物として描かれている。ハーンは軍隊に入っても将軍を擬似的な父親とみなして、実の父親同様の親しみと憎しみの両方の感情を持っていると言えよう。

作戦が遅々として進まないことに焦りを感じたカミングス将軍は、ハーンに辛く当たるようになる。ハーンは自分には相応しくないと感じる仕事を与えられ、自分が将軍のペットであることに気づく。

> 彼[ハーン]は、これまでずっとご主人のペット、犬だったのだ。ご主人に噛みつくほど無遠慮になるまで、大事にされ、ブラシをかけてもらい、お菓子を投げ与えられてきたのだ。それ以来ずっと、多くの男性が動物に対してしか起こさない夢中になったサディズムに苦しめられてきた。彼は、将軍の気晴らしの対象であった。犬の役割に甘んじてきたこと、その上、用心深く隠しつつも、いつの日かご主人と同等になろうとする犬としての夢にある程度気づいてきたことから生じる冷たく言葉にならない怒りを深く感じた。(強調筆者、三一三)

ハーンは将軍の唯一の理解者、つまり、将軍と同等の人間であるという特権を奪われることに我慢がならないのだ。メイラーの世代よりもふた昔ほど前の文学潮流の一つであった自然主義文学では、労働者階級や黒人などの社会の下層にいる人々を動物を使って表現することが多かった。それには、上位の人々の下位の人々に対する恐怖を背景にして、人間を動物として表現することで、徹底的に人間としての尊厳を奪う意味合いがあった。そのことを思い起こすなら、自らを犬と称することによって示されるのは、カミングス将軍との間にある決して越えることのできない軍隊内の階級差を彼が本能的に感じたということであろう。そのうえで、彼が将軍の彼に対する態度を性の言語、男性と動物との間に生じるサディズム的喜び、として表現していることに注目したい。前述したように、性の言説は戦争の言説に結びついているのだが、ハーンは彼のおかれている状況を理解／受容することができず、「言葉にならない怒り」を感じるのである。

カミングス将軍の真意を知ったハーンは、特権を剥奪される前に、自ら特権を捨てることを望む。ハーンは清潔に保っておくべき将軍のテントに泥のついた靴で上がり込み、軍隊の論理にささやかな抵抗を示す。彼の度重なる無礼な態度に腹を立てた将軍は、斥候を行う偵察隊へ異動させて実質的な降格処分を下し、軍隊における将軍の絶対的な権力のありようを見せつけるのである。

偵察隊に異動したハーンは、偵察隊の指揮権を奪われることを怖れたクロフトの計画によって、日本兵に射殺される。ハーンの死は、クロフトの持っている軍隊の論理を理解できていなかったことの結果である。ハーンが偵察隊に配属された時にした挨拶とそれに対するクロフトの反応がそのことを極めてよく物語っている。ハーンは「僕は君たちの赤ん坊で、君たちの膝の上に落ちてきたんだ。（中略）**個人的**には、僕はうまくやっていけると思う」（強調筆者、四五六）という。軍隊の論理からすれば、上官の立てた作戦にしたがって勝利をめざすだけであって、個人の考えなどが入り込む余地がない。対してクロフトは、「間違っている。小隊の指揮官は友達付き合いなんてするもんじゃない。（中略）クロフトは、ハーンのように自分の仲間を作ろうとする小隊の指揮官を軽蔑していた。そんなことは女がやることでありえない」（四五六）と反応する。

クロフトは、ハーンのやり方を「女のようだ（ウーマニッシュ）」と表現する。前述したように女性を表す言葉は、敵を表す言葉と同義であるから、クロフトは、ハーンを排除すべき、あるいは征服すべき存在だと考えていることがわかる。クロフトのハーンへの反感は、兵士の一人が撃たれて大怪我を負ったことでハーンが斥候を中断し、部隊に帰還することを告げた時に憎しみに達する。だが、ハーンを死に至らせる計画を実行するにあたって、「彼［クロフト］は、命令に逆らうことに対する強い不安を感じた」（五八三）と、軍の規律を重視するが、ハーンの死後も困難な斥候をやめないクロフトは、「登らなければならない。もし失敗したら、ハーンにしたことは悪いことだったことになる。軍隊に反抗し、命令に背いたことになる」（六四三）と考える。クロフトにとっては、斥候を遂行するという命令が絶対的なものとして存在し、上官を殺したことも命令遂行上必要なことであって、罪悪感など持ち合わせてはいない。

ハーンは斥候を中断すると決めると、自分が下士官に降格されることを予想する。自分の特権を捨て去ってしまうことで、他の兵士たちの軍隊で出世するという野望を打ち砕くだろうと想像し、「おそらく、それ以上嬉しいことなどない」（五八四）と思う。つまり、この三人の中で、ハーンだけが戦争（あるいは軍）の言説を受け入れることができない。先の引用のなかにある「言葉にならない怒り」という表現に注目すれば、軍隊の論理に対する反論すらハーンだけが言語化できないのである。ゆえに、彼は軍隊の階級制度を無視し、軍隊の論理をないものとしてしまうのだ。しかし、カミングスにせよ、クロフトにせよ、軍隊の規律＝論理の守護者であって、ハーンを受け入れることはできない。ハーンのような将校は軍隊から排除されなければならないのである。

六　まとめ

戦争とは、国家の最高意志決定機関（国会）によって参戦するかどうかが決定される行為であって、軍隊は国家の意志を反映させる（勝利に導く）ための機関として考えられる。そのため、軍隊内の規律は厳しく統制され、個々の意思など顧みられることはない。メイラーはそのように考えられる軍隊内にあって、自由な考えを持った「個人」がいることを描き出そうとした。しかし、戦争下の軍隊にあって、軍隊の中で生き延びるためには、戦争の言説を自らのものとし、表現しうる人間にならなければならなかったことと同時に、軍隊／国家の意志の強さが個人の力ではどうにもならないことを描きだす。ハーンは、それができないために、軍隊から排除されることになったのだろう。それでも、ハーンのように、たとえそれが稚拙なものであっても、最後まで大きな体制に抵抗を示すものがいることを忘れてはならないのだろう。

使用テキスト

Mailer, Norman. *The Naked and the Dead*. Picard, 1948.

第六章……一九五〇年代

バーナード・マラマッド『アシスタント』

——森有礼

【一九五〇年代の時代背景】

冷戦下の「不安の時代」

第二次世界大戦後、東西冷戦を背景として軍事的にも経済的にも超大国となった合衆国であるが、一九五〇年代のアメリカ国内には、常に共産主義に対する社会不安があった。ジョゼフ・マッカーシー上院議員の一九五〇年の演説に端を発した、いわゆるマッカーシズム（共産主義者への弾圧）は、五四年に同議員が上院の譴責を受けるまで猛威を振るった。五一年のソ連の原子力スパイ容疑でジュリアスとエセルのローゼンバーグ夫妻が死刑判決を受けたのも、当時の米ソの対立を象徴する事件である。また五二年には世界初の水爆実験に成功したが、同年当選した共和党のアイゼンハワー大統領は、大量報復理論に基づく新たな核戦略を展開し、ソ連との軍拡競争を進めていった。これらはいずれもソ連を中心とする東側勢力への不安に根差していたが、五七年の、ソ連による人類初の人工衛星の打ち上げ成功は、スプートニク・ショックと呼ばれる大きな衝撃を全米にもたらした。翌年合衆国は米国初の人工衛星を打ち上げるが、こうした宇宙開発競争は一九六〇年代のアポロ計画へと引き継がれていった。

「豊かなアメリカ」と文化アイコン

一九五〇年代のアメリカはかつてない経済的繁栄を手にした。五五年の国内総生産（GNP）は一九二九年の世界恐慌前の二倍に達し、国民の生活水準も急上昇する中で、郊外のマイホームと自家用車に象徴される、戦後のベビーブームをもたらした世代——外で働く父親（ワーキング・ファザー）と家庭の主婦（ハウスワイフ）という伝統的な性役割に則った、比較的豊かな中産階級（ホワイトカラー）の核家族――が誕生した。彼等は政治的には保守的、社会的には体制順応的で、私生活を重視する人々であった。彼等は不安に駆られ、周囲の他者の動向に動機づけられる現代人であり、社会学者のデイヴィッド・リースマンによって、「他者指向型」の『孤独な群衆』（一九五〇）と名付けられた集団である。

一九五〇年代には、時代を象徴する多くの文化アイコンも登場した。一世を風靡した映画女優マリリン・モンローは、『七年目の浮気』や『お熱いのがお好き』等の映画に出演し、本人の意思とは反する形ではあったものの、世界的なセックス・シンボルとして信奉された。また黒人音楽であったリズム・アンド・ブルースは、エレクトリック・ギターを導入してビートを効かせた音楽となって白人の若者の間に広がり、ロックンロールと呼ばれるようになった。五六年にはロックンロールの「キング」と称されたエルヴィス・プレスリーが「ハートブレイク・ホテル」を皮切りに続けざまに全米チャート一位のヒットを記録し、ティーンエイジャーのサブカルチャーが花開きつつあった。五五年に映画『エデンの東』や『理由なき反抗』等で鬱屈した反抗的な若者像を演じ、同年自動車事故で亡くなったジェームズ・ディーンも、この時期のアメリカの青春像のアイコンである。

人種問題の顕在化と文学

一方でこの一〇年は、アメリカ国内の人種分離政策に対する関心と批判が高まった時期でもあった。一九五四年に連邦最高裁で下された、公立学校における人種分離教育に対する違憲判決（ブラウン判決）は、一八九六年のプレッシー対ファーガソン裁判における「分離すれど平等」という原則を否定した。さらに一九五五年、アラバマ州モントゴメリで、白人にバスの座席を譲ることを拒んだ黒人女性ローザ・パークスの逮捕に端を発したバス・ボイコットは、マーティン・ルーサー・キングJr.牧師の指導の下、分離政策に対する違憲判決を勝ち取ると共に、キングを公民権運動の中心的指導者へと押し上げた。同じくアラバマ州リトル・ロックでは、同州の高校での融合化教育に反対する州知事が、州兵を派遣して黒人生徒の通学の阻止を試み、入学予定の九名の黒人学生は軍の護衛を伴って登校する事態となった。これらの事件を経て、アフリカ系アメリカ人を中心とする公民権運動は一九六〇年代に向けて激化していった。

一九五〇年代の文学は、当時の世相を反映するかのように多くの作品を誕生させた。セイラム魔女裁判を題材としたアーサー・ミラーの戯曲『るつぼ』（一九五三）はマッカーシズムを批判したとされる。思春期の少年の鬱屈した心情を描くJ・D・サリンジャーの『ライ麦畑でつかまえて』（一九五一）は、ティーンエイジャーの青春の自画像として根強い支持を得ている。また既存の社会秩序に対してボヘミアン的に抵抗する若者達は、自らをビート・ジェネレーションと呼んだ。その語源には諸説あるが、『路上』（一九五七）によってビート・ジェネレーションの旗手となったジャック・ケルアックは、「ビート」とは社会の周縁に追いやられて「打ち砕かれ」、かつ「至福に浸っている」状態を意味していると述べた。加えて『見えない人間』（一九五二）を書いたラルフ・エリソンや『山にのぼりて告げよ』（一九五三）を執筆したジェイムズ・ボールドウィン等、アフリカ系アメリカ人の苦悩や困難を描く作家も登場した。さらに戦後の都市生活者として、祖先の宗教的・民族的な背景のみならず、実存的な苦悩をも抱えた現代ユダヤ人の姿を描く新たな世代のユダヤ人作家が台頭してきたのも、この時代の特徴である。本章で採り上げるバーナード・マラマッドや、ソール・ベロー、ノーマン・メイラー、フィリップ・ロス、上述のサリンジャーも、こうした新たな世代の作家と言える。

【作家・作品紹介】

バーナード・マラマッド（**Bernard Malamud**, 一九一四―一九八六）
『アシスタント』（***The Assistant***, 一九五七）

バーナード・マラマッドは、一九一四年、ニューヨークのブルックリンで雑貨屋を営む貧しいユダヤ系ロシア人移民の両親の間に生まれた。ニューヨーク州立大学とコロンビア大学大学院で学び、夜間高校や職業高校で英語の教師をしながら執筆活動を始める。オレゴン州立大学着任後の五二年に最初の長編小説『ナチュラル』を出版。二作目の小説『アシスタント』はダロフ記念文学賞を授与された。また短編集『魔法の樽』（一九五八）は全米図書賞を受賞する。六一年、ベニントン・カレッジ言語文化学科に着任後も執筆を続け、『修理屋』（一九六六）、『店子』（一九七一）、『ドゥービン氏の冬』（一九七九）等の長編と、幾つかの短編集を出版する。また一九六七年にはアメリカ芸術科学アカデミーの会員となった。八六年死去。

バーナード・マラマッド

マラマッドは二〇世紀の代表的なユダヤ系アメリカ人作家として、しばしばソール・ベロー、フィリップ・ロスと共に三人一組で挙げられるが、マラマッドの作風を特徴づけるのはその道徳性と言える。苦難に耐えて生きるユダヤ系移民の様子を、共感を込めて描くと共に、苦境の中でいかに人は正しいことをなすべきかという戒律的な教えが、マラマッドの作品の主題となっている。こうした彼の作風には、ナチスドイツによるホロコーストが影響しているという批評家もいる。

本章で扱う『アシスタント』でも、なぜユダヤ人は不運な苦しみの中でも善き人であらねばならないのか、という問いが投げかけられる。本作の二人の主人公――貧しいユダヤ系の老人モリス・ボウバーと、彼の下に身を寄せるイタリア系の青年フランク・アルパイン――の関係は、この問いを巡って展開する。第二次大戦後間もないニューヨークのブルックリンで、古い食料品店を営む六〇歳のモリスは、妻のアイダと、二三歳になる娘のヘレンと共に暮らしている。彼はポグロムを逃れて帝政期のロシアからアメリカに渡ってきたものの、今では商売はずっと悪くなり、古い馴染み客も洗練された他の店に奪われつつある。一一月のある夜、モリスは二人組の押込み強盗に襲われ、頭に重傷を負うが、その翌日流れ者のフランクがモリスの前に現れる。彼はモリスを襲った強盗の一人で、奪った金を返して罪を償おうと、半ば強引に無給の住込み店員（アシスタント）となる。フランクの勤勉な働きぶりもあって店は持ち直すものの、店の経営改善に対する自負と慢心から彼は店の金をくすね始め、またヘレンに言い寄ってゆく。しかしある日、レジの金を一ドル誤魔化したのをモリスに見咎められ、フランクは店を追い出される。その夜フランクは、強盗の相棒だったウォード・ミノーグに強姦されかけていたヘレンを助けるも、自暴自棄になって彼女と無理やり関係を持ち、ヘレンからも手酷く非難される。一方でモリスの商売は日毎に悪化し、彼は心労の余り半ば無意識のうちにガス自殺を図ったり、保険詐欺ブローカーにそそのかされて自分の店に火を放とうとしたりするが、その都度フランクに助けられるものの、結局病身で季節外れの雪かきをしたために肺炎で亡くなる。一家の主人を失ったアイダとヘレンの苦境を救うべく、フランクは再び住込み店員（アシスタント）として店の経営を手伝う一方、別の店でも夜間店員として働き始める。疲弊し痩せ衰えたフランクを見てヘレンは彼を赦すが、それに対してフランクは、念願であった大学に彼女を通わせると約束する。物語は、フランクが割礼を受けてユダヤ人となり、彼がヘレンと将来を生きることが暗示されるところで終わる。

本作に登場する雑貨店主モリスは、マラマッドの父がモデルとなっている。「牢獄に繋がれた」ように一日中店に籠って客を待つ父の「自らを犠牲にする」様子を見て、作家はこの「善良」で「やさしく」「思いやりのある」男性に対する深い同情を感じていた。[1] またモリスが口にする「自分は他人（フランク）のために苦難を耐え忍ぶのだ」（一二五）という台詞も、酷い風邪に苦しむ幼いマラマッドを案じて、息子の身代わりに苦しみたいと願った父の姿と通じている。こうした父の姿に、低い社会的身分に生まれ育ち辛酸を嘗めて生き続けた父の世代の、逆説的にも英雄的な様子を見出したマラマッドは、その父と対比する形で「不肖の息子」たるフランクの物語を置くことで、ユダヤ人の不運と、それを受け止める生き方を描いているといえよう。

【作品案内】

マラマッド、バーナード．『店員』加島祥造訳．文遊社、二〇一三年．
――．『魔法の樽 他十二篇』阿部公彦訳．岩波書店、二〇一三年．
――．『喋る馬』柴田元幸訳．スイッチパブリッシング、二〇〇九年．

（1）Davis, Philip. *Bernard Malamud: A Writer's Life*. Oxford, 2007, p.22.

『アシスタント』――アメリカで「善きユダヤ人」になること

一　はじめに

本章では、ユダヤ人作家バーナード・マラマッドの一九五七年の作品である『アシスタント』を、二〇世紀の「新しい」古典として再読する。本書「まえがき」でも述べられているように、「新しい」古典とは、「今では比較的読まれなくなったものの、時代の制約を超えて読む楽しみを実感できる作品」を指している。マラマッドの『アシスタント』もこの意味で「新しい」古典に該当すると言える。本作は彼の同世代作家と目されるソール・ベローやフィリップ・ロス等の作品と比べても、今日読まれなくなっていると思われる。さらにはマラマッド自身が、自らをユダヤ作家ではなくアメリカ人作家と見なされることを望んでいる一方で、この作品はいわゆるユダヤ性を強くその読者に感じさせるものとなっている。本作はホロコースト以降の合衆国に暮らすユダヤ人が、その文化的遺産といかに折り合いをつけるかという問いを投げかけている点において、今なお読み継がれるべき、時代の制約を超えた意義を持つと考えられる。

二　ユダヤ人としての象徴的負債

『アシスタント』の主題は、ユダヤ系作家にとってのグランド・テーマでもある父と子の関係であろう。もちろん、イタリア系移民の孤児であるフランク・アルパインと、ポグロムを逃れて東欧からアメリカに渡ったユダヤ人モリス・ボウバーとの間に血縁はない。しかしモリスには、幼くして耳の病気で亡くなった、イーフレイムという息子がいる。彼の死は父モリスにとって終生にわたる痛手であり、その生涯の不幸と喪失とを象徴する出来事であるが、フランクとモリスとの関係は、この喪われた息子を言わば補完する形で、フランクがモリスの遺族を守護することで完結する。それはフランクがモリスの「息子」になることを暗示しており、物語の最後で彼は割礼を受けてユダヤ教へと改宗する。この時フランクは、生前モリスが背負っていた一種の象徴的負債を引き受けることとなる。

彼がモリスから継承した負債とは、一義的にはモリスの古い店と遺された家族であるが、生前のモリスが実際に抱えていた負債はもっと抽象的である。以下、少し具体例を見てみたい。まずは娘ヘレンに対してモリスが抱く、家長としての申し訳なさが垣間見える以下の引用である。


「ヘレンは今朝、朝食を食べずに出かけたわ。」

「腹が減ってなかったんだろう。」

「何か気がかりなことがあるんでしょうね。」

モリスは皮肉混じりにこういった。「気がかりなことなんてあるものかね。」もちろん、あるに決まっている。店のこと、自分の健康のこと、わずかばかりの彼女の稼ぎのほとんどが、家計の支払に回っているること。大学で教育を受けたかったのに、そうはできず、意に沿わぬ仕事に就かねばならなかったこと。こんな父の下に生まれ付いたのだから、食欲が湧かないのも当然ではないか。（九〜一〇）

ここには、娘に対するモリスの忸怩たる思いと、父としての無力感が窺える。しかし現在の悲惨な状況もモリスに明確な責任がある訳ではなく、むしろ彼を繰り返し見舞う、避けようのない不運ゆえのことである。彼が娘に対して抱く痛恨の念は、ある意味根拠のない申し訳なさである。さらにもう一つ、彼が近所の飲んだくれの女性に掛け売りで食料品を売る場面を見てみよう。

入口の扉が開くと、一〇歳ほどの少女が入ってきた。その顔は困窮のためにやつれて、眼だけが光っていた。モリスはこの子を歓迎する気にはなれなかった。

「母さんがね」と早口でその子は言った。「明日まで、掛け売りでバターを一ポンドと、ライ麦パン一斤と、リンゴ酢の小瓶をお願いいって。」

彼は母親のことを知っていた。「もう掛けは利かないよ。」

少女はわっと泣き出した。

モリスはバター四分の一ポンドと、パンとリンゴ酢とを与えた。彼はレジの側の擦り切れたカウンターの上に、鉛筆でメモを書き込むところに行くと、「飲んだくれ女」とある下に合計額を書き込んだ。総額は今や二ドル三セントだったが、その金はまず実際に戻ってくることはないだろう。しかしアイダが新しい数字を見つけるとうるさく言うだろうから、彼は金額を一ドル六一セントに減らしておいた。（四）

ここで彼が掛け売りの金額をこっそりと値引きするのは、吝嗇な妻への気後れもあるものの、何よりもこの少女への同情と憐憫ゆえである。母のツケを嘆く娘の心理的負担を、わずかでも自分の痛みとして肩代わりすることで他人の不幸や悲嘆を自らの負債とする点で、モリスの負債は象徴的である、と言える。後で触れるが、フランクとの会話の中で「私は君のために耐え忍んでいるんだ」（一二六）と述べるモリスの台詞は、この意味で理解されるべきである。

　こうした象徴的負債を抱え込むモリスは、つねに「帳尻の合わない」人生を送る定めにある。彼は「働けば働くほど……失う」（一七）、ユダヤ文学におけるいわゆる「シュレミール」、つまり「不運」で「間抜け」な、「生まれついての負け犬」[1]の役回りを与えられている。彼は、「自分自身の正直さから逃れられない」（一七）がために不運な境遇に留まらねばならない人物なのだ。

　こうしたモリスの不運を表す典型例が、フランクとウォードによる押込み強盗である。ここではモリスの悲劇と、強盗に入ったウォードのユダヤ人に対する偏見とが表裏一体となっている。

> 二人の男がカウンターの向こう側に立っていたが、その顔はハンカチで隠してあった。一人は薄汚れて黄色く強張ったハンカチで、もう一人のハンカチは白かった。白いハンカチの男が店の灯りを消し始めた。
> （中略）
> 「これで稼ぎの全部ってことはないだろう、分かってるんだぞ」と、大柄な男が擦れた不自然な声で言っ

（1）Abramson, Edward A. *Bernard Malamud Revisited*. Twayne's United States Authors Series 601, Twayne, 1993, 54-55.

た。「残りはどこに隠した。」

　モリスは胃がむかついて話せなかった。

「本当のことを言えよ。」男は拳銃を店主の口元に突き付けた。

「不景気なんだよ。」モリスはつぶやいた。

「この嘘つきのユダヤ人め。」（中略）「奴は隠しているんだ」と大柄な男が罵った。「こいつの頭をかち割ってでも手に入れてやるんだ。」（中略）

「商売の景気が悪いんだよ。」とモリスはつぶやいた。

「お前達ユダヤ人が悪いのさ。分かったか。」（二五〜二六）

モリスにしてみれば、強盗を働くウォードの要求は不条理そのものなのだが、ウォードにとっては、モリスたちユダヤ人が自分たちから掠め取っている（と信じる）富の上前は、幾ら奪い返してもまだ足りない。ウォードの理不尽な要求は彼の人種差別的な態度の反映であるが、一方でモリスも自分が失えば失うほど、家族や店の顧客といった同胞に対する自分の象徴的負債が増えてゆくと固く信じている点では、ウォード同様に、自身のユダヤ的アイデンティティに、否定的ではあれ特別の意義を見出していると言える。

三　「善きユダヤ人」の定めとしての律法

　こうした負債を、しかしモリスは「ユダヤの律法」を遵守することの条件と理解しているようだ。モリスは以下の対話で、彼なりの「善きユダヤ人」像をフランクに語ってみせる。

「これを聞いてもいいでしょうか」とフランクは尋ねた。「あなたは、自分のことを本当のユダヤ人だと思ってますか。」

モリスは驚いた。「私が本当のユダヤ人かっていうのは、どういうことだい。」

「気を悪くしないでほしいんですが」フランクは言った。「そうじゃないんじゃないかって反論したくもなるんですよ。まずあなたは礼拝所（シナゴーグ）に行かないし——少なくとも僕が見た限りですけど。コーシャ［筆者注：ユダヤの戒律に従った清浄な料理］を作らないし、コーシャを食べもしない。南シカゴで知っていた仕立屋のような小さい黒い帽子さえ被らない。その人は日に三度お祈りをしていたんです。奥さんは、あなたはユダヤ教の休日も店を開けているって言ってるし、彼女がそれにどれだけ強硬に反対しても気にもかけないでしょう。」

「時にはね」とモリスは顔を赤らめて答えた。「食べてゆくために休日にも店を開けなきゃならないのさ。ヨム・キプル［筆者注：ユダヤ教における贖罪の日］は別だがね。でもコーシャのことは気に掛けてないんだ、私にとっては、あれは古いしきたりだからね。私が気を揉んでいるのは、ユダヤの律法に従うことさ。」

「でもそうしたことだって全部ユダヤの律法でしょう。それに、律法は豚を食べるなと言っているのに、あなたがハムを食べてるのを見たことだってありますよ。」

「豚を食べようと食べまいと、私にとっては重要ではないんだ。人によってはそうかも知れんが、私はそうじゃない。たまに口が欲しがった時にハムを一切れ口に入れたからと言って、誰もそれで私がユダヤ人じゃないとは言わない。でももし律法を忘れたらそう言われるだろうし、そう信じているよ。律法を守るというのは、正しいことをし、正直で、善良であることだ。他のユダヤ人にとっても同じだ。私達の人生は辛いものだ。どうして他人を傷つけなければならないんだ。私や君だけじゃなく、誰もが一生懸命暮らしているんだ。私たちは動物じゃない。だから律法が必要な訳さ。これがユダヤ人として私が信じていることなんだ。」（一二四）

モリスは律法を信じているものの、その宗教的制約にはほとんど頓着しない。それでもなお彼が「善きユダヤ人」（一二二）を自認するのは、彼が、自らが「正直で、善良である」ためには、どんな過酷な運命も受け入れる覚悟ができているからである。

ここで注目したいのは、人生の苦難を巡るモリス独自のユダヤ的哲学である。先述した「自分は他人のために耐え忍んでいるのだ」という台詞からも窺えるように、この言葉は一見「被虐的」（三二）かつ自罰的にも思える。彼はフランクに対して、人生の苦難について次のように語ってみせる。


「君は苦しみを耐え忍ぶのは好きかね、ユダヤ人は皆、ユダヤ人だから苦しむのだよ。」

「そのことが問題なんです、ユダヤ人は必要以上に苦しんでますよね。」

「生きることは苦難を耐え忍ぶことだ。人によっては他の人よりももっと苦しむが、それはそうしたいからという訳じゃない。でも、もしユダヤ人が律法のために耐え忍ぶのでなければ、どんな苦難にも耐えられないだろう。」

「モリス、あなたは何のために耐え忍んでいるんですか。」フランクは言った。

「君のためにさ。」モリスは静かに言った。（一二五）

モリスの語る受難に満ちたユダヤ人の生は、そうでないものの神経を逆なでするような猥褻さを持つ。「彼らは苦しむために生きているんだ、とフランクは考えた。酷い腹痛がしているのに、トイレに駆け込まずに一番長く我慢できる奴が、最良のユダヤ人という訳だ。奴らが癪に障るのも無理はない」(八八)。果てしない苦難の甘受と堅忍不抜の姿勢を貫くモリスの生き方は、フランクの目には虫唾の走るようなマゾヒズムに映る。事実、マゾヒズムはユダヤ的享楽の核を成すと言っても過言ではない。前述のように、モリスの負債は象徴的なものだが、それは彼がこの負債を特定の個人ではなく、言わばユダヤの律法に対して負っており、彼のユダヤ的アイデンティティは、この負債によってこそ担保されるからである。皮肉にもこの際限のない負債の重圧によってのみ、モリスは自身のユダヤ性を実感する。それゆえ彼はあえて救いも赦しも求めようとはしない。なぜなら、それこそが律法が定めたユダヤ人としての生き方だからだ。

四　ユダヤ的父子関係と負債の移譲

モリスの死後、彼の家族を養うフランクは、こうした象徴的負債を引き継ぐことでモリスの「息子」となる。しかしそのためには、彼自身がまずモリスに対して返しきれない負債を負わねばならない。その契機が、レジの金を盗んで店を馘になる事件である。フランクの盗みを目にしたモリスと、それを問い詰められたフランクとのやり取りは次の通りである。

「金が足りなかったんです、モリス」とフランクは認めた。「それが本当のことです。明日給料をもらったら返すつもりだったんです。」彼がしわくちゃになった一ドル札をズボンのポケットから出すと、モリスはその手から金をひったくった。

「盗むんじゃなくて、なぜ私に一ドル借りようとしなかったんだ。」

店員は店主から借りるという考えが浮かばなかったことに気づいた。理由は単純だ――一度も借りたことがなかったからだ、彼はいつも盗んでいたから。

「そのことは考えてませんでした。間違いを犯してしまいました。」

「いつだって間違いばかりだ。」店主は激怒して言った。

「僕の人生はずっとそうだった。」フランクは溜息をついた。（一六二）

フランクは自らの過ちと失敗を悔い、モリスに赦しを求めるものの、憤怒のあまり峻厳な「モーゼ」[2]と化したモリスは彼を店から追い出す。フランクの懺悔は、モリスがガス中毒に陥ったり、自宅に放火しようとして大火傷を負ったりした時にも繰り返されるが、結局モリスは死ぬまでフランクを赦すことはない。

これらの例からわかるように、罪は赦されるものではなく（それは優れてキリスト教的な価値観だが）、贖い切れない負債として引き受けなければならない。だがそれはフランクがモリスと象徴的な父子関係を結ぶためには不可欠である。なぜならモリス自身が、故郷の父に対して返しようのない負債を負っているからである。彼は父と共謀し、ロシア軍への入営当日に脱走してアメリカに渡った。彼と父とは、その日を限りに再び出会うこともなかったが、そのためにモリスもまた自身の父に対する象徴的負債を負ったまま、実り少ない人生を送らざるを得なかった。だがそれこそが、ユダヤの父と子の絆のあり方なのだ。

モリスについていえば、もう一人、幼くして亡くなった息子イーフレイムに対しても返済不可能な象徴的負債を負っている。物語の終盤、病で熱に浮かされたモリスは死んだ息子の夢を見る。

モリスはイーフレイムの夢を見た。夢に落ちるとすぐに、明らかに父親譲りに茶色い瞳で、それが息子だと分かった。イーフレイムはモリスの古い帽子の上のところを切り取って作った丸い帽子を被っていた。それはボタンやキラキラ光るピンで飾られていたが、その衣服はボロ着同然だった。息子の姿はそんな様子だと思ってはいたものの、そんな身なりでお腹を空かせた表情をしていたことに、この商店主は衝撃を受けた。

彼は言った。「イーフレイム、日に三度、ちゃんと食べ物をあげたのに、なんでお前はこんなにも早くお父さんから離れていったんだい。」

イーフレイムは恥ずかしそうにして返事をしなかったが、モリスは突如わいてきた息子への愛情に駆られて――その子は歳の割にはずいぶん小柄だったのだ――他人に負けない人生の出発を約束した。

「心配ないよ。ちゃんと大学に行かせてあげるからね。」

イーフレイムは――彼は紳士だった――忍び笑いをして顔を背けた。

「約束するよ……」

その子は笑いながら消えていった。

「生きてておくれ」と父親は彼に声をかけた。

自分が目覚めたことに気づくと、モリスは夢に戻ろうとしたが、夢はさっと逃げていった。彼の眼は濡

（2）Abramson 33.

れていた。彼は自分の人生を、悲しみと共に思い起こした。家族のために十分なことをしてやれなかったのは、貧しい自分にとっては面目のないことだ。アイダは隣で眠っていた。彼は妻を起こして謝りたい気分になった。ヘレンのことも考えた。もし娘がオールド・メイドになったらとんでもないことだ。フランクのことを思い浮かべながら、彼はしばし呻いた。後悔の気持ちでいっぱいだった。自分は人生を棒に振ってしまった。それは雷鳴のような真実だった。（二二五〜二六）

モリスが抱く、妻と娘に対する申し訳なさと無力感は、息子に対する「守れなかった約束」と表裏一体である。家族に何もしてやれなかったことは、彼が負ったもう一つの象徴的負債である。このように、モリスは自分の父と家族に、そしてフランクはモリスに、返済することも償いきることもできない負債を抱えている。だがこうした負債の連鎖によって、ユダヤ人の父と息子は結びついてゆく。

五　アメリカで「善きユダヤ人」になること

生前のモリスに恩を返すこともままならなかったフランクは、モリスの葬儀で、棺を納めた墓穴に転がり落ちるというシュレミール的失態の後で、言わば「生まれ変わって」モリスの生前の役割を引き継ぐ。それはただモリスの店と遺された家族を受け継ぐだけでなく、一度は失われたモリスとの絆が回復することも意味している。その絆がこのユダヤ的な負債を巡って回復することが、フランクとヘレンとの関係から窺える。店を解雇された夜、ヘレンを暴行しようとしたウォードから彼女を救出するが、その直後、今度は自分で彼女を凌辱したために侮蔑的に罵倒される。この後彼は何度もヘレンに赦しを乞うが、ヘレンは彼を冷淡に黙殺し続ける。彼女の態度が変わるのは、物語の終盤で、遺されたボウバー家の母娘を養うために働くフランクが、過労のために憔悴しきっている様子を彼女が認めた時である。この時ヘレンは、フランクの「何か」が変わったことを認め、彼は彼女にもう何の負債も負っていないことに気付く。

一月のある夜、ヘレンは通りの角に立って路面電車を待っていた。（中略）自分の立っている前の店の中を覗いてみると、そこにはカウンターの上で両腕に頭をのせて休んでいるカウンター係の他には誰もいなかった。何故こんなにも奇妙に感じるのかと思ってこの男を見ていると、男が眠そうな顔を上げた。驚いたことに、それはフランク・アルパインだった。悲しげな後悔を浮かべた、骨ばった顔で、燃えるように輝く眼で自分の姿が窓に映っているのを眺めると、再び酔ったように眠りに落ちた。（中略）彼が、過労のために疲れ果て、痩せて不幸なのを目にしたことは彼女の心の重荷になった。彼が誰のために働いているのかが明らかだったからだ。彼が自分と母とを養ってくれていたのだ。彼のお陰で、夜学に通えるだけのものが得られているのだ。

床に入って半分眠りながら、彼女は自分を見張る相手を見た。彼女には彼が違って見えてきた。確かに、彼は以前と同じではないのだ、と彼女は心の中で呟いた。もうそれに気づいてもよかった。彼がした悪行のために彼を軽蔑してきたが、彼が何故そうしたのかも、その後のことも、理解しようとはしなかったし、悪いことが終わり、善いことが始まるかもしれないということも認めようとしなかったのだ。（中略）彼は別の人間に代わり、もうかつての彼ではなくなったのだ。もっと前にそのことに気づいてもよかったのだ。彼が私に対して過ちを犯した、と彼女は考えた、でも彼が心の底から変わった以上、彼は自分に対して何の負債も負ってはいないのだ。（二四二～四三）

この後、ヘレンはフランクによる暴行事件以降、初めて自分からフランクに話しかける。二人の間で交わされるのは謝罪や赦しの言葉ではなく、互いに相手に対する象徴的な負債を引き受ける会話である。

一週間後のある朝仕事に出かけようとして、ブリーフケースを持ったヘレンは店に入ると、フランクが窓に張った紙の陰から自分を見ているのに気付いた。彼は慌てた様子であったので、彼女は彼の顔を見て興味を引かれた。

「あなたが私たちを助けてくれてることにお礼を言おうと思ってきたの」と彼女は説明した。

「お礼なんていいよ」と彼は言った。

「あなたは私たちにもう何も負債はないのよ。」

「自分が好きでしていることだから。」

彼等は黙り込んだが、彼は彼女を昼間の大学に行かせてあげたいという考えを口にした。夜間大学よりも、彼女にとってはずっといいだろうから。

「ありがとう、でもいいのよ」ヘレンは顔を赤らめていった。「そこまでは考えられないわ、特にあなたがこんなに働いているんだし。」

「特に大変なことはないさ。」

「いいえ、そんなに無理しないで。」

「多分この店の売り上げもよくなるし、それならここの儲けだけでもやっていけるから。」

「いいえ、止めておくわ。」

「考えてみてよ」とフランクは言った。
彼女は躊躇ったが、それからそうしてみると答えた。（二四三～四四）

ここに見られるフランクの無私の態度からは、ヘレン個人に対する償いではなく、彼女の人生を彼の責任において引き受ける覚悟が窺える。そしてヘレンもまた、フランクが自分に対して進んで背負おうとしている負債を、彼女が受け入れるべきものとして容認している。この二人の関係は、贖罪や赦しではなく、互いにとって必ずしも必要ではない負債を、相手に対して背負うことによって回復してゆく。

フランクが繰り返してきた人生の失敗とは、利己心や自暴自棄から焦って「自分のものになった筈のものを手に入れ損ねる」ことである。これは彼のモリス及びヘレンに対する関係に端的に窺える。自分の取り分を性急に求める余り、結果的に彼は彼等を裏切ってしまう。そして二人の信頼と尊敬を失ってなおその欲望を捨て去ることはできず、時折客への釣り銭をごまかしたり、ヘレンの入浴を覗いたりし続ける。

フランクに真の転機が訪れるのは、彼が対象に対する未練や執着をすべて捨て去る瞬間である。フランクとキリスト教の伝説的な聖人であるアッシジの聖フランシスとの類比は、この転機を象徴する。彼はこの清貧の聖人に倣って何もかもを放棄することで、皮肉にもユダヤ人としての運命を自らに引き受ける。

午前中いっぱいかけて、六人の客しかなかった。不安になるのを紛らわすために、フランクは読みかけの本を手にした。それは聖書で、時折彼は、その本の何か所かは自分にも書けそうな気がしていた。
読んでいると、彼には愉快な考えが浮かんできた。聖フランシスが褐色のボロ布を纏って森から踊り出でて、その頭の周りを痩せた小鳥が飛び回っている。聖フランシスは店の前で立ち止まると、ゴミ箱に手を伸ばし、そこから木彫りの薔薇を拾い上げる。それを空中に放り投げると、それは本物の花に変わり、それを彼はまた手に取る。家から出てきたヘレンに、彼は一礼してそれを手渡す。「妹よ、あなたの妹になる薔薇をどうぞ。」それはフランク・アルパインの愛と願いのこもった薔薇だったが、ヘレンはそれを受け取るのだ。（二四五〜四六）

この時点において、フランクの奉仕と自己滅却は徹底している。彼の「愛と祈り」は聖フランシスによって本物の薔薇へと昇華され、彼からではなく聖フランシスからの贈り物としてヘレンの手に渡される。この時彼が夢想するのはヘレンに己の「愛と祈り」が届くことだが、同時に彼は自身の愛と奉仕に対するヘレンの返礼を敢えて求めない。こうして自己の欲望を徹底的に滅却し、過去の罪をひたすらに自らにとっての負債として引き受けることで、フランクは真のユダヤ人となる。モリス自身がそうであったように、ユダヤ人とは「他人のために耐え忍ぶ」、つまり「律法」に対して「他者」の負債を引き受けるという象徴的存在である。かつてモリスはフランクに対して、（アメリカに渡ってきながら、教育を放棄し、家族を得て自由を手放した）「自分のしたようなことをしてはいかん」（八三）と警告したが、結果的にフランクが選んだのは、モリスと同じ人生を送ることだった。もちろんそこにはフランクがかつて揶揄した、心身の痛苦を耐え忍ぶことに対するマゾヒスティックな自己陶酔が伴う。彼がヘレンのために、自らを犠牲にして苦境に満ちた暮らしに耐え忍ぶことができるのも、こうした享楽に支えられていればこそである。

繰り返せば、こうした徹底した自己滅却の中に自己の存在（意義）を見出し、そこに自己を投棄すること、つまりこうした自己滅却の効果であり結果として生じる象徴的な負債こそが、「ユダヤ性」の核を成している。そしてそれが、父から子へと連綿と受け継がれる様子が、赦しや贖いを主題としたキリスト教的物語とは異なる、「善きユダヤ人」になるための物語を形作る。おそらくは、戦後のアメリカの価値観とはまったく違う生き方に固執することが、アメリカで良きユダヤ人として生き抜く術なのだ。

使用テキスト

Malamud, Bernard. *The Assistant*. 1957; Farrar, Straus and Giroux, 2003.

第七章……………一九六〇年代

ジェイムズ・ボールドウィン『アナザー・カントリー』

山口善成

【一九六〇年代の時代背景】

闘争の六〇年代

一九五〇年代が第二次世界大戦後から冷戦下に醸成された社会不安と、それを強固な力で封じ込めようとする保守体制との間の緊張の時代だったとすれば、一九六〇年代はそのような緊張が若者たちの闘争として徐々に露見した時代だった。アメリカは引き続き経済発展を遂げ、国際的には、西側諸国の指導的な立場を担うようになるが、それは決して確かな国内的地盤や支持に基づいていたわけではなかった。一九六四年八月のトンキン湾事件を契機に本格介入を始めたヴェトナム戦争では、その過酷で非人道的な戦闘の様子が報道されるにつれ、次第に国内での反戦運動が活発化する。中でも敏感に反応したのは、既存の社会体制に批判的な大学生やヒッピーといった若者たちだった。ノーマン・メイラーのノンフィクション・ノヴェル『夜の軍隊』（一九六八）は、前年一〇月二一日のワシントンＤＣでの大規模反戦デモにおいて、大群の若者たちが国家権力に対して断固抵抗する様子を（若干の批判を込めつつも）興奮気味に描いた。エスタブリッシュメントに対する若者の闘争は、この時代を特徴づける最たる動向であった。

ただし、闘う若者たちがどのようなヴィジョンを持ち、いかなる理想社会を目指していたかは必ずしも明確ではなかった。ジョン・Ｆ・ケネディ（一九六一〜一九六三在任）が最も若い合衆国大統領として選出されたことは、若さを前景化する時代精神を予兆していたかもしれない。しかし、彼の「国家が何をしてくれるのかを求めるのではなく、国家のために何ができるかを問う」呼びかけは、彼の自らの体制に対する自信を示しこそすれ、世の若者たちに方向性を与えるものではなかった。抵抗の果て、目標の見えない若者たちの焦燥感や無力感は、本章で扱うジェイムズ・ボールドウィン『アナザー・カントリー』のテーマの一つである。

性の革命

性に関する行動や道徳の変革も、この時代の闘争の一部に位置づけられるだろう。親世代の抑圧的な性規範に対する抵抗は、反戦運動とも相まって、「殺し合うのでなく、愛し合おう（Make Love, Not War）」をスローガンに、当時の若者たちの間に広がっていった。折しも、一九六〇年には経口避妊薬、いわゆるピルが連邦食品医薬品局に認可され、とりわけ女性たちにより大きな性的な自由をもたらし（同時に性感染症などの危険も増大させたが）、性の解放を促進した。五〇年代末から六〇年代にかけては、それまで奔放な性的表現が忌避されたD・H・ロレンス『チャタレイ夫人の恋人』（一九二八）やヘンリー・ミラー『北回帰線』（一九三四）の発禁処分が連邦最高裁判決によって解かれ、時代は次第に性を公けに取り扱うことを許容し始めた。もちろん、これらは性の露骨な商品化の流れと無関係ではないが（例えば、『プレイボーイ』誌（一九五三年創刊）や『ペントハウス』誌（一九六五年創刊））、性の可視化は六〇年代から七〇年代にかけてのアメリカにおける社会的・文化的な変容を如実に物語っている。

同性間の性愛については、六〇年代には、主に都市部で明示的な行動が見られるようになった。例えば、一九六四年六月二六日付け『ライフ』誌の「アメリカのホモセクシュアリティ」と題した記事では、「ゲイ・キャピタル」サンフランシスコ、シカゴ、ニューヨーク等の大都市における開け広げなゲイ・コミュニティが特集されている。とはいえ、このような報道はホモセクシュアルが社会一般に受け入れられたことを示すものではなく、むしろストレートな人々がホモセクシュアルに対して持つ警戒心や恐怖感の産物であった。同性愛者の差別や迫害は依然として根強く、ゲイの解放運動は一九六九年六月最後の週末、グリニッチ・ヴィレッジのゲイ・バー、ストーンウォール・インへの警察の強制捜査に対する抗議暴動に、ようやくその端緒を見出すことになる。

公民権運動、政治、文学

五〇年代半ばより激化したアフリカ系アメリカ人の公民権運動は、六〇年代に至って、闘争を過熱させた。運動の盛り上がりの頂点は、一九六三年八月二八日、マーティン・ルーサー・キング牧師らによって率いられたワシントン大行進、およびこれに続いて翌年成立した公民権法（人種、肌の色、宗教、性、国籍による差別を禁ずる）、翌々年の投票権法（投票時の人種差別を禁ずる）に見ることができるだろう。しかし、六〇年代はさらに、キング牧師やマルコムXの暗殺（それぞれ、一九六五年と一九六八年）を目の当たりにし、運動の先行きは依然不透明だった。ブラック・ナショナリズムを標榜する急進派と、アメリカ社会の融和を目指す穏健派との間の対立も深刻だった。

数々の社会闘争を経て、大戦後から六〇年代の文学はより政治的になっていった。黒人文学の場合で言えば、リチャード・ライトやラルフ・エリソンの抗議小説は政治的・社会的問題がもはや文学にとって避けがたいものであること、および文学こそがラディカルな変革の表現手段であることを訴えていた。公民権運動の高まりに呼応して、文学と政治的主張とを結びつけた作家の代表格としては、六〇年代のリロイ・ジョーンズ（のちにアミリ・バラカに改名）が挙げられる。大戦後のアメリカ文学は、一方では、歴史や社会問題に背を向ける芸術至上主義の姿勢を強めたが、他方では、文学と現実社会は作家自身の解放闘争の実体験を経由して、これまでにないほど接近していた。ジェイムズ・ボールドウィンは、芸術と政治を切り離そうとする審美的な態度で知られるが、彼の作品もまた、公民権運動を初めとする当時の社会運動の数々の文脈の中で読まれるべきであろう。

【作家・作品紹介】

ジェイムズ・ボールドウィン（James Baldwin, 一九二四-一九八七）
『アナザー・カントリー』（*Another Country*, 一九六二）

一九二四年、ニューヨークのハーレムに生まれたジェイムズ・アーサー・ボールドウィンは、実の父を生涯知ることがなかったという。継父のデイヴィッド・ボールドウィンはジェイムズに辛く当たり、貧困や厳しい人種差別も相俟って、幸福な少年時代ではなかった。継父デイヴィッドは息子に、自分と同じ説教師になることを期待したが、ジェイムズは一〇代半ばでキリスト教と袂を分かつ。ただし、キリスト

ジェイムズ・ボールドウィン

教的な世界観や思想は、その後の彼の創作の重要な構成要素となっている。

中学校在学中から学校新聞の編集など、物書きの才能を発揮しつつあったボールドウィンだが、やがてアメリカでは根深い人種問題のせいで、創作活動も人間関係も十全に実現することができないと判断し、一九四八年、二四歳の時にパリに渡った。以来、彼の創作活動は主にパリを中心に、ヨーロッパで行われた。なお、パリで最初に彼を支援したのは、リチャード・ライトだったが、一九四九年のエッセイ「万人の抗議小説」でボールドウィンは、芸術と政治を切り離そうとする態度を鮮明にあらわし、ライトの抗議小説『アメリカの息子』を紋切り型人物造形の繰り返しとして批判した。

『アナザー・カントリー』（野崎孝訳の邦題は『もう一つの国』）は、一九五〇年代のニューヨークを舞台にした若い芸術家たちの群像劇。ストーリーはルーファス（黒人ジャズ・ドラマー）が夜のマンハッタンを彷徨する場面から始まる。恋人リオーナ

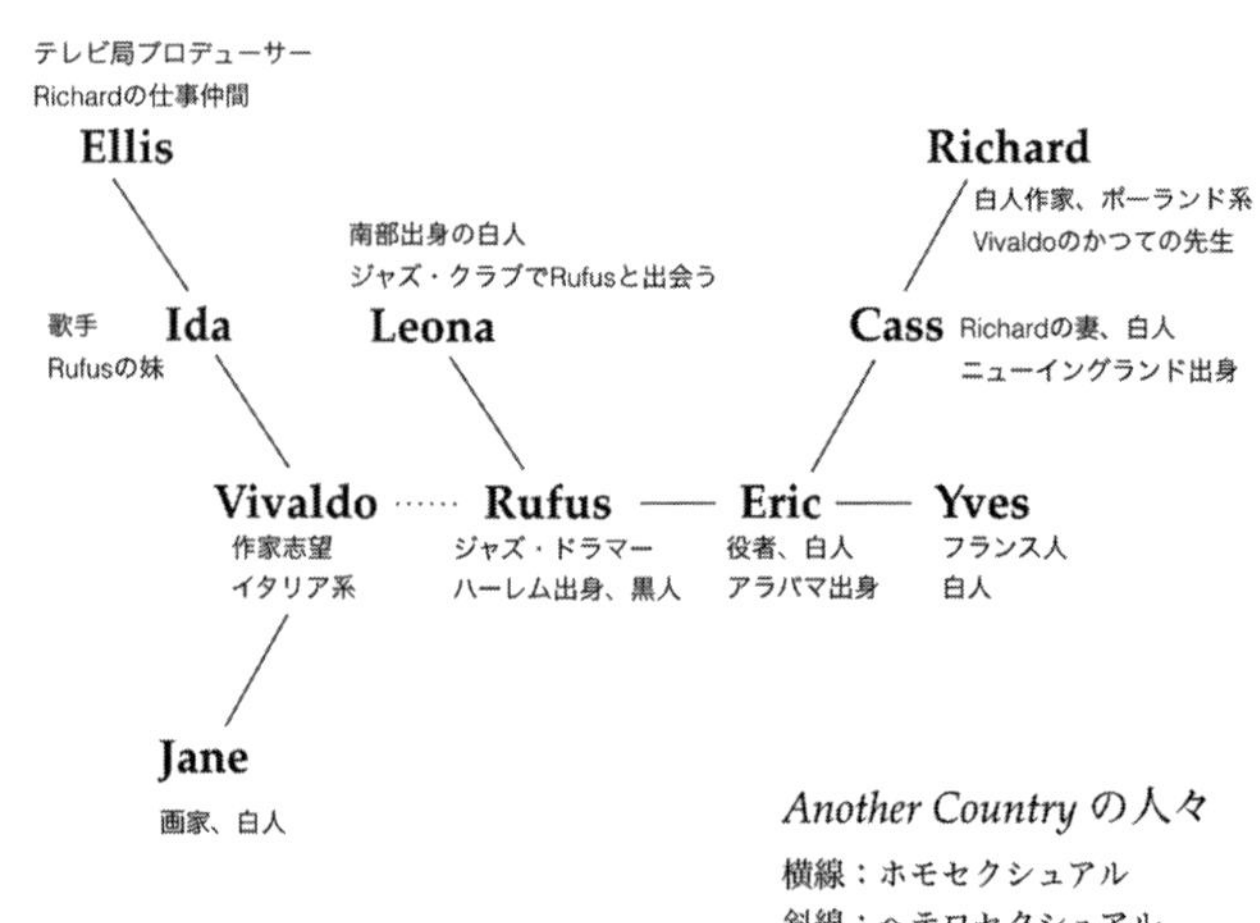

Another Country の人々
横線：ホモセクシュアル
斜線：ヘテロセクシュアル

を心身ともに追い詰め、精神病院送りにしてしまった彼は、自責の念からひと月近く誰からも身を隠し、独り漂落してきた。この夜、久しぶりに姿を現したルーファスに、友人のヴィヴァルド（作家の卵）は助けをさしのべようとするが、少し目を離したすきにルーファスは再び遁走し、やがてジョージ・ワシントン・ブリッジからハドソン川に身を投げる。ルーファスの死後（投身自殺の時点で、小説全体の長さの二割を少し超えたくらい）、物語は彼と関係のあった者たちの間で、「ルーファスとは何者だったのか」「ルーファスを本当に苦しめていたのは何だったのか」という問いが延々と繰り返される様を描く。不在の主人公の謎に取り憑かれながら、ヴィヴァルドとアイダ（ルーファスの妹、歌手）、ヴィヴァルドとエリック（役者）、エリックとキャス（作家の妻）など、異人種間、同性間、婚外の情愛で結びつけられた登場人物たちは、愚直なまでに真剣に、お互いを、そして自分自身を知ろうともがき苦しむ。

出版当時、『アナザー・カントリー』は売り上げ的には大成功を収めたものの（一九六三年のベストセラー・リストでは、ウィリアム・ゴールディングの『蠅の王』に次いで、第二位だった）、批評家たちの間では、期待外れとの意見が大勢を占めた。最初の小説『山にのぼりて告げよ』（一九五三）が、黒人社会固有の問題を人間存在そのものに関わる問いへと普遍化させた作品として好意的に受け取られた一方、『アナザー・カントリー』はその水準に達していない、との評価だった。また、エッセイ集『アメリカの息子のノート』（一九五五）が高い評価を得て以降、人々がボールドウィンに求めたのは、アメリカの黒人が置かれた状況を訴える社会批評の文章だったという。アーヴィング・ハウは『アナザー・カントリー』を評価した当時数少ない批評家の一人だが、その評価も、この小説の文学的価値というよりも、黒人的経験に鳴動する「怒りの声」の表現としてであった。(1)

『アナザー・カントリー』が文学作品として正当に考察されるようになったのは、一九八〇年代末に始まったクィア・リーディング以降であろう。なかでも、本小説における黒人ホモセクシュアルの欲望をベッシー・スミスのブルーズ音楽との関連から論じたジョシュ・クーンの考察は、『アナザー・カントリー』を新たな文脈に開く試みとして興味深い。[2] また、最近ではボールドウィンがこの小説をトルコで脱稿した事実を踏まえ、異郷生活の経験が小説に通底する思想や構成に与えた影響が論じられている。[3]

【作品案内】

ボールドウィン、ジェイムズ.『もう一つの国（上・下）』野崎孝訳. 新潮社、一九七二年.

——.『山にのぼりて告げよ』斎藤数衛訳. 早川書房、一九六一年.

——.『アメリカの息子のノート』佐藤秀樹訳. せりか書房、一九六八年.

(1) Howe, Irving. "Black Boys and Native Sons." *Dissent* (Autumn 1963), 353-68.

(2) Kun, Josh. "Life According to the Beat: James Baldwin, Bessie Smith, and the Perilous Sounds of Love." *James Baldwin Now*. Ed. Dwight A. McBride. New York University Press, 1999, 307-29.

(3) Zaborowska, Magdalena J. *James Baldwin's Turkish Decade: Erotics of Exile*. Duke University Press, 2009.

『アナザー・カントリー』——ルーファスの幽霊、あるいはすきまを揺らぐ「何か」のちから

ジェイムズ・ボールドウィンの三作目の長編小説『アナザー・カントリー』を読む際に最も印象づけられるのは、その不定形な捉えどころのなさである。そこでは数多くの文化的・社会的区分（黒人／白人、ホモセクシュアル／ヘテロセクシュアル、ヨーロッパ／アメリカ、自己／他者など）がそれぞれはっきりとした輪郭を失うほどに渾然と混ざり合い、異種混淆のるつぼの様相を呈している。物語そのものも、全体の五分の一を少し越えたあたりで主人公（らしき人物）が姿を消すと、あとは確かな筋もなく、ニューヨークを舞台に若い登場人物たちが繰り広げる乱雑な交わりに費やされる。きれいに分節化し、特定の文脈から論ずることを阻む小説である。

それゆえなのだろう、『アナザー・カントリー』は各方面から一定の留保を伴った評価を受けてきた。とりわけ出版当初、黒人作家として、ゲイ作家として、何らかの立場から明確な発言が求められた時代、はっきりとしたかたちを持たないこの小説の捉えがたさは、多くの場合敬遠され、時に嫌悪感を持って受け取られたという。ボールドウィンの生誕九〇年にあたる二〇一四年、彼の生まれたニューヨーク、マンハッタンでは大規模な祝典が行われた。同年の『ニューヨーク・タイムズ』には「ボールドウィンの複雑な語りを教室に呼び戻す」と題する記事が掲載され、九〇周年を記念し、近年あまり読まれなくなったボールドウィン

作品をあらためて読み直そうと呼びかけている。[1] しかし、もし「古典」としてボールドウィンの小説がリバイバルするのであれば、それは一〇年毎に開かれる式典で讃えられるだけでなく、記事のタイトルにあるようなボールドウィンの小説の「複雑」さ、ないし捉えどころのなさが、現代において意義を持つような、再文脈化や再評価がなされなければならないだろう。

本稿は『アナザー・カントリー』を再評価するための前段階として、その捉えどころのなさを小説そのものの主題として考察する試みである。捉えどころのなさは我々読者にとってだけでなく、この小説の登場人物たちにとっても最大の関心事である。彼らはみな一様に、名状しがたい「何か」に悩まされ、その正体を突き止めようとするがために互いを傷つけ、また自らを追い詰める。彼らに取り憑くその「何か」は結局のところ、物語の終わりになっても決して明らかになるものではない。しかし、時代を経て今でも読者の心を打つのは、おそらくその「何か」を愚直なまでに真摯に、ときに青臭く追い求める彼らの姿である。『アナザー・カントリー』における得体の知れない「何か」の描かれ方（ほのめかされ方）、およびそれに直面したときのいくつかのあり方を整頓し、これにより、この小説の捉えどころのなさが持つ今日的な意義について議論する材料を提案したい。

一　「何か」を抱えた人々

『アナザー・カントリー』の人々が抱える「何か」はそのとおり“something”と言及され、この語は小説中、繰り返し登場する。彼らの行動は、その捉えがたくはっきりしない「何か」に、知らず識らずのうちに支配されているのである。代表的な例をいくつか挙げてみよう。まず中心人物の一人である作家志望の青年ヴィヴァルドである。恋人のアイダがどこで何をしているのか煩悶しつつ、夜な夜なニューヨークの放浪を繰り返す中、彼は孤独に耐えきれずにウェスト・ヴィレッジのバーにふと立ち寄る。次の一節は、そんな彼が一人ウィスキーをあおりながら、自分や周りの人々について思いめぐらせる場面である。

そして彼の中の何かが砕けた（something in him was breaking）。彼はその刹那、恐怖に震えながら、肌の色も男か女かも明らかでない世界にいた。あるものは、急変と分裂と恐怖と降伏だった。恐怖――それは目の奥にある空洞の中で始まっては終わり、また始まり、永遠に繰り返すようであった。そして、それが何であれ、その洞に潜むものはそこから外を眺め、目にしたものについて自身の王国の隅々にまで知らせを広める。目そのものは消滅してしまうかもしれないとしても。いかなる秩序がこれほど厳然たる私的空間に打ち立てられるというのか。しかし、秩序がなかったら、この謎に何の価値があるというのか。秩序。秩序。汝の家を整えよ。（三〇一～二）

最初にある「彼の中の何かが砕けた」の"breaking"は、これが正確に何を意味するのか判然としない。一節にちりばめられた啓示的な表現を勘案すれば、"breaking"は「崩壊した、壊れた」というよりも、「彼の中にあった何かが突然おもてに現れた」という意味でとることもできるだろう。いずれにしても、このシーンだけでなく、他の箇所においても「何か」は個人のもっとも内奥にある謎として描かれている。そして、

（1）Lee, Felicia R. "Trying to Bring Baldwin's Complex Voice Back to the Classroom." *New York Times*. April 24, 2014.

「何か」の持つ支配力はきわめて強く、人はその「何か」の支配下にある領土にすぎない。あるいは、別の比喩を使うならば、それは登場人物それぞれの内側にありつつ、その実、彼らはその「何か」に拘束された囚人である。登場人物の一人は、「彼女の心の中で、何かが起こっていた。名付けることができず、止めることもできない何かが。自分が自分自身の心の囚人にでもなったような、心のあぎとが迫ってきて、彼女を閉じ込めてしまったような、そんな気持ちだった」という（一二五）。

実際、『アナザー・カントリー』の人々は「何か」に支配された操り人形のようである。作中、いずれの登場人物についても、「自分が〜と言うのを聞く（He heard himself saying...; She heard her voice saying...）」という表現が頻繁に使われている。あたかもそれは自分の意思で言っているのではなく、他の「何か」が彼らの口を通じて発する言葉を、ただ受動的に聞いている、とでもいうようである。

得体の知れない不気味なものに接したとき、通常、我々は次の二種類の方法のいずれかでそれに臨む。一つめはその正体を突き止めようとする態度で、二つめは気づかないふりをして意識の外に追いやろうとする態度である。『アナザー・カントリー』に描かれるのは、これら二種類の姿勢の相克である。なかでも、アイダがヴィヴァルドとの口論の最中に口にするセリフは示唆的である。

「あたしが理解できないのはね」、ゆっくりとアイダは言った。「何が起こっているのか知りたいとも思わずに、よくも愛について語れるのねってこと。それは私のせいじゃないわよ。どうしてあなたはルーファスのことを愛しているなんていえるの。彼についてあなたが知ろうともしなかったことがこんなにたくさんあるのに。あなたが私を愛しているって言うのをどうして信じられるの。」そして彼女はあきらめたような奇妙な仕草で彼の腕をとった。「何にも知らない人のことをどうして愛せるの。あたしがどこにいたのか

も知らないで。あたしにとって人生がどんなものかも知らないで。」(三二四～二五)

物語の終わり、アイダは再び同じことをヴィヴァルドに向かって訴える。曰く、本当に起こっていることを知りたくないがゆえに、ヴィヴァルドは彼女が言うことを鵜呑みにしていると(四二二)。この場面に限定すれば、直接的にヴィヴァルドが気づいているのに知らないふりをしていることとは、アイダがTVプロデューサーのエリスと出歩いていることである。おおよそそうだろうと感づいていながらも、現実に目を向けるのが怖い彼はそれを心の中で否定する。このようなふるまいは他のすべてのケースの「何か」に当てはまるだろう。自分の中に潜む「何か」――それは知らないふりをしていれば、漠然とした不確定事項として無視できるものなのかもしれない。あるいは、できれば無視したい。そうすることによって、自己の安全と自律性を保つことができるからである。

しかし、問題は、ちょうどアイダが「本当のことを知ろうとしない」とヴィヴァルドを繰り返し責め立てるように、この小説の「何か」は絶えず登場人物たちの目の前に現れるということである。しかも、それが一体何なのかは相変わらず分からないまま、彼らの自己同一性を揺さぶり続けるのだ。完全な無知(あるいは無垢)を装うこともできず、かといって自ら、その「何か」をコントロールすることもできない。結局のところ、自分は一体何者なのかという問いが残る。

『アナザー・カントリー』が包含するさまざまな文化的・社会的視座からすれば、このような決定不能な捉えどころのなさは、ある場合にはセクシュアリティを意味するだろうし(ホモセクシュアル／ヘテロセクシュアルといった、ある意味分かりやすい区分はこの小説にとって無意味である)、別の場合には人種的アイデンティティを意味し(ヴィヴァルドの「白人性」はきわめて曖昧である)、またある場合には曖昧で定義しがたいアメリカ性のことを意味する（エリックは「あまりアメリカ人らしくない」アメリカ人だという）。本稿は、ひとまず特定の視座からこの小説の「何か」にアプローチすることを留保し、その得体の知れなさが物語の中でどのように機能しているかに焦点を絞りたい。実際、不気味な「何か」を抱えているのは登場人物たちだけでなく、この小説そのものも正体不明の「何か」を抱えている。すなわち、物語序盤であっという間に投身自殺により姿を消す、主人公ルーファスのことである。ルーファスもまた定義不能な謎であり、しかも死後なお他の登場人物たちの意識を支配し続けるという、これまで挙げてきた「何か」と同じ性質をすべて持ち合わせている。いかにルーファスが作中世界を制しているか、次に詳しく見てみよう。

二　ルーファスの幽霊

小説の序盤と終盤の二度、『アナザー・カントリー』の読者の印象を代弁するセリフが登場人物によって発せられる。一度めは職業作家として成功しつつあるリチャードが妻のキャスに向かって、「おまえたち皆がルーファスのことを騒ぎ立てる」と揶揄する場面で（一〇七）、もう一度はヴィヴァルドが「それにしても、なぜ僕たちは、いつも最後にはルーファスの話題に行きつくんだ」とアイダに問う一節である（四一五）。おそらく多くの読者も、登場人物たちが皆ルーファスに入れあげていることを不可解に感じるだろう。なぜなら小説に描かれている内容から判断する限り、他の登場人物たちが言うほどにルーファスが魅力的な人間だとはとても思えないからである。生前の彼が登場するのは小説冒頭の九〇ページほどだが、そこには繊細そうな若者の姿はあるものの、皆が夢中になるような要素はまるで見当たらない。

例えば、ルーファスはジャズ・ドラマーで、みなから「偉大なアーティスト」だったとか、「音楽にすっかり没頭していた」とか言われているが（二五七、四一五）、生前の様子を見ることができる小説の序盤部分に、彼のミュージシャンとしての能力や魅力はまったく描かれていない。ドラムを叩くシーンは一箇所だけ、リオーナと出会った晩のクラブの場面のみである。その日はルーファスのグループの最後の晩で、「よい夜だった、みんながよい気分だった」とある（八）。しかし、この場面でハイライトされているのはルーファスではなく、「その日、夜通し出て、素晴らしいソロを取ったサクソフォニスト」なのである（八）。ルーファスと同じ年恰好だというその人物の演奏が熱っぽく描かれたのち、セッションは終わり、ルーファスはステージを下りる。そして、これ以降、彼は一切ドラムを叩かない。彼が実際にどれほど優れたドラマーだったとしても、そしてどんなに魅力的な人物だったとしても、それは直接的には読者に伝わらないのだ。

にもかかわらず、小説は明らかに不在のルーファスを中心に展開している。彼が姿を消したあとも、人々はしばしばルーファスのことで騒ぎ立て、それぞれ「ルーファスと私」といった体裁のストーリーを告白し合うのである。正体不明かつ不在のルーファスが作中世界全体に対して有する支配力は、ちょうど各登場人物が自分の中に潜む得体の知れない「何か」にコントロールされているのと相似を成す。そして、不在のルーファスについても、アイダが言っていたような「本当のことを知ろうとしない、気づかないふりをしている」という警告があてはまるとしたら、もしかしたらそれは我々読者の見落としを指摘する文句にも聞こえてくるはずである。

事実、そのつもりになって探してみると、ルーファスは死後も亡霊として、そこここに姿を見せている。ルーファスの葬儀の際、ミサを取り仕切った牧師はこんな謎めいたことを言う。「私はみずからの命を絶った人をたくさん知っています。その人たちは今日も街を歩いている。（中略）このことを心に留めていただきたい。もしも世界がこれほど死者たちであふれていなかったならば、私たち生きようとするものも、これほどひどい苦しみを味わわなくてすむだろうに、と思われるのです」(一二二)。この暗示的な一節が開始の合図となり、ルーファスの亡霊としての再登場が演出されるのである。

そのもっともわかりやすい現れはルーファスの妹アイダである。ルーファスが精神的にも経済的にも崩壊の一途をたどるなか、彼に何もしてやれなかったと回想するヴィヴァルドにとって、取り乱しながら自らの汚辱を告白するアイダと、彼女にどう接してよいか分からず煩悶する自身の姿は、既視感を伴って見えたことだろう。ルーファスが堕ちてゆく様を思い出しながら、ヴィヴァルドはこんなふうに考えていた。「もしあのときルーファスを自分の腕のなかで抱きしめていたら、どうなっていただろう。もしあのとき彼を抱いていたら、もしあのとき自分が怖がらなかったら」(三四二～四三)。これとまったく同じように、泣き伏すアイダを前にヴィヴァルドは何度も「怖がる」のである。「彼は彼女のそばに行くのが怖かった。彼女に触れるのが怖かった。それはまるで、彼女が自分は疫病に感染していると彼に告げたかのようだった」(四二六)。また、アイダの告白自体、おそらくは生前ルーファスがしたであろう告白だと想像できる。ルーファスとアイダは両者とも売春の経験による心的外傷を負っていた。アイダはそのことをヴィヴァルドに告白して、ひとしきり自らの汚れについて打ち明けたのち、彼女は手で口を覆って泣き始める。注目すべきは、その一節の終わり、彼女の涙が「赤い指輪」に滴り落ちることである。定冠詞付きで表現される「赤い指輪」は、ルーファスが妹アイダにプレゼントした「赤目の蛇の指輪」以外にありえない(七)。ここでアイダの苦しみはルーファスのそれと一致を果たし、逆に言えば、ルーファスの幽霊がアイダを通じてその苦しみを吐露していると見て間違いない。

「赤目の蛇の指輪」に関連しては、こんなシーンも思い出されよう。ちょうど前述のアイダの告白が始まる直前、ヴィヴァルドの話を聞くアイダは片手でその指輪をさわりながら、「指でテーブルをトントンとたたいて(drumming)」いる(四一一)。あからさまなルーファスの気配である(ちなみに「赤目の蛇」といえば、通常はアルビノ種の蛇を指す。ルーファスの形見/幽霊が「白」を暗示するものであることは彼の、ひいてはこの小説そのものの捉えがたさを象徴しているようである)。先ほど触れたとおり、生前のルーファスの演奏シーンはなんとも肩透かしで、その才能を感じるには不十分だが、彼のドラム・ビートは実は死後、あちこちで響いているのである。ヴィヴァルドが見る夢の中にルーファスは「激しいドラムのビート」とともに登場し(三八二)、またヴィヴァルドがエリックとベッドをともにする晩も、ある種の啓示のようにドラムの音が響く(三八六)。さらに、この小説には「謎(conundrum)」という単語が繰り返し使われるが、それも"conun-drum"というドラムのビートである。ヴィヴァルドとの一夜ののち、エリックの脳裏にはさまざまな「コナンドラム」が押し寄せ、その答えもまた「降りしきる雨のように容赦なく彼に叩きつけた(drummed)」とある(三九三)。

一般的なゴースト・ストーリーとは違い、ルーファスの亡霊は誰かを驚かせたり、危害を加えたりするわけではない。作中、役者のエリックがドストエフスキーの『悪霊』の映画版に出るオファーを受けるが、ルーファスが悪霊として誰かに取り憑いて破滅に追いやる、というわけでもない。ルーファスは登場人物たちそれぞれが抱える得体の知れない「何か」の象徴なのである。彼を小説冒頭でいきなり消える訳のわからない人物として忘れたふりをすることは簡単であるし、むしろそのほうが物語全体の統一性を維持するのに有効かもしれない。しかし、無視しようとしても決して「何か」の支配力から逃れられないのと同じように、ルーファスの亡霊もまた、さまざまな場所、さまざまなあり方で姿を現し続ける。彼のドラム・ビートは気づかないふりをする人々(読者も含む)に自らの存在をつきつけ、知ろうとすることを強くせきたてているようである。たしかにルーファスにしろ、得体の知れない「何か」にしろ、それらの正体が正確に分かることはない。しかし、問題はそれらがはっきりと分かりやすいかたちで提示されていないことではなく、必死で対象を知ろうとする態度なのだと、この小説は訴えかけているのである。

三　明確さに取り囲まれた不明確さ

黒人作家としてまたゲイ作家として、明確な態度が求められた時代に、ボールドウィンはきわめて不明確な小説を残した。有名なリチャード・ライト批判のエッセイを収録した『アメリカの息子のノート』（一九五五）に、これまた有名な「自伝的注釈」と題された短い文章がある。その中で、彼は自分が黒人であるからという理由で自分にアプローチしてくる人を嫌うと述べている。そうではなくて、彼が望むのは「誠実な人間であるとともによい作家」になることであり、またそのように接してもらうことだった。[2] あまりに漠然とし、嘘みたいにナイーヴに響くかもしれないが、『アナザー・カントリー』を読む限り、それは断固とした宣言と受け取るべきであろう。この小説が提示する自分の中の「何か」とは、一般的な定型化を拒むものである。黒人としての私、白人としての私、ゲイとしての私、ストレートとしての私、妻としての私、女としての私といった具合に、それぞれの役回りを場面場面で設定することは可能だろう。しかし、本作で自分の中にある名状しがたい「何か」として描かれるのは、これらの型をいったんすべて壊したあとに残る「何か」なのだ。

とすれば、この小説における「知ること、知ろうとすること」とは、その語が通常意味するよりもずっと暴力的な行為なのかもしれない。アイダが「私のことを知ろうともしない」とヴィヴァルドを非難するとき、「知る」という行為は彼女が持つさまざまな社会的人格をすべて無理やりに剝ぎ取ることを意味するからである。事実、『アナザー・カントリー』の人々はみな互いに相手を傷つけ、そうすることで自分をも傷つけ、壊し合う。その結果、例えばリオーナのように、ある人は本当に取り返しのつかないほど壊れてしまう。仮にその破壊行為は相手をさらに深くまで知るための愛の行為であったとしても、彼らを襲うのは深い疲労感と消耗である。

それでもなお、『アナザー・カントリー』は対象を知ろうとすることに意義と可能性を見出して結末を迎える。陰鬱とした空気がただよう物語中、唯一、生き生きとしたシーンがあるとすれば、アイダの告白ののち、ヴィヴァルドが一心不乱に食べる場面である。この直前、泣き伏すアイダを前に逡巡したのち、彼は彼女の肩に手をかける。ルーファスには何もできなかった彼が、アイダには、わずかばかりではあったとしても接近を見せ、「憐憫という名の距離を突破して、テーブルの脇、よごれた床にくずれて倒れている彼女のからだに寄り添った」のである（四二六）。見て見ぬ振りの壁を突き破った彼が、そこに何を見出したのかははっきり書かれていないが、このあとに続く彼の様子はついさきほどまで修羅場に面していたとは思えないくらいに、おどろくほど生命力にあふれている。

彼はポーク・チョップをがつがつと、一切れのパンと一緒に食べ、ミルクをグラス一杯飲んだ。というのも、彼は震えていたのだが、それは空腹のせいに違いなかったからだ。そのほかのことについては、しば

(2) Baldwin, James. *Notes of a Native Son*. 1955; Beacon Press, 2012, 9.

らくの間、彼は何も感じなかった。コーヒー・ポット、ゴトゴト音を立てて沸きつつあるそれは、リアルだった。ポットの下の青い炎、鍋の中のポーク・チョップ、そして彼の腹の中で発酵してゆくミルク。コーヒー・カップもまた、彼が念入りにそれを洗う間、リアルだった。カップや彼の重く長い手に降りかかる水もそうだ。砂糖もミルクもリアルだ。彼はそれらをテーブルというさらにもう一つのリアリティのうえに並べた。煙草もリアルだった。彼は一本に火をつけた。煙は彼の鼻腔から流れ出た。彼が自分の小説のために必要としていた細かな描写、何ヶ月も探し求めてきた描写が、整然と鮮やかに、まるで錠前のはじき金のように、彼の頭の中でぴたりとはまった。（四二七）

一見場違いにも見える食欲をみせたのち、ここで繰り返されるのは「リアル」の感覚である。ゴトゴト音をたてるコーヒー・ポット、ストーブの青い炎やフライパンのなかのポーク・チョップ、さらに流しの食器も水道の水も、砂糖も牛乳もテーブルもタバコも、みな「リアル」とされている。まるでこれまで悪い夢を見ていた人が急に身の回りの現実に気づいたかのようである。互いを傷つけあい、破壊しあった果てに残ったのは「生」に直結した感覚であり、「リアル」の実感だった。これに続いてアイダもまた「リアル」だ、という感覚に至るのにはまだしばらく時間がかかるだろうが（また、うまくいく保証もないが）、少なくとも可能性は暗示して小説は結末を迎える。

『アナザー・カントリー』は自己の決定不能性や捉えがたさを描いた小説である。そして、それと同時に捉えがたいことを捉えようとすること、既成の定式に依らずに対象を知ろうとすることの意義を描いている。主に女性登場人物たちがその犠牲になっているように、ボールドウィン的な厳格な知のあり方はときに困難や危険を伴う。しかし、停滞した作中世界において唯一可能性が感じられるのは、そのような厳密に真剣に知ろうとするふるまいにあることも事実である。その度を超えた真面目さと深刻さは、時に煙たく扱いづらく、ゆえに敬遠されがちなものなのかもしれない。しかし、それは既存の枠組みを解体し、本当のことを知ろうとする、また自分自身であろうとする作家／人間ボールドウィンの誠実さや正直さの表れであったのだろう。

さらに言うならば、そのような捉えがたい「何か」をひたむきに追求することは、文学そのものがこれまで目指してきたことでもある。適当なところで境界線を引き、分かりやすく簡略化した現実理解は、たしかに円滑で効率的な日常生活の実現には有効である。あるいは、そもそも我々は何らかの区別や分類に頼らなければ、現実を認識することさえできない。ゆえに、「分ける」ことは「分かる」ために必要不可欠な操作であるわけだが、しかし同時に、この便宜的な線引きによって捨象されるものに対する意識と反省は常に持ち続けていなければならない。文学は現実を分かりやすく分節化することにときにあらがい、また何かと何かのあいだに抜け落ちてしまっているものに対して一貫して目を向け、人々の注意を喚起してきた（「行間を読む」とは、つまりそういうことだ）。本論の文脈に即して言えば、それは通常の現実認識の埒外に置かれつつも、時折、物陰からその存在を感じさせる幽霊に対する視線である。

ルーファスの幽霊は、便宜的に限定され単純化された理解で事足りている（あるいは、事足りていると信じている）人々の視界の端をすうっと通り過ぎ、幽かな不安をかき立てる。気づかないふりをするのは簡単であるし、安全かもしれない。しかし、一度、その気配に気づいてしまったら、我々はもう以前と同じように、呑気で無関心なままではいられない。ボールドウィンの小説を経験するということは、普段当たり前に思っている現実の体系をあらためて問い直し、くっきりと区別された事物のすきまに未だ語られていないストーリーを見出すことである。あまりに簡単に境界線を引き、それでものごとをきれいに整頓できてしまうような思い込みが優勢になるときにはいつも、ボールドウィンの小説の捉えがたさは再評価されるべきであろう。

使用テクスト

Baldwin, James. *Another Country*. 1962; Vintage International, 1993.

第八章……………一九七〇年代

マキシーン・ホン・キングストン『ウーマン・ウォリアー』

——山口善成

【一九七〇年代の時代背景】

「オルタナティヴ」の時代

一九六〇年代の既存の体制に対する社会闘争はやがて、非主流の側から修正したもう一つの歴史を希求するようになった。とりわけ活気を見せたのは、歴史の中における女性の役割を再評価する女性史の取り組みである。先駆的な実例としては、一九六六年、『アメリカン・クォータリー』誌に発表されたバーバラ・ウェルター「真の女性らしさの崇拝——一八二〇〜一八六〇年」やゲルダ・ラーナー『サウス・キャロライナのグリムケ姉妹』（一九六七）が挙げられるだろう。一九七〇年代になると、女性史の分野はアカデミズムの中で市民権を獲得し、ナンシー・F・コット『女性同士の絆』（一九七七）等、現在でも影響力を持ち続ける著作を数々生みだした。

「オルタナティヴ」という形容詞が、既存の社会秩序に代わる「もう一つの」社会・文化様式を指す意味で使われるようになったのは、一九六〇年代末から七〇年代初頭のことだった。メインストリームの体制を批判し、その埒外により可能性に富んだ代替方策を見出す視点は、これまで顧みられることのなかった社会の周縁部分の人々や文化に豊かな鉱脈を探り当て始めた。女性史の取り組みもその一つである。本章で取り上げるマキシーン・ホン・キングストン『ウーマン・ウォリアー』は、女性であり、かつ社会的マイノリティである立場から中国系移民のコミュニティを描いており、その意味では、二重に「もう一つの」物語だと言える。非主流の側から見たさまざまな「もう一つの」物語が提出されることにより、アメリカの歴史は異なる文化集団の幾多の物語によるモザイクであることが強調される。「多文化主義」の語が流通し始めるのも、一九六〇年代後半から七〇年代にかけてのことであった。

フェミニズム、政治、文学

一九世紀半ばの女性参政権運動に端を発するウーマン・リブは二〇世紀において、一九六〇年代から七〇年代にかけて、反戦運動や公民権運動と連動するかたちで二度目の高まりを見せた。一九六三年に『フェミニン・ミスティーク』を発表して大きな反響を呼んだベティ・フリーダンは、続いて全米女性機構（National Organization for Women：通称ＮＯＷ）を一九六六年に創設し、女性の地位向上のための活動を本格化させた。ただし、運動は決して一枚岩であったわけではない。フリーダンはフェミニズムを少しでも権威づけるために、より世間から不審の目で見られたレズビアンたちを運動から排除しようとした。しかし、若く急進的な活動家たちは、このようなＮＯＷ創設者の保守的な態度に強く反発したという。一九七〇年一二月一四日付け『タイム』誌にて、当時のウーマン・リブ運動に大きな影響を与えたケイト・ミレット（『性の政治学』（一九七〇））がバイセクシュアルであることが報じられると、ＮＯＷを追放された急進派フェミニストたちはミレットの支持を記者会見表明した。

同時期の黒人の解放運動が文学と政治を接近させたのと同じように、ウーマン・リブも文学の政治化を促進した。例えば、アドリエンヌ・リッチやサンドラ・ギルバートの詩作と批評活動は二〇世紀のフェミニズム思想を抜きにして語ることはできない。さらに、一九七〇年代のフェミニズムは文学批評の分野でもめざましい成果を収めた。前述のギルバートはスーザン・グーバーとともに『屋根裏の狂女』（一九七九）を著し、フェミニスト文学批評の発展に寄与した。その他、ニーナ・ベイムやエレイン・ショウォルターなど、一九七〇年代から活躍を始めたフェミニスト文学批評家は枚挙に暇がない。

告白の文化、自分探し、ハイパー個人主義

抑圧されていた自己の解放が進むにつれ、一九七〇年代は「私」に対する関心が増していった。例えば、ＣＲ（Consciousness Raising）と呼ばれる女性の意識向上グループ・ミーティングは、一九六〇年代末にニューヨークで始まり、一九七〇年代にはフェミニズムの興隆に合わせて全米に広まった。これは集まった女性たちがそれぞれ女性としての個人的体験や鬱積した感情を告白して、互いに共有し、女性が置かれた逆境に対して意識を高めることを目的としていた。同じような取り組みは、一九七〇年代から流行した自己啓発セミナーにも観察することができる。一九七一年に設立されたエアハート・セミナー・トレーニング（Erhard Seminars Training：通称ｅｓｔ）やアリカ協会は、瞑想によって自己を見つめたり、なくしたい悪癖や抜け出したい弱い性格を皆の前でさらけ出したりすることによって、理想とする自己像を実現することを説いた。これらの団体が発行する自己啓発書の効果もあわせ、一九七〇年代は多くのアメリカ人が自分探しや自分磨きに勤しんだ時代とすることができるだろう。

トム・ウルフはこのような自己に対する関心の高まった一九七〇年代を、自己愛的な『私』の時代」と皮肉っている。[1] 自己を探求し、作り直し、高め、磨き、そして溺愛する傾向は、個人主義の国アメリカにおける、さらに度の進んだハイパー個人主義と呼んでよいかもしれない。さらにウルフは、個への耽溺が宗教的な啓示や陶酔に連続していることを指摘している。ウォレン・Ｉ・サスマンによれば、二〇世紀は、徳や業績の積み重ねによって形成される人格（character）よりも、万人受けする人柄（personality）が幅を利かせるようになった時代だという。[2] 一九七〇年代の『私』の時代」もまた、人柄としての自己像をいかにプロデュースし、プレゼンテーションするかという関心に基づいていたと言える。

【作家・作品紹介】

マキシーン・ホン・キングストン（Maxine Hong Kingston, 一九四〇–）
『ウーマン・ウォリアー』（*The Woman Warrior: Memoirs of a Girlhood Among Ghosts*, 一九七六）

カリフォルニア州中部の街ストックトン生まれ、中国系移民第二世代の作家。代表作は、本章で扱う作品の他には、『チャイナ・メン』（一九八〇）、『トリップマスター・モンキー』（一九八九）がある。キャリアの長さに比して寡作な作家ではあるが、その芸術的な評価は高く、全米人文科学勲章（一九九七）、全米芸術勲章（二〇一三）等、多数の賞を受賞している。

『ウーマン・ウォリアー』（藤本和子訳の邦題は『チャイナタウンの女武者』）には統一的なプロットは存在しないが、全体的な構成は、中国系アメリカ人第二世代の娘が、第一世代の母から聞いた移住にまつわる家族の物語を語り直す体裁で展開する。内容はアメリカ移住そのものの物語に、中国の故郷の風習や伝承のストーリーが織り交ぜられ、移住後の日常生活の様子と幻想的な中国神話の風景とが混在して進行する。中国系移民たちの、実話ともホラ話とも判別のつかない「お話（talk-story）」の効果も相俟っ

（1）Wolfe, Tom. "The 'Me' Decade and the Third Great Awakening." *New York*. August 23, 1976, 27-48.
（2）Susman, Warren I. *Culture as History: The Transformation of American Society in the Twentieth Century*. 1973; Smithsonian Institute Press, 2003, 271-85.

て、本全体はフィクション（小説）とノンフィクション（伝記）の境界の曖昧な、独特な物語世界をかたちづくっている。

第一章「名のない女」は、故郷の村における叔母の不貞、およびそれに対する村の者たちの排斥儀式についてである。不義の子を出産したのち、叔母は子とともに井戸に身投げし、一家の歴史から抹消されるが、そのエピソードは五〇年の時を超え、語り手の脳裏につきまとい離れない。第二章「白虎」は母が毎晩聞かせてくれた伝説の女武者、花木蘭（ファ・ムーラン）のお伽噺を、語り手自身が花木蘭になって語り直す再話。章の終わりは、お伽噺の世界と現実のアメリカ社会とのギャップに苦しむ語り手の様子を描く。第三章「シャーマン」の主役は、女子医学校に就学し、やがて村の医師になる母・英蘭である。知的にも経済的にも自立を果たす英蘭の姿は、物語のヒロインらしくいかにも痛快だが、前二章と同じく、章のしめくくりに描かれるアメリカ移住後の母の姿はそれと似ても似つかず、とても同一人物には思えない。第四章「西の宮殿で」は、移住後の英蘭が妹の月蘭を香港から呼び寄せ、アメリカに来たまま帰らなかった妹の夫のもとへ連れて行く道中をコミカルに描く。最終章「胡笳（こか）のうた」では、一転して、語り手・娘の幼少期について、とりわけ中国系移民の伝統文化とアメリカ人としてのアイデンティティの狭間で、自らの声が圧殺された経験の記憶を、いくぶん感情的になりながら思い出しつつ、本書を閉じる。

マキシーン・ホン・キングストン

『ウーマン・ウォリアー』を読む上で最初につきあたる問題は、ジャンル上の分類に関するものだろう。最も流通しているヴィンテージ・インターナショナル版は、本書を「フィクション／文学」に分類しており、「小説」として読まれることを想定しているが、その一方で、これまでこの本は繰り返し、女性の自伝やウィメンズ・ライティングの文脈でも扱われてきた。物語を支える中国系移民のエスニックな文化的背景に関する知識とあわせ、本書の読解には、女性史のコンテクストなど、政治的・社会学的観点からのアプローチがしばしば求められる。

アジア系移民の物語は『ウーマン・ウォリアー』が最初ではない。本書を理解するうえで、さらに必要な視座はアジア系アメリカ文学の伝統の中に位置づける読み方だろう。一見して共通するテーマは、アメリカ社会に馴染めないながらも互いに協力して生き残ろうとする移民第一世代と、アメリカで生まれ、アメリカ人としてのアイデンティティを身につけつつある第二世代との間の葛藤である。そもそもアメリカが移民の国であることを考慮すれば、これはアジア系に限らず、むしろ国家全体に固有のテーマと言える。

『ウーマン・ウォリアー』は、現在、アメリカの英文科で最もよく教材に用いられるテクストの一つであるという。従来、社会的な立場を与えられてこなかった存在の声に耳をすますのが、現代文学の役割の一つだとすれば（そもそも、何もないように見えるところに物語の存在を想像することこそ、文学の最たる特徴であるし、また人間の人間たるゆえんだ）、それまでのアメリカ文学・文学研究の主流から幾重にも隔たった、「もう一つの」ストーリーを提供する本書が取り上げられ続けるのは、当然であろう。

【作品案内】

キングストン、マキシーン・ホン．『チャイナタウンの女武者』藤本和子訳．晶文社、一九七八年．

――．『チャイナ・メン』藤本和子訳．新潮文庫、二〇一六年．

吉田美津．『「場所」のアジア系アメリカ文学――太平洋を往還する想像力』．晃洋書房、二〇一七年．

『ウーマン・ウォリアー』——閉じ込められた「私」と異形の語り

一　語りの不安定さ

『ウーマン・ウォリアー』は「だれにもいっちゃいけないよ」(三)で始まり、「黙っていよう」(一九六)で終わる禁忌の物語である。最初のセリフは母親が語り手である娘に対し、叔母がかつて故郷の村で受けたという不名誉について、決して口外してはならないという禁止の文句であり、後者のセリフはそのように繰り返し語ることを阻害され続けてきた語り手が、自分自身に対して言い聞かせる自己規制の言葉である。逆説的な言い方になるが、この小説の語り手は語ることが許されない語り手なのである。その一方で、語り手に沈黙を課す母親はきわめて饒舌な人物として描かれている。物語中、「お話(talk-story)」と言及されるおしゃべりや雑談は母親の最たる特徴であり、虚と実の区別が不鮮明な彼女の多弁は聞き手である娘を混乱させ、また圧倒する。あるいは、こういう言い方をしてもよいだろう。『ウーマン・ウォリアー』には語り役が二人存在し、本来の語り手である娘と物語内の語り手である母親の語りが互いに干渉し合っている、と。それゆえにこの小説の語りは不安定で、独特の読みづらさを生んでいる。本章では、『ウーマン・ウォリアー』における語りの性質について、二人の語り手の関係性に着目して考えてみたい。

二　閉じ込められた「私」

よくある語りの入れ子構造に照らしてみれば、外側の枠にいるのは本来の語り手である娘で、母親はその内側に埋め込まれた物語内語り手である。娘による一人称の語りが物語全体を支配していると考えるのが普通であろう。しかし、実際の力関係では、上手に立つのは母親で、娘は常にその支配下にある。そして、母親の饒舌な語りは、「だれにもいっちゃいけないよ」という禁止とともに、娘の小さな声をかき消し、封じ込めるのである。小説終盤にあるエピソードによると、母親は娘が生まれてすぐ、娘の舌小帯（舌の裏側と下顎を結ぶ薄い膜）を切除したという。母親の言い分では、それは舌が下顎に癒着して動かなくなることを防ぐためだったというが、娘はそのせいでよけいに声が出しにくくなり、以来、沈黙を強いられてきた、もしくはそのように彼女自身は感じている（一六三〜六五）。娘にとって発声は苦痛であり、彼女の声は物理的にも、精神的にも母親によってコントロールされるのである。

本書は母親が娘に語ったとされるいくつかのストーリーによって構成されている。聞き手である娘は次世代の新たな語り手となるべき存在で、その役回りを果たそうとするが、のちに触れるように、娘の語りはどこかちぐはぐで、ぎこちなさを脱しきれない。『ウーマン・ウォリアー』は沈黙を課せられた語り手が、自らの声を獲得しようと格闘する物語だとすることができるだろう。ただし、彼女は最後まで自律的な語りを身につけることができずに、本書を終えている。

娘の声を包囲し押さえ込む母親の圧力は、中国人社会のそれと同一である。作中、このコミュニティーの閉鎖性は近親相姦の仄めかしによって示唆されている。例えば、語り手（娘）が「わたしの先駆者」（八）と呼ぶ叔母を取り上げてみよう（第一章「名のない女」）。不義の子を身ごもった叔母は村人からも家族からも迫害され、生まれたばかりの赤ん坊とともに井戸に身を投げたという。彼女はそもそもいなかったものとされ、ゆえに「だれにもいっちゃいけない」存在になる。語り手と同じく、叔母の人生は、閉鎖社会によって封じ込められてしまった。

そもそも叔母の相手は誰だったのだろうか。彼女は相手の名を言わずじまいだったとあるが、それは表向きにはそうだったけれど、実はみんな相手が誰か知っていたようでもある。そして、それが決して語られなかったのは、おそらくは近親相姦のタブーに関わっていたからである。例えば、叔母の美しさについて、こんな一節がある。

彼女の髪がいましも愛人となるべき男の注意を惹きつけていたとき、他の多くの男たちも彼女を眺めていたのである。旅と旅のあいだに帰省していたなら、叔父や従兄や甥や兄たちも彼女を眺めたことだったろう。いや、彼らだってすでに好奇心を自制していたのかもしれない。巣作りする鳥たちが集う野のように、彼らの視線が驚かされ、とらえられることを怖れつつ、彼らは発っていった。貧しさはつらく、そしてそれが出立の第一の理由ではあった。だが、家族でいっぱいになった家を去るもう一つの、決定的な理由については口に出して語られることはけしてなかった。（一〇）

多くの男たち、親族の男たちでさえも叔母の美しさに魅了されていた。引用した一節では、仮定法や憶測表現の使用によって、ことの真相は曖昧なままにされているが、「巣作りする鳥たち」という若干セクシュアルな語が使われたり、最後の一文が叔母の魅力と親族の男たちが去って行った理由がある種のタブーによって結びつけられたりする点を見る限り、そこに近親相姦の可能性を感じ取らないわけにはいかないし、少なくとも語り手（娘）はそのように捉えようとしている。この他にも、本書には近親相姦的な隠喩やほのめかしは随所に散見される。語り手の先祖が代々生きてきた中国の村では、村人はすべて親類であり、女たちにとって、近所に住む男たちは恋人としては対象外とされていた。近親婚を回避するための方策である。逆に言えば、それは「たった百ほどの姓しかない国」にあって、近親相姦は構造的に充分起こりうる危険であったことの証左でもある（一一〜一二）。

叔母について描いた第一章の後、小説は先天性の遺伝子異常を想起させる事例をたびたび登場させている。直接的にそうとは書かれないものの、これも中国人コミュニティーの近親交配的な閉鎖性が落とす影と理解してよいだろう。次の一節は医師免許を取得した母・英蘭が助産師として立ち会う出産のシーンである。

> 母は生まれ出る者のすべて（whatever spewed forth）に対して助産婦の役を果たした。しかし、彼女は気むずかしいことはいわず、赤ん坊であれ怪物であれ、押し出されて出てくるもの（spewings）を手ぎわよく取り上げた。どうしても豚小屋で分娩するといってきかない田舎の女たちの面倒を見るときは、星明かりや月明かりではとうてい無理で、どのような生きものがこの世に到来したのかは、家のなかへ運んでいくまでわからなかった。（中略）手指や足指は触ってみて数え、陰茎があるかないか手さぐりで調べたが、しかしあとにならなければ、はたして神々が人間によいものをもたせることを許したかどうかを確実に知ることはできなかった。（八五）

ここで出産は「吐き出す（spew）」というあまりきれいではない単語をあえて使って描かれ、さらには生まれてきた赤ん坊がどんな子か、あとになって明るいところに行ってからでないと分からなかった、との説明が同じような構文で繰り返し強調されている。そして、明るいところで見る新生児は、時には正常ではあったものの、時には怪物だったりしたなどと、いくらかショッキングな表現で言及されるのである。

語り手（娘）自身は、両親がアメリカに移住してきてからの子どもであり、アメリカ西海岸で生まれ育ったが、彼女もまた、中国人コミュニティーの閉鎖的な影響から免れていない。そして、その排他的な風習や「だれにもいっちゃいけないよ」という禁止の効果も手伝って、彼女は自らを閉鎖社会が生んだある種のモンスターとして認識するようになる。曰く、自分は故国中国の各村落、各家庭に必ずいるという「気狂い女」だ、というわけだ（一八九）。本当に語り手が近親婚による子であるかどうかについては置いておくとして、近親交配に対する半ば妄想に近い強迫観念は、外部との接触を避けながら受け継がれてきた彼女自身の中にある中国性／閉鎖性、およびそれに対する忌避感がもたらしたものだと言えるだろう。そして、彼女自身が比喩的にモンスターであるのと同じように、彼女が生み出す物語も「異形の（deformed）」モンスターとして認識されるのである。

> 目ざめている時間の生活をアメリカ的に正常なものとして保とうと、わたしはいかなるやっかい者も姿を現すことができないように、明りをつけることにしている。わたしは異形のものたち（the deformed）をわたしの夢に押し込む。夢の世界は中国語で、中国語とは、ありえないような物語の言語である。わたしたちが親のもとを離れることができるときがくる前に、彼らは自家製の下着をぎゅうぎゅうに詰めた旅行鞄のように、わたしたちの頭に［彼らのありえない物語を］いっぱいに詰め込むのだ。（八七）

三　発声と沈黙

では、『ウーマン・ウォリアー』の語りがどのようにぎこちなく、「異形」なのかを具体的に確認してみよう。まず言えることは、この物語の語りは声のボリューム・レベルが一定していない。先ほど触れたとおり、基本的に本書は一人称の語りにより進行するが、全五章あるうち、第四章「西の宮殿で」だけは突如として一人称の語り手が姿を消し、一章丸ごと三人称の語りで展開される。母と娘の語りが干渉し合っている他の章と比べると、視点が固定されている分、第四章は本書の中で最もすらすらと読みやすい章である。しかし、物語全体からすると、文章の読みやすさとは裏腹に、第四章に描かれるエピソードは唐突で場違いな感が否めない。ストーリーは母・英蘭が妹の月蘭を香港からアメリカに呼び寄せ、かつてアメリカにやってきたまま、故郷に帰ろうとしなかった彼女の夫のところへ妹を連れて行くという話である。語り手（娘）自身の声は完全に沈黙し、ストーリーは淡々とスムーズに進められるが、では語りが成功しているのかというと、本書が語り手による声獲得の物語だとするならば、この沈黙は明らかな後退である。続く最終章、第五章は再び一人称の語りが復活し、第四章の物語の注釈として始まっている。物語を通じ、語り手「私」は発声と沈黙を交互に繰り返しながら、自らの声を確かめ、発声トレーニングしているかのようである。

語りがいびつで読みづらい箇所を挙げてみよう。例えば、それは第三章「シャーマン」である。これは本書の中で最も長い章で、主には医学校就学中から新米医師時代の母・英蘭についてだが、章の終わり際になると場面が現代のアメリカにうつり、語り手「私」の声が母の物語と衝突する。アメリカでのエピソードは、この章の大半を費やして語られた母の医師としてのキャリアとは物語上のつながりがなく、娘の「私」の幼少期の思い出や、最近になって久しぶりに母の家を訪問したときの様子が描かれるのである。

それはこんなふうに始まる。大人になった語り手が昔の自分のベッドで夜眠っていると、突然母が部屋に入ってきて、枕元で語り始める。語る母を目の前に、娘は「歯ぎしりする。声帯を切られて、とても痛い」という（一〇二）。沈黙の戒めはここでも効力を発している。さらにこの後、母がアメリカに渡ってからの苦労話を語り始めると、母の語りと娘の語りは互いに干渉し始めるのである。次の引用は、母の昔話に触発され、娘の意識が家業のクリーニング店の場面へと戻ってゆく一節である。少々長いが、二人の語り手が直接対峙する重要なシーンゆえ、省略せずに引用したい。


深夜のたよりなさにかこまれて、わたしたちはふたたびあの洗濯の店にいた。母はオレンジの木箱に腰をかけて汚れものをさまざまの山（mountains）に振り分けていた――シーツの山、白シャツの山、濃色シャツの山、労働ズボンの山、長ズボン下の山、短パンツの山、一対ずつピンで止められた靴下の小山、札のつけられたハンカチの小山。彼女をとりかこんでいたのは、昼日中に彼女が灯す蝋燭たちだった。清々しい黄色のダイヤモンド、彼女を輪のようにかこいこむフットライト、不思議な覆面の母、カウボーイのハンカチで鼻と口を覆って。汚れものの束をほどくまえに、彼女は新しい長い蝋燭に火を灯した。それは贅沢なことだった。使い古しの蝋と芯をたくさん入れたパイ皿にも火を灯したが、それがときどき青い火でぱちぱち燃えて、その音は微菌が焼ける音だとわたしは思った。

「チケットないなら、洗いものもだめと、ママさん？」とある鬼はいったものだ。ほんとに気恥ずかしいったらない。

「うるさい赤口の鬼」と母はその包みに書きつける。名付けて、そいつの洗濯物にその名を記す。

寝室のわたしはいった、「蝋燭はやっぱり役に立ってたのよ。かあさんの思いつきはよかったわ」

「そうでもないよ。衣類からぱっぱっと出る埃や、風に舞い上がる泥炭土や、スコップからこぼれ落ちるどろりとした鶏糞のことを想像しただけで咳が出ちゃうんだから」彼女は深く咳き込んだ。（一〇五）

汚れた洗濯物を種類別に「山」に分けてゆく様子は、「金山（the Gold Mountain）」と彼らが呼んだアメリカの風景としていかにも皮肉だが、それと併せて注目したいのは、衣類の束をほどく母の周囲に灯された蝋燭についてである。きびしい肉体労働の様子を語る母の話は、娘の記憶のフィルターを通し、薄汚れた部屋の中で突然スポットライト――「清々しい黄色のダイヤモンド」の蝋燭のかがやき――を当てられたかのように、神秘的な光に包まれた一齣として描き変えられる。娘が語りの主導権をつかもうとする瞬間である。そして、このフラッシュバックの光景はそのまま、「蝋燭はやっぱり役に立ってたのよ」と、娘の声によって現在の二人の会話に接ぎ木されようとするが、それに続く母の返答に見られるとおり、娘の語りはすげなく一蹴されてしまう。二人の声は混ざり合い、物語の展開上、調和を果たしてもよいようなものの、実際にはそうならず、常に不協和音になってしまうのである。母の語りにつなぎ合わせ、また引き受けようとする娘の努力はあっさりと挫かれ、娘は再び沈黙する。

『ウーマン・ウォリアー』全体を見てみても、語りのぎこちなさは、登場人物間の人間関係に表れた発声と沈黙の対立関係に見てとることができる。発声と沈黙の対立は母と娘の関係としてもっともよく表現されているが、その他の登場人物たちの間においても同様の対立が支配的なのである。例えば、それは第四章「西の宮殿で」における英蘭と月蘭の関係に明示されている。ここで発声ないし饒舌を担うのは英蘭で、それに対して妹の月蘭は何事につけ控えめで、自己主張しない沈黙の役回りである。この章は全般的にコミカルなタッチで描かれ、発声と沈黙の間の溝はそれほど深刻に表れていないが、結末に見る月蘭の精神失調は、沈黙する人の悲劇と受け取ることができるだろう。

さらに第五章「胡笳(こか)のうた」における、語り手と「口をきかない少女」との関係にも同じことが言える。母に沈黙を課せられ、さらに幼少期には三年間まったくしゃべらない時期があったという語り手は、間違いなく沈黙側の役回りを演じる人物だが(一六五)、チャイナタウンの中華系小学校を舞台にした「口をきかない少女」との対立では、語り手は発声側の立場に立つ。どこかエドガー・アラン・ポオの「ウィリアム・ウィルソン」を思わせる二人の対決シーンはとても印象的である。ほかの子どもたちとかくれんぼをして遊んでいた放課後、偶然、「口をきかない少女」と二人きりになった語り手は、彼女を必死で何か一言でもしゃべらせようとけしかける。夕闇の迫る女子用便所の中、言葉だけではなく、手も出して、その少女を追い詰めるのである。本来、自身も沈黙側である語り手が「口をきかない少女」を身代わりにして、自分自身に声を与えようとする場面だと解釈できるだろう。しかし、少女は決して言葉を発せず、やがてこの二人は一緒に泣き始める。その様子は、果たしてどちらが最初にちょっかいを出したのか、よく分からなくなるほどで、互いに泣きじゃくる。また、その泣いている姿もよく似ていて、子どもの泣く様子など似ていて当たり前と言われれば確かにそのとおりだが、それでもこの場面に注目したいのは、やがて二人のよく似た泣き声は、実際にある種のハーモニーを形成することになるからである。「ときには同時に、あるいはときにはたがいちがいに、わたしたちの泣き声が荒々しく[便所の壁の]タイルにあたってはね返った」(一八二)。もしかしたらこの場面は、先ほど例に挙げた母と娘の寝室のシーンで果たすことができなかった沈黙と発声の調和を代理的に実現しているのかもしれない。とはいえ、どれほど声を合わせたとしても泣き声はいつまでたっても意味を成さず、アンチ・クライマックスの感は拭えない。沈黙側が声を獲得することも、また発声側が声を受け渡すことも、やはり叶わないのである。

小説の最終盤、もう一度、発声と沈黙が対決する。場面は家業のクリーニング店、相対するのは母と娘である。沈黙を強いられてきた娘はとうとう爆発する。「わたしの喉が張り裂けるように破けた」とあるように（二〇一）、それは唐突で激情的な言葉の奔出だった。

それからかあさんたちのお話ももういや、全然論理的じゃないんだから。あたしはめちゃめちゃになっちゃう。お話をして、かあさんたちは嘘をつくのよね。お話をしてから、「これはほんとにあった話だよ」とも、「これは作り話さ」ともいってくれないのよね。あたしにはどっちだかわからない。かあさんたちの本名がいったいなんなのか、それすら知らない。どれがほんとの話で、どれが作り話かわからない。フン！　あたしを黙らせようたってだめよ。かあさんはあたしの舌を切り落とそうとしたけどね。むだなことだったのよ。（二〇二）

しかし、この突然のわめき声はすでに茶番にすぎず、この場面で彼女が解放され、声を獲得したとはとても判断することはできない。実際、これに続いて母の応酬が始まり、「喋ることならだれにもひけを取らない」母の饒舌を前に、最終的には娘は沈黙し、これを機に彼女は家を出ることになるのである（二〇二）。発声と沈黙の間の溝はいっそう深まり、小説は結末を迎える。

四　"It translated well."

最初に述べたとおり、『ウーマン・ウォリアー』は沈黙を強いられた語り手の娘が、自らの声を獲得しようとする物語である。そして、これまで例を挙げて見てきたとおり、沈黙と発声の対立は強く、語り手は最後まで安定した声の獲得を果たしていない。本書はそのような不安定な語りによる発声練習の物語だと言えよう。先に挙げた「シャーマン」の章のように、母の物語が続いているかと思いきや、突然娘の声が聞こえてきたり、そうかと思えば、「西の宮殿で」の章では完全に語り手の声が消えたりするなど、このような断続的な構成は熟達した語りというよりもトレーニング中の語りと捉えたほうがよい。そして、本書が読み手の心をうつのは、その発声練習の必死さにある。

本書の終わり、語り手は最後にもう一度、母の語りとのデュエットを試みている。それはこんな具合に始まる。「以下は母がわたしに話してくれた話であるが、小さかったころに聞いたものではなく、最近聞いたものだ。わたしもお話をする人なのだと母にいったら、話してくれたのだ。発端が母の話で、おしまいのほうはわたしの話である」(二〇六)。一見、二人の間で和解がなされたような物言いだが、実際には最後のストーリーも分断されており、どこまでが母の語りでどこからが娘の語りなのか、二つを分ける境界線はくっきりと目に見える。しかしながら、成功しているとは言えないまでも、語り手がここで何を試み、目指そうとしているのかは、少なくとも明らかにされているようである。締めくくりとして、母と娘の最後の共演について触れ、本論を閉じたい。

まず前半部分を占める母の話は、中国の祖母についてである。芝居が好きだったという祖母は、村に役者たちがやって来ると家族全員分の観覧席を買い、毎日毎晩、みなで観劇した。家族のものは、留守中に盗賊が入ることを不安がり、全員がこぞって芝居に行くことには抵抗を示したが、祖母はそれなら一切心配せずにすむようにと、家屋の戸や窓を全部開け放ち、むしろ盗賊が入るのを当たり前にしておけば観劇中に余計な心配をせずにすむだろうと宣い、家族全員で芝居に出かける。果たして盗賊はやってきた。しかし、留守中の家々にではなく、芝居中の劇場に現れた。家族はなんとか襲撃をかわし、また家財も無傷で難を逃れた。と、そんな話である。

娘はこの母の話に続けて、祖母のエピソードそのものではなく、きっと当時、祖母の家族が芝居小屋で聞いたことがあったであろう蔡琰の詩について語り始める。蔡琰は二〇歳の頃、南匈奴の遊牧騎馬民族に誘拐され、その後再び故国に戻るまで一二年間に渡り、異国の地で囚われの身として生きた。本書の最終章につけられたタイトル、「胡笳のうた」とは、騎馬民族のテントに閉じ込められた蔡琰が故郷を想い詠ったという「胡笳十八拍」を指す。

一見してかなり無理のある話の継ぎ方で、繰り返し述べているとおり、母と娘の語りは必ずしも一つに調和していない。ただ、語り手の娘が蔡琰のエピソードを最後に用意した意図は明らかである。外国で囚われの身となり、中国語を解さない人々に囲まれた蔡琰は、アメリカにやってきた第一世代の中国人移民の姿に重なる。蔡琰が自らの波乱に満ちた人生を詠った「胡笳十八拍」は、彼ら故郷を離れた中国人の「お話」に相当するだろう。そして、このエピソードの終わり、つまり本書の結末はこんなふうに締めくくられている。「蔡琰は蛮民のくにから彼女の歌をもち帰ったが、そのうちの一つが『胡笳十八拍』で、中国人はみずからの楽器の音に合わせてそれを歌うようになった。歌は彼らの楽器によく合った（It translated well）」（二〇九）。最後の非常にそっけなく、しかし重みのある一文、"It translated well"は、直接的にはオリジナルの「胡笳十八拍」が、後の人々によってうまく編曲されてきた、という意味だろう。しかし、ここまで母の語りと娘の語りの葛藤の物語を読んできた我々読者にとって、この一文は娘が担おうとしていたのが「翻訳者」の役割であり、語り手が獲得しようとしている声とは、「翻訳者」の自律性にたとえられるものであったことに気づくのである。

翻訳者たる娘は原文、すなわち母の語りに忠実であることを求められる。そのためには翻訳者は沈黙し、存在を消さなければならない。しかし、その一方で、娘は娘で自らの声を欲するのである。彼女がしようとしていることは、沈黙しつつ、声を発するという、所詮不可能なことなのかもしれない。ただ、「胡笳十八拍」の編曲がよくできていると言えるように、いつか娘にも母の物語をうまく翻訳できる日が来るかもしれない。

本書はキングストンの最初の著作である。これに続く彼女の物語において、どのような語りの方法が試されるのか、引き続き追跡検証の必要性が示唆され、本書の幕は閉じられる。読者は、きわめて自然かつ必然に、次作『チャイナ・メン』(一九八〇)を手に取ることになる。

使用テクスト

Kingston, Maxine Hong. *The Woman Warrior: Memoirs of a Girlhood Among Ghosts*. 1976; Vintage International, 1989.

第九章……一九八〇年代

ジョン・アーヴィング『サイダーハウス・ルールズ』

森岡隆

【一九八〇年代の時代背景】

国際社会

この時期は、冷戦時代がまだ色濃く影を落としており、国家間では依然として武力に訴えて制圧する手法が当たり前のように用いられていた。一九七九年にソ連によるアフガニスタン侵攻（軍事介入）が始まり、八〇年には、その後八年半に渡って続くイラン・イラク戦争が勃発している。八二年にはイギリスとアルゼンチン間でフォークランド紛争が起こり、三ヶ月後イギリスが勝利した。

ヴェトナム戦争に象徴される東西冷戦は、第二次大戦以降国際社会の最大の問題のひとつだったが、八〇年代にはその終結に向けていくつかの画期的な動きが起こった。なかでもソ連では、七〇年代後半のブレジネフ時代にアメリカとの軍拡競争のため重厚長大産業に莫大な支出を投じており、経済状況が悪化の一途をたどっていた。それを打開するため、八〇年代にソ連共産党最高指導者ゴルバチョフは、「ペレストロイカ」（政治体制改革）と「グラスノスチ」（情報公開）を提唱して民主化を進めた。そしてその結果、東西冷戦を終結させることになった。

さらに八九年の、東西ドイツを隔てる「ベルリンの壁」の崩壊は、共産主義の衰退を示す歴史的な出来事となった。そしてこれ以降東欧諸国は、様々な民族紛争を経験しながら、民主政権・資本主義経済へとじょじょに舵を切ることになる。

アメリカ国内

アメリカでは、八〇年代、フロリダ州とカリフォルニア州のいわゆる「サンベルト」と呼ばれる地域の人口が増大する。八〇年の大統領選では共和党のロナルド・レーガンが初当選するが、保守派であるこのサンベルトの中流階級の支持が影響したことが大きい。なおこのレーガン政権時代（八年間）は保守化が進み、のちに政治的に大きな勢力となる宗教右派が台頭し始める。

八六年には、イラン・コントラ事件が発覚する。アメリカ政府は、断絶していたイランに武器を密輸出し、左傾化する中南米ニカラグアの反共ゲリラ「コントラ」に、その武器売却の利益を密かに与えていた。議会の議決をまったく無視したレーガン政権のこのような行動は世界を揺るがしレーガンの大統領としての能力の限界を露呈するものとなった。

六〇年代の公民権運動とカウンターカルチャーの台頭を経て、八〇年代には多文化主義が注目され始める。また当時不治の病だったエイズ（ＡＩＤＳ）が流行し始め、八〇年代後半には正式にウィルス名のＨＩＶで呼ばれるようになった。レーガン政権が防衛産業を重視したこともあり、新興のコンピューター産業を除き家電産業を中心に技術革新が遅れ、日本のようなアジアの国に水をあけられる事態に陥った。八七年には株式市場が暴落したものの世界恐慌は免れた。

アメリカ文学

文学の世界では、「ミニマリズム」と呼ばれる、郊外に住む中産階級のごく身近な日常の世界を、現在時制や二人称を多用して、抑えた最小限の筆致で淡々と描く作風が一つの大きな潮流となった。今回取り上げたアーヴィングの作品群は、その流れに真っ向から抗うものとして捉えることができ、保守化する社会で自分の意識を尊重し、現実を客観的に切り取りながらきわめて主観的な世界観を語る。彼の作品は共通して、多弁な語り手による「次はどうなるか」を重視した作風になっている。

他方、少数民族や女性の作家たちがさらに盛んに活躍し始めたのもこの時期である。黒人女性のトニ・モリスン、アリス・ウォーカーたちはすでに評価され始めており、先住民の血を継ぐルイーズ・アードリッチやレスリー・マーモン・シルコウ、アジア系のマキシーン・ホン・キングストンらも頭角を現しつつあった。

一方で、「あらかじめ失われた世代」と呼ばれ当時一世を風靡したジェイ・マキナニー、ブレット・イートン・エリスらの作家もいたが、一過性のものだったと言わざるを得ない。それよりも、「ポストモダン」の新世代の作家として現れたドン・デリーロ、ポール・オースターなどが、この後も持続的に執筆を続けることになる。

【作家・作品紹介】

ジョン・アーヴィング（John Irving, 一九四二–）

『サイダーハウス・ルールズ』（*Cider House Rules,* 一九八五）

ジョン・アーヴィングは、一九四二年ニュー・ハンプシャー州生まれ。レイモンド・カーヴァーをはじめ名うての作家を輩出するアイオワ大学の創作科の出身である。その一方で、作家としては珍しく、レスリングの選手・コーチという体育会系の経歴を持つ。二六歳の時に長編『熊を放つ』（一九六八）で文壇デビューし、全米図書賞を受賞した一九八〇年の『ガープの世界』以降、作家としての地位を不動のものにする。さらに二〇〇〇年には、自ら脚本を担当した映画『サイダーハウス・ルール』（一九九九）でアカデミー最優秀脚色賞を受けている。

彼の六作目の長編小説『サイダーハウス・ルールズ』（一九八五）は、日本語タイトルでは映画も翻訳も最後の複数形のsが落ちてはいるが、その作品の原作である。二〇世紀の前半、アメリカのメイン州の内陸部の田舎町セントクラウズにある孤児院と、海岸線に比較的近いリンゴ果樹園を舞台に物語が展開される。作者によれば、この作品はまずウィルバー・ラーチの物語である。さらに、ウィルバーが息子のように育てる、どこにも養子に行けなかったホーマー・ウェルズの成長物語でもある。

ジョン・アーヴィング

慈悲深い産科医にもかかわらずエーテル中毒者で堕胎（妊娠中絶）擁護者であり、孤児院の創設者で院長であるウィルバーは、望まれない妊娠をした女性たちを助け、彼女らの子供をセントクラウズの孤児院で育てる生活を選ぶ。そして孤児のホーマー・ウェルズに産科医としての技術を授け、やがては彼を我が子のように愛することになる。しかし精神的な父親であるウィルバーを背丈でも考え方でも凌ぐようになったホーマーは、堕胎を頑なに拒否する。

そんな時、お腹の胎児を堕すべくセントクラウズに、若い独身カップルのキャンディとウォリーが現れる。二人と仲良くなったホーマーは、堕胎を終え帰路に就く彼らとともに孤児院を出て行くことにする。そして、ウィルバーの親が経営する海岸線のオーシャンビュー果樹園でリンゴ摘みを手伝う。

第二次世界大戦が勃発し戦闘機乗りとして出兵したウォリーは、撃墜され死亡したものと思われていた。その間にホーマーはキャンディと恋仲になり彼女を妊娠させてしまう。彼らはセントクラウズに一時帰省して子供を分娩し、その子をエンジェルと名付け、ホーマーは彼を養子にしたことにする。ウォリーは後遺症を負って帰郷しキャンディと結婚する。しかしその後も約一五年間に渡りキャンディとホーマーの密会は続いた。

やがてエンジェルが思春期になり、果樹園の季節労働者の親方であるミスター・ローズの娘ローズ・ローズと恋に落ちる。しかし彼女は父親のミスター・ローズにレイプされ孕まされてしまい、ホーマーは彼女に、以前あれほど嫌悪していた堕胎手術を施す。

ウィルバーが亡くなった後、ホーマーは孤児院の院長としてセントクラウズに戻り、父親代わりのラーチが抱いていた、女性が堕胎を選ぶことへの敬意の念を継承して彼の後継者となる。そしていつか堕胎が合法で安全に無料で行われることを願うのだった。

メルヴィルやドストエフスキーのように重厚で、ディケンズのように物語の筋を重視した語りが特徴である。どの作品でも主人公を必ず一度悲惨な状況に陥れ、そこからの再生を描く。好きではない作家としてヘミングウェイを挙げており、ジャーナリスト向けであり広告のコピーに最適な文章と言い切っている。

参考図書

アーヴィング、ジョン．『サイダーハウス・ルール』真野明裕訳．文藝春秋、一九九六年．

――．『マイ・ムービー・ビジネス――映画の中のアーヴィング』．扶桑社、二〇〇〇年．

Gustini, Ray. "Big Publishing's Big Stand; John Irving Disses Ernest Hemingway." *The Atlantic*. April 24, 2012.

『サイダーハウス・ルールズ』
――二〇世紀における王道のビルドゥングスロマン

一　作品の組み立て――一九世紀小説的特徴

ジョン・アーヴィングの小説『サイダーハウス・ルールズ』は、実験的な手法を用いず、一九世紀中盤までの小説のような古典的な手法で物語が進められる。ここでいう「一九世紀中盤までの小説手法」とは、実験的手法抜きで、人間の経験つまり現実の日常生活もしくはそのイメージを、より真実らしく描くことを意味する。(1)

まず、この小説はおおむね時間の流れに沿って物語が進む。ウィルバー・ラーチとホーマー・ウェルズに関わるさまざまな出来事が時系列的に提示されることで、読者はそれらの因果関係を容易に理解することができ、物語をより正確に把握できる。ミスター・ローズの前半生や、ホーマーを探すメラニィとホーマーがニアミスする場面のように、より過去の時点に一度物語を戻してから出来事が語られる場合も稀にあるものの、実験小説の様な時系列の混乱が起こることはなく、おおむね時間の流れに沿って物語が進行する。それゆえ読者はラーチとホーマーそれぞれについてのビルドゥングスロマンを、(2)日常生活と同じ流れで読み進めることができる。

次に小説の構造について述べると、この作品は起承転結の形にまとめられる。

起　ウィルバー・ラーチの経歴
承　セントクラウズでのホーマー
転　オーシャンビュー果樹園でのウォリーとキャンディとホーマー
結　エンジェルとローズ父娘、ホーマーのセントクラウズ帰還

物語の構造がこのように分かりやすく構築されていることにより、読者は物語の筋を容易に追うことができる。物語のこのような構造は、前述の時系列に沿った物語展開と相まって、この小説の世界に入り込みやすい環境を生み出し、読者が物語を深く親しむ手助けとなる。

さらに語り手について述べれば、この作品では全知の語り手が物語を語る。語り手は出来事を語るだけでなく、まるで神のように各登場人物の心の中に入り込んで彼らの心境を描写し、物語の全体像を読者に伝える。これは、独白を除けば、物事を外側から表現する映画や演劇や写真などとは違う、きわめて小説的な手

(1)「小説」『ブリタニカ国際大百科事典小項目事典』
(2) 一般的には「教養小説」と訳されるが、「成長物語」と解釈すると理解しやすい。「主人公が幼年期の幸福な眠りからしだいしだいに自我に目覚め、友情や恋愛を経験し、社会の現実と戦って傷つきながら、自己形成をしていく過程を描いた長編小説」(『世界大百科事典第二版』、平凡社)

法だと言えよう。物語世界の重要な要素である語り手を混在させず、全知の存在とすることで、読者はそれぞれの出来事を容易かつ正確に把握することになる。

例えば物語の結末では、ウィルバー・ラーチが書き留めていた『セントクラウズ小史』をホーマーが読むシーンが描かれる。メモの記述はいずれも、物語中に語り手が語ったさまざまなエピソードにまつわるものであり、読者はその意味が容易に理解できるが、その背景を知る由もないホーマーには理解できない。作者がそのような状況を作り出すことで、物語全体における可笑しみや哀惜の念がさらに増すことになる。

以上のように、この作品は一九世紀的な、いわゆるオーセンティックな小説の構造を踏襲している。それによって我々読者はふたりのビルドゥングスロマンの世界に没頭でき、後述するように、小説の外側からではあるが作中人物たちを見守り続けることになる。

二　読書の楽しみ――物語を読む

それでは次に、「物語を読む」つまり読書を楽しむ点から『サイダーハウス・ルールズ』を見てみたい。先ほどのパートでは言及しなかった、この作品の他の特徴としては、伏線や比喩が巧みに用いられている点が挙げられる。

（略）医師〔ウィルバー・ラーチ〕と助手〔ホーマー・ウェルズ〕は、アンジェラ看護婦の事務室の窓からの灯りが、自分たちを背後から照らしていることに気づいた。（中略）ラーチの影は、地面の、植物が植えられていない剥き出しの一区画に達していた。（中略）ホーマー・ウェルズの影は、暗天の空に接触してい

た。(中略) ホーマーはすでにラーチ先生よりも長身になっていた。(一六〇)

これは、産科医の技術をほぼ身につけたホーマーが、堕胎手術をするのは嫌だとラーチに明言するやりとりの後の描写である。セントクラウズにキャンディとウォリーが現れる直前ですでに、ホーマーが体格的にラーチを凌いでいる。さらに外に映し出された二人の影が達している場所の描写から、この箇所が伏線であり、けっして順風満帆ではないもののホーマーがいずれラーチ(ここでは「ラーチ医師」〔Dr. Larch〕と表現される)を凌ぐ産科医になることを暗示していると見做すことができる。

次に比喩について指摘すれば、例えばこの引用箇所の次には、以下のような描写がある。二人が両手をバタバタさせて暗闇の中に自分たちの影を映し出していた時、語り手は彼らのことを「魔術師」と表現する。第二章のタイトルが「神の業」であることを踏まえれば、彼らの現在およびその後を比喩的に示している箇所だといえるだろう。

このように『サイダーハウス・ルールズ』には、伏線や比喩のような、小説の読者を楽しませてくれる工夫が巡らされている。出来事の原因や登場人物の情緒について、読者にとって理解不能あるいは頭を捻らなければならない唐突な箇所はほとんどなく、語り手は饒舌かつ滑らかに物語を語り、読者を物語の中に誘う。

三 「とにかく見守る」――作中人物たちと読者の態度

さて、読書の際の読者の態度、特に作品への働きかけについて考えた時、一九八〇年代に隆盛を見たRP

G小説[3]のようなものを除けば、作中人物の行動や思考に手を加えることなく、物語を傍観しながら作品を読み進むことが、読者の態度の大前提となる。我々読者は、物語の始まりから終わりまで作中人物ひとりひとりを注視し、語り手の語りに身を委ねながら彼らを見守り続ける。

『サイダーハウス・ルールズ』において、とりわけホーマーは、二〇世紀前半から中盤にかけてのセントクラウズとオーシャンヴューのリンゴ果樹園で、彼なりに誠実に生き抜く。そのうえ彼を含む登場人物たちは、物語中にしばしば「とにかく見守る」という態度をとる。その結果、エンジェルの誕生やローズ・ローズの近親相姦という大きな出来事を除けば、出来事が次々に起こるもののいずれも淡々と収束に向かう。加えて、この小説の語り手は、登場人物たちを見守りつつも物語を饒舌かつコミカルに語り続ける。ただしその語り手は全知の立場にあるため、作中人物たちが知り得ない情報までを知っており、それが物語に皮肉な、時に虚無的な作用をもたらす。一方読者は、ペーパーバックで六〇〇頁以上もある物語の重厚さに圧倒されつつも、「次はどうなるのか」という好奇心からページを繰り続ける。その結果我々読者は、ウィルバーとホーマーの人生を追体験し、さらには堕胎について深く知ることになる。

このようにこの小説では、作中人物、語り手、読者の三者それぞれが、作中人物たちを「とにかく見守り」続ける。そのうえ読者にとっても、すでに述べたように古典的に組み立てられた小説の、饒舌な語りが生み出す物語の流れに身を任せ、読書本来の楽しみを再確認できる作品だと言える。

四　複層的な架空の人物と欠けている事実——登場人物と読者による物語への働きかけ

先述のとおり、読書の際、われわれ読者は作中人物の行動や思考に手を加えることなく、傍観しながら作品を読み進む。しかし『サイダーハウス・ルールズ』においてラーチは、興味深い行動をとる。彼は『セントクラウズ小史』をまとめる際、架空の（フィクションの）記録を作成し、ついには架空の人物の架空の人生さえをも創作するのだ。

物語の終盤でホーマーは、そのラーチの入念な準備により、別人のドクター・ストーンとなってセントクラウズに戻る。読者は作品世界を「とにかく見守る」ことしかできず、小説の登場人物たちは、作者が当該小説を出版した後は作品世界を自ら変えることはできない。しかしホーマーは、今後は別人として作品のプロットを自ら組み立て、新たなビルドゥングスロマンを自ら構築することになる。

『サイダーハウス・ルールズ』は、これまで述べたように古典的といって良い小説形態である一方で、このように複層的に架空の（虚構の）物語が語られる。「ドクター・ストーン」の存在により物語がさらに虚構化されることで、われわれ読者の読書という行為と物語世界との関わり方は、さらに異なる局面に進む可能性があることを示唆している。

それでは、読者は作品世界とは受動的にしか関われないのだろうか。ここでは、欠けている事実を補う行為が、能動的な読書行為のひとつである点を指摘したい。以下、作者のアーヴィングが物語上の「触媒」だとコメントする登場人物、メロニィを通してその点について考える。

（3）RPG（ロールプレイングゲーム）のようにして読み進む小説のこと。「ゲームブック」とも呼ばれ、例えば『ウィキペディア』の「ゲームブック」の項目を参照されたし。(https://ja.wikipedia.org/wiki/ ゲーム小説)

孤児院で、愛のほとんどないセックスをホーマーに繰り返し強いるメロニィは、セントクラウズを去った彼を追いかけて、メインの海岸沿いの果樹園をまわり彼を探し続ける。彼女は、小説『ジェイン・エア』と自分の人生とを照らし合わせるナイーブさも持ち合わせているものの、無骨で無神経な、男のような存在として終始描かれる。配管工として働く彼女はついにホーマーを見つけるが失望してその場を立ち去り、最後にセントクラウズでホーマーと再会できた時には、彼女は感電死した遺体の姿になり果てていた。語り手は、ホーマーにとってメロニィは、いつも「ホーマーを真に教育し、光明を示し」（五五一）た存在だったとして物語を締めくくる。

実際のところメロニィに関わる物語は、ホーマーとラーチを中心とするこの小説の筋に直接は影響を及ぼさない。それでも語り手と読者のみが知りえる彼女の行動は、物語世界の一部をたしかに担っている。語り手によって語られる、欠けている事実をどう補うかによって、作品世界、物語は大きく変わる。読者が触媒のメロニィにも注目して能動的に読書をすれば、『サイダーハウス・ルール』という物語は、新たなビルドゥングスロマンとして再構築できることだろう。その点で読者は、ひょっとすると作品解釈のうえで大切な役割を担っているといえるかも知れない。

このように、作中人物の手による複層的架空の人物と、語り手が語る「欠けている事実」は、つまり登場人物と読者による物語への働きかけに他ならない。見守るしかなかった作中人物たちと読者は、古典的な手法で描かれた『サイダーハウス・ルールズ』を通して、新たな物語、新たなビルドゥングスロマンを編みあげようとしていると解釈することも可能だろう。物語に直接参加することはできない筈の作中人物と読者は、この小説の中で、あくまでも伝統的な小説形態の枠を守りながら積極的に行動する。「とにかく見守る」態度が新しい物語を生み出し、新たな読書体験を生み出すことが、この作品の読後、読者には理解できるかも知れない。

五　ホーマー・ウェルズの人生——物語への働きかけ

　このように、ウィルバーとホーマーを中心に物語は進み、彼らはさまざまな出来事をとにかく見守る。ただしホーマーは、自ら孤児院を離れ、友人の妻のキャンディと不倫し子供をもうけるなど、物語中で何度か、自分の人生を自分の手で切り拓こうとする。なかでももっとも重要なもののひとつが、物語のもっとも終盤で、父親に妊娠させられたローズ・ローズに堕胎手術を施すことである。ラーチに師事していた頃は頑なに否定していた堕胎を、自身の学びの場のセントクラウズで自ら行うことで、ホーマーは新しい世界に歩を進める。己に課していた「ルール」を大きく逸脱するこのような人生選択は、この作品の終了後も、物語は彼の手によって大きく動いていくであろうことを示唆している。ラーチが綿密に創り上げた医師ファズィ・ストーンとして、ホーマーは新たな物語を構築し始めることだろう。

　このような終わり方であるから、その一方でわれわれ読者も、この小説を読了後、読者の立場から物語の今後を予想する、つまり物語に働きかけるであろうことは想像に難くない。『サイダーハウス・ルールズ』という二〇世紀の王道のビルドゥングスロマンでは、読者は「次はどうなるのか」に心踊らせつつ作中人物を見守り、作中の語り手と作中人物は物語を次々と構築し、そのつど読者を巻き込み続ける。実験的なことを試みることなく、「王道」の方法で、読者の積極的な物語への働きかけを許容する、二〇世紀を締めくくるにふさわしい小説だといえよう。

使用テキスト

Irving, John. *Cider House Rules.* Garp Enterprise, 1985.

第一〇章……一九九〇年代

トニー・クシュナー『エンジェルズ・イン・アメリカ』

水口陽子

【一九九〇年代の時代背景】

LGBTQ

クイア批評（「クイア」とは同性愛を意味する侮蔑的な表現を逆手にとり、自ら用いた名称である）とは、フェミニズム批評の蓄積を取り入れながらジェンダーの歴史的構築とホモフォビックに対抗するセクシュアリティに関する理論である。「ゲイ批評」が登場し、文学テクストのなかの周縁化されたマイノリティの言説を分析し、「ホモ／ヘテロセクシュアル」、「ホモソーシャル」、「マスキュリニティ」に関する議論を繰り広げた。ゲイに関する分析としては、イヴ・セジウィックによる『男同士の絆』（一九八五）、『クローゼットの認識論』（一九九〇）が代表的な著作となっている。それに対し、アドリエンヌ・リッチらによる「レズビアン批評」はブラック・フェミニズムとともに、忘れられたテクストの掘り起こしに貢献し、エミリー・ディキンソン、ウィラ・キャザー、ヴァージニア・ウルフらの読み直しにつながった。

その流れの延長線上にあるジュディス・バトラー『ジェンダー・トラブル』（一九九〇）を契機とするクイア理論を経て、今日馴染みのある言葉となってきたＬＧＢＴという考え方が注目されるようになった。レズビアン、ゲイ、バイセクシュアル、トランスジェンダーの頭文字からなるが、自分の性別がわからない、意図的に決めていない、もしくはこの四つのカテゴリーに収まらないあり方を包括的にクイアとして、ＬＧＢＴＱと呼ぶようになっている。

ポストコロニアリズム

経済、文化、政治における植民地主義の影響を明らかにしようとする思想のこと。ポストコロニアリズム批評は、一九六〇年代以降、文学批評から政治思想といった近代社会の分析に新しい視点をもたらした。近代ヨーロッパは大航海時代以降の植民地支配によって成り立っており、植民地の多くは、第二次大戦後に独立したにもかかわらず、経済的に先進国に依存せざるを得なかった。民族や人種、宗教、ジェンダー、セクシュアリティなど様々な不平等や格差が存在し、旧植民地国と旧宗主国の両方にその影響が残り、その後も様々な対立構造や闘争をもたらしている。文学テクストに書き込まれている植民地主義による支配・被支配を読み解くもの、歴史における戦争暴力を問うものなど、領域横断的な取り組みが見られる。エドワード・サイードの『オリエンタリズム』（一九七八）はその代表的な作品とされており、他の批評家としてガヤトリ・スピヴァク、ホミ・バーバなどがあげられる。

湾岸戦争

一九九〇年八月のイラクによるクウェート侵攻をきっかけとした国際紛争。国際連合の決議によって編制されたアメリカを中心にイギリス、フランス、エジプト、サウジアラビア、シリア、その他数ヵ国からの七〇万人からなる多国籍軍が、一九九一年一月イラクに対して攻撃を開始し、二月末までにクウェート全土を解放した。イラクの指導者、サダム・フセインはクウェートへの侵攻と占領を命じた。明らかに同国の大規模な埋蔵石油資源を獲得することが目的であった。戦闘は一九九一年一月一六日から一七日の夜、アメリカ軍の率いる対イラク大規模航空作戦によって幕を開け、空爆は戦争の全期間を通じて継続された。以後数週間続くこの空爆は「砂漠の嵐作戦」と命名され、まずイラクの防空施設、次いで通信網や政府建物、兵器工場、石油精製所、橋や道路が破壊された。ジョージ・ブッシュ米大統領が二月二八日に停戦を宣言する頃には、イラクの抵抗は完全に静まっていた。イラク軍の戦死者数は八千人から一〇万人の間とみられる。これとは対照的に、多国籍軍で戦闘中に死亡したのはおよそ三〇〇人である。

【作家・作品紹介】

トニー・クシュナー（Tony Kushner, 一九五六–）

『エンジェルズ・イン・アメリカ』*Angels in America: A Gay Fantasia on National Themes*

（一九八九年・一九九二年）

トニー・クシュナーは現在のアメリカでもっとも評価されている劇作家であり、映画『ミュンヘン』、『リンカーン』の脚本にも携わっている。ニューヨーク・マンハッタンでユダヤ系の家庭に生まれ、ルイジアナ州レイク・チャールズで育った。コロンビア大学、ニューヨーク大学大学院で学び、一九八〇年代から劇作家としての活動を始め、一九九〇年代に『エンジェルズ・イン・アメリカ』によって突然センセーショナルを巻き起こした。この戯曲は二部から成り、第一部『至福千年紀が近づく』は、一九八九年に初演、一九九二年には、第一部・二部である『ペレストロイカ』が通しで上演された。戯曲は、一九九三年のピュリツァー賞やトニー賞を受賞している。二〇〇三年にケーブルテレビ局HBOによって製作されたテレビドラマ版は、六つのパートに分かれ、全体で三五二分にも及ぶ。エミー賞で作品賞を含む一一部門、ゴールデングローブ賞で五部門を受賞。この政治的な戯曲は、三〇ヵ国で上演され国際的な注目を集め、議論を巻き起こし、活動家や芸術家たちに影響を与えた。他の代表作には、*A Bright Room Called Day*（一九九四）、*Slavs!*（一九九五）、*Homebody/Kabul*（二〇〇一）、ミュージカル *Caroline, or Change*（二〇〇二）がある。

一九八〇年代、ロナルド・レーガン大統領時代のアメリカが舞台。エイズは同性愛者だけがかかる癌であると思われていた時代であり、政治、経済、宗教、人権、法律、医療などにおいて、アメリカは様々な闇を抱えていた。赤狩りの時代に権力を得た弁護士ロイ・コーンは、目をかけている連邦控訴裁判所の首席書記官ジョー・ピットをワシントンの司法省に送り込もうとするが、ジョーは妻ハーパーを気遣い返事を保留する。ハーパーはジョーへの不信感を募らせ、精神安定剤を飲んでは現実逃避している。ジョーと同じ職場で働くルイスは同性の恋人プライアーからエイズであることを告白される。ショックを受けたルイスはプライアーの前から突然姿を消してしまう。そんな中、ルイスとジョーは出会い、ふたりは親しくなっていく。息子ジョーから同性愛者であると告白された母ハンナは急遽上京、ひょんなことからプライアーと

トニー・クシュナー

知り合い、彼の面倒を見るようになる。そのプライアーの前には、突然天使が現れ、彼には使命があると告げる。一方、ロイ・コーンもまた主治医からエイズを宣告される。しかし、彼の病床を訪れるのは天使ではなく、自分が電気椅子送りにした死者エセル・ローゼンバーグだった。

【作品案内】

クシュナー、トニー．『エンジェルス・イン・アメリカ――国家的テーマに関するゲイ・ファンタジア〈第一部〉至福千年紀が近づく』吉田美枝訳．文藝春秋、一九九四年．

『エンジェルス・イン・アメリカ』マイク・ニコルズ監督．ワーナーホームビデオ、二〇〇五年．

『アメリカ演劇一六　トニー・クシュナー特集』全国アメリカ演劇研究者会議．二〇〇四年．

『エンジェルズ・イン・アメリカ』
――「回転する」世界と「アメリカらしさ」への懐疑

一　はじめに

トニー・クシュナーによる戯曲『エンジェルズ・イン・アメリカ――国家的テーマに関するゲイ・ファンタジア』*Angels in America: A Gay Fantasia on National Themes* は、二部構成で上演時間が七時間にも及ぶ大作であるが、上演当時からおおむね評価が高い。この作品が評価される理由の一つとして、その政治性を挙げることができるだろう。この戯曲は一九八〇年代半ばを舞台にし、レーガン政権下の保守政治を批判しながら、マッカーシズム、サンフランシスコ大地震など、過去の歴史をさかのぼり、副題が示す通り、ゲイ（クイア）を取り巻くアイデンティティ・ポリティックスを提示することによりインパクトを与えた。テネシー・ウィリアムズ、ユージン・オニールらアメリカの劇作家たちの影響を多分に受けながらも、様々な点においてユニークな作品となっていることからも、この作品をアメリカ演劇の転換点として重要視する批評家も多く、ジャック・クロールは、「作品全体が、今日、最も広大で、深遠で、鋭いアメリカ演劇である」（八三）[1]と評している。ケーブルテレビ（ＨＢＯ）によって、アル・パチーノ、メリル・ストリープ、エマ・

（1）Kroll, Jack. "Heaven and Earth on Broadway." *Newsweek*. December 6, 1993, 83.

トンプソンらキャストによって二〇〇三年にドラマ化された。

発表されてから二〇年以上を経た今、この演劇を観ること、読むことには難しさも伴う。ニューヨークという都市を舞台にしながら、現代のアメリカ、さらに世界を取り巻く様々な問題——環境、政治、人種、セクシュアリティ、病——を描きながら、アメリカの歴史に加え、ユダヤ教、モルモン教といった宗教も盛り込んでいる。これらのテーマが複雑に組み合わされているだけでなく、人物の相関性や構成も複雑で、現実と幻影が交錯しているため、この作品を理解することは、観客にとって容易とは言えない。それにもかかわらず、この演劇が観るものにこれほど訴えかけてくるのはなぜだろうか。タイトルが示すように、世界の中での「アメリカ」というテーマを捉えようとした作品であると同時に、一九八〇年代という一つの時代を切り取りながらも、時や場所を超えた普遍的主題を描いていることが理由の一つとして挙げられるだろう。病、生きるということ、愛、許し、といったテーマが、アメリカだけでなく世界中の観客の心を打つのかもしれない。本論では、このような複雑で、様々なトピックに満ちたこの作品を読み解く上で、まず、この作品に描かれる多様なアメリカ観を確認し、この作品に度々現れる動きや移動という問題を詳細に見ていくことによって、言葉の意味の転換のプロセスを考察し、この演劇のもつ語りの力を再評価したい。

二　多様な登場人物、複数のアメリカ

まず、この演劇の特徴とも言える多様性というテーマについて簡単に確認しておきたい。一九八五年の冬から一九八六年の二月という数ヶ月の短い期間を主な時代背景として、最後のエピローグだけがその四年後に設定されている。一九八〇年代のエイズと同性愛を取り巻く状況（一九八一年に、最初のエイズ患者

が認められ、一九九〇年代に治療法が進み「致死の病」ではなくなったが、一九八〇年代には同性間の感染が多かったことから「ゲイ特有の病」との誤認が広まった）を描き、つまり、「表象されないものを表象する」試みという意味で、アイデンティティ・ポリティクスを真正面から扱い、時代を鋭く切り取った作品である。同時に、複数の視点と多様な背景を持った登場人物を盛り込むことにより、アメリカの多面的な姿を提示している。一九八〇年にはレーガン政権が発足し、イラン・イラク戦争が始まるなど、一九八〇年代のニューミレニアムに対して期待と絶望が渦巻く（エイズ、核、チェルノブイリなど）終末論的な未来観の中で、どう生きるのかという問いを突きつける作品となっている。

そのアメリカというタイトルとナショナルという副題からも分かるように、この作品はアメリカという問題を真正面から扱っている。アメリカとは何なのか。アメリカはどこへ向かうのか。この矛盾と混乱に満ちた現代の世界でどのように生きるのか。こうした問いを突きつけてくるクシュナーの描くアメリカの姿は、この演劇の登場人物たちのように、多様で、矛盾に満ちあふれ、複雑に絡み合っている。クシュナー自身が述べている通り、ブレヒトやロバート・アルトマンの映画『ナッシュビル』（一九七五年）などの影響を受けた、ブリューゲルの絵のような群像劇という手法により、一つに集約することのない、複数のアメリカを浮かび上がらせている。

強さ、権力を象徴するロイ・コーンのアメリカに対し、左派の政治観をもつ同性愛者ルイスのアメリカという対立がその中心軸にある一方で、黒人、かつ、同性愛者というマイノリティーたちのアメリカ、その生きづらさを語るベリーズのアメリカという視点も挟まれる。また、人物の衝突や葛藤によって、様々なアメリカ観、政治、セクシュアリティの問題を浮かび上がらせている。先に挙げたような、ロイ・コーンとルイス、コーンとベリーズ間の衝突、葛藤に加え、ジョーとハーパーの夫婦間の対立などが交錯する。様々な衝突が描かれる一方で、この作品で特徴的と言えるのは、偶然の出会いによる接触や幻影の中で交わされる関係性である。プライアーは、幻影の中でハーパーと出会い、また、プライアーはハンナと天使という媒体を通して気持ちを通わせることになる。このように、たくさんの人物を登場させ、それらの対立によってアメリカの多様性、様々なアメリカ観を浮き彫りにしつつ、最後には共感の大切さを提示している。

三　動き、移動、旅

この作品において、このような異なる背景をもつ登場人物たちを結びつける重要なイメージが移動と旅である。この戯曲は、ルイスの祖母のお葬式の場面から始まるのだが、ラビの言葉の中で、アメリカにやってきたユダヤ人の先祖たちによる移動の苦難が強調され、ユダヤ系移民のたどった壮大な旅は「その子孫たちの中にあるのだ」（一七）と述べられる。

その後、ロイとジョーのやりとりの場面に続くのが、ハーパーの登場シーンである。ここでは、ヴァリウムという精神安定剤の中毒となり現実を直視することのできないハーパーの意識の中に、ミスター・ライズ（嘘）という架空の旅行代理人が出てくる。「動きの達人、流動性の信奉者」と名乗るミスター・ライズは、ハーパーに旅に出ることを促すのだが、彼は部屋に閉じこもっているハーパーの状況に対し、「それは根無草の代償なのさ。移動酔いさ。唯一の治療法は、動き続けることさ」（二四）と答える。このセリフは、この演劇の結末、人間というテーマの予言ともなっている。

次の場面で、ハーパーは、政界への進出のためワシントンD. C. に行くというジョーの提案を拒むのだが、ジョーは出世のため「変化が必要なんだ」と言い、引っ越そうと説得しようとするが、ハーパーは留まることを切に望んでいる。「世界では物事が変わり始めている。（中略）良い方へ。アメリカは自身を再発見したんだ。」（三二）と述べるジョーに対し、ハーパーの世界観は真逆である。ハーパーは「オゾン層に穴が空き、肌は焼かれ、鳥たちの目は見えなくなり、氷山は解ける。世界は終わりに向かっている」と言い、その世界観は終末論的なものであり、この夫婦の間で世界観、未来観、さらには移動と変化に対する意志は大きく食い違っていることが示されている。このワシントンD. C. に行くことで政界出世を目論んでいるジョーという人物が、自らの同性愛を自覚し、妻が去って行くというこの作品の中で最も変化にさらされる人物である。

この「動き続ける（keep moving）」という表現は、アメリカの精神を表している。先ほども述べたユダヤ人たちのアメリカ大陸への移動だけではなく、ハーパーという人物の視点を通して、モルモン教徒の西への移動はもちろんのこと、アメリカという国が常に西へ西へと領土を広げることによって拡大し続けてきた国であることにもつながる。この移動するという特性は、アメリカの個人主義や自由という概念とも結びついており、アメリカはこの移動によって、国土を拡大し、富を蓄積し続けている。

さらに、この作品の中で重要であるのは、「動くこと、変化すること、進歩すること（move ahead, proceed, progress）」という意味を持つ様々な言葉で表現される「前に進む」という概念である。それらの「前に進む」という言葉のもつ負の部分を体現するのがロイ・コーンである（検察官、弁護士であったマッカーシズムの時代に赤狩りに関わり、この作品中にも登場するエセル・ローゼンバーグのローゼンバーグ事件を担当していた実在の人物）。法と政治と言う場で権力を手にし、ひたすら突き進んできたコーンは、ルイスらの目を通し悪人というイメージで一貫して見られているが、実は、この作品の中では、最も「生、つまり、生きること」を恐れている人物である（六四）。この作品のテーマである「意志をもって生きること」、

「不確かな生を生きること」を選んだプライアーの対極に配置されている。ロイ・コーンという人物のアメリカの歴史における悪人という世間の一枚岩の見方に対し、この戯曲がロイのかなり複雑な人物像を造り出していることもこの作品の魅力の一つと言える。権力を振りかざすことによって地位を築いてきた人物ではあるが、コーンは、自分がエイズという病に冒された時に、自らが作り上げてきた地位や権力、名声といったもののもろさを知っており、アメリカという国を彼なりに捉え直している（一九二）。

四　人類の宿命——止まることのできない人間たち・現代

次に、これらの動くという概念と現代との関わりについて考えてみたい。この「動くこと、変化すること、進歩すること」は、アメリカと言う国の運命を説明するのみならず、現代というもの、人間の特質までを包括し、グローバルな世界で常に移動を繰り返し、エネルギーを消費し続ける現代人にまでイメージが広がる。第一部において、登場人物たちの中に様々な動きや変化を与えた後、第二部『ペレストロイカ』において、プライアーの元に現れる天使は、彼を預言者だと言い、次のような議論が交わされる。

天使：お前の中で、「時」というウイルスが活動を始めたのだ！
プライアー：神は人間を作った時、明らかに、変化、不規則に起こる出来事、そして前進する可能性を組み込んだ。
（中略）
ベリーズ：それが人類の進歩だ。

プライアー：移動。科学。前進（前方への動き）。
ベリーズ：（それが）天を揺らすのさ。
（中略）
エンジェル：彼を追い払え。お前たちは動くのをやめなければならぬ！（一七五〜七九）

ここでは、人間と共に時間というものが出現し、「移動、科学、前進（前方への動き）」という人間の進歩が始まったと説明される。「（そのことが）神を追い払ったのだ、動くのをやめなければならない」と、人間に対して停止を促す。「移動（migration）」と「停止（stuck, stasis）」という対立概念が、この戯曲の中では重要なイメージとなっているのだが、この「静止・停止（stasis）」という言葉は（対立する二つの均等な力による）均衡状態、静止状態という意味を持つ一方で、文学における「展開、進展の無い状態（dramatic stasis）」、病理学では、「体液の流れの生死、停止、うっ血」という、本来動いているはずの物が停滞しているという意味合いを持つ。

プライアーが「停止の書（the Tome of Immobility, of respite, of cessation）」（二六五）を受け取ることは、全てを神にゆだねることであり、プライアーにとって、生きることをやめること、つまり、死を意味する。天使たちは、天上でチェルノブイリの事故を伝えるラジオ放送を聴きながら、地上で繰り返される多くの死を嘆きながら、やってきたプライアーに「停止の書」を差し出すが、プライアーはそれを拒み、生きることを望む。

プライアー：（中略）我々は止まることはできない。岩ではないからだ。前進、移動、動きこそ……が現代性なのだから。それが、生命あるものであり、生きるものがなすことなのだ。たとえ私たちがみな静止することを望んでいるとしても、そこには欲望がある。たとえ我々があるべきより早く動いているのだとしても。待つことはできない。何を待つというのだ。ああ……（二六三～六四）

プライアー：もっと生きたい。どうしようもなく。生きることを望んでいるんだ。こんなひどい時代に生きてきたし、もっとひどい人生を送る人だっている。しかし、彼らはとにかく生きている。彼らが体よりも魂を、肌よりも痛みを多く持ち、彼らは燃やし尽くされ苦しみの中にいて……そういう時も彼らは生きている。死は生命を奪う。（中略）でも、習性だけは理解している。生きることへの執着。だから過去の希望を生きるのさ。どこかに望みを見つけることができるなら、そうさ、それが最善のことなんだ。それは大いに十分じゃない、不十分なんだ。それでもとにかく私を祝福して欲しい。もっと生きたいんだ。（二六六～六七）

プライアーの意識の中で、「生きるということ」の捉え直しが行われている。停止、つまり、死は一方で永遠（すでに決定されたもの）を意味するが、彼は、この不安定な世の中で自らの選択で生きていくということ、何事も決定されていないことの方を選ぶ。この「決定不可能性・不確定性（*Indeterminacy!*）」（二六八）は天上のシーン、ラビの言葉カードゲームのくだりによって補強されている。

また、移動、変化という意味で、この作品におけるハーパーという登場人物の役割を無視することはできない。ハーパーは周りの世界とのつながりを維持できず、オゾン層問題などの世の中の誤りに対して敏感に反応し、世界とアメリカが抱える危機的状況を提示する役目を担っている。同性愛と異性愛の狭間で満たされない欲望を抱えた人物として、被害者であると同時に、現実に警告を発し、先を見通す役目を持った人物でもある。ジョーとの関係を通して、ジョーの同性愛、ワシントン行き（出世）の意味合いを浮かび上がらせる役目を担い、ロイ・コーンのような人物の対極として提示されている。

ハーパーには常に移動のイメージがつきまとっていて、変化や移動を求めない反面で、逃避的に南極へ行くことを夢見ている。氷の世界、一見苦痛の無い世界であり、無を表す南極に憧れるハーパーは、この演劇の中で「停止状態（stasis）、閉じていること（closure）」として機能し、ジョーの言うところの変化と言うものに抵抗を示しており、人間の移動が環境破壊を意味することを示唆する役目もある。しかし、ハーパーは、常に変化に対して関心をもち、モルモン教徒の母にも尋ね、移動、変化というものに敏感に反応し、抵抗している。停止状態にあったハーパーが実際に、自分の意志で飛行機に飛び乗り、新しい場所へ行く場面とともに世界はまた再び動き出す。最後にはその枠組みから抜け出て、ジェット機でサンフランシスコへと飛び立つことによって「移動と動き」の領域に進むことになる。舞台は一九八〇年代のニューヨークだが、サンフランシスコという地名が重要な場所として度々登場する。言うまでもなく、地震が大地を揺らし、今ではゲイ・レズビアンに開かれた街である。次の引用は彼女の独白で終わる場面である。

ハーパー：サンフランシスコへの夜間フライト。アメリカを横切って月を追いかける。ああ！最後に飛行機に乗って長いこと経ってしまっていた。……魂が昇っていく、死んだものたちの魂が。飢餓や戦争、厄災で消えた人々の魂が、上向きに落ちるスカイダイバーみたいにふわりと浮いて、手足を全て腰に当てて、回転し、スピンしながら。……何も永遠に失われることはない。この世界ではある種の痛みを伴う進歩がある。置いてきてしまったものに恋い焦がれて、未来を夢見る。少なくとも私はそう思う。

（二七五）

五　語りの力、言葉の転換

これまで見てきたように、天使たちは「動き続けることや進歩」が神を追い払ったのだと、人間の動きというものを否定的に捉えていたが、プライアーを通して言葉の意味が変化していく。デイビッド・サヴランは、クシュナーは、さまざまな二項対立を対立的なものとしてではなく曖昧なものとして用いていると論じているが、[2]言葉を別のものに置き換えるのではなく、同じ言葉を用いながらその意味を書き換えている。

この物語の前半では、「世界が動く」という表現には、人間の意志は欠如している。しかし、プライアーの目にする幻影を通して、そこに人間の意志というものが確認されることにより、「変化、偉大なる技、動く（change, great work, moving）」といった言葉の意味が転換する。この転換によって移動や自由に象徴される「アメリカ性」を改めて再認識した上で、肯定的なものとして提示し直していると言えるのではないか。

元々、言葉には一つに集約できない意味が含まれていて、それらはまったく逆を意味することさえある。言葉、概念の持つ二面性については、ジョーが自由というものについて語る台詞からもうかがえる。「自由」の二面性は次のようなセリフからもわかる。

ジョー：僕はものごとがどうなるだろうと思うんだ……もし一夜にして君たちが負っているものすべてが、正義とか愛が完全にどこかに行ってしまうとしたら。自由。それは……心ない恐怖。そうだ。ひどい、そして……とても素敵な。全ての古い皮膚を一枚ずつ脱ぎ

捨て、何にも邪魔されず、朝に向かって歩いていくことは。（七八〜七九）

正義や愛という自らが負っているもの全てが無くなった時の自由は、恐怖でもあり素晴らしいものでもあると述べられる。例えば「ひとつであること（unity）」という言葉はまとまり、連帯というようなポジティブなものとしてもとらえられる一方で、そこから外れるものを排除するものでもある。

最後に、語りによる言葉の捉え直しという点で、結末に置かれたエピローグについて考えてみたい。プライアー、ルイス、ベリーズ、ハンナがセントラルパークで語る場面であり、世界の変化が語られる。この場面は、演劇の結末としては珍しく、肯定的な宣言のような台詞と共に幕を閉じる。

ルイス：そうだ。四年前を覚えているか？すべてがあらゆる場所で動きが取れないと感じていた時を。ロシアでのこと。みろ、ペレストロイカ！雪溶け！冷戦の終わり！全世界が変化している！一夜にして！

（中略）世界は前に進んでいる。

（中略）

プライアー：世界は前に向かってスピンしているだけだ。我々は市民となる。時は来た。それじゃあ。君

（2）Savran, David. "Ambivalence, Utopia and a Queer Sort of Materialism: How *Angels in America* Reconstructs the Nation." *Approaching the Millennium: Essays on* Angels in America. Ed. Deborah R. Geis and Steven F. Kruger. U of Michigan P, 1997, 13-39.

たちは素晴らしい奴らだ、それぞれ、各々が。皆を祝福するよ、もっと生きることを。偉大なる業が始まる！（二七七〜二八〇）

ここでは、プライアーはエイズという病を抱えながらも、生き続けて行くということに価値を見いだしている。最後の泉のシーンでも、世界は動く、進むというイメージが繰り返される。「前へ（ahead）」という語もポジティブな意味として転換しているのではないか。最後の台詞において「世界は前に向かって回転するのみ」であるとのべているが、天上でのやりとりを経た今、時は来たのだという生への意志を宣言して終わる。ここでは、天使の用いた言葉「偉大なる業が始まる」というフレーズで締めくくっているが、これは以前に用いられた際の「神の業」ではなく、むしろ人間によってもたらされる業である。

戯曲の中のプロセスを経て、同じ言葉を再び用いることによって、言葉のもつ曖昧さ、多義性を浮かび上がらせる。語りの力によって、あらゆる言葉や概念の持つ二面性、相反性（矛盾）を解体し、言葉の意味合いをネガティブなものからポジティブなものへとずらすことに成功している。この演劇の中で、言葉の意味が変成していくことにより、過去へのベクトルが未来へ向き始めるのである。個人とその多様性を尊重しながらも、許しと連帯の必要性も訴えかけるこの作品は、言葉のレベルだけでなくテーマにおいても、二つのベクトルを持つ作品だと言える。

六　『エンジェルズ・イン・アメリカ』を読むということ

この作品は、ブッシュ政権（共和党）からクリントン政権（民主党）への転換の時代に、一九八〇年代半ばのエイズへの恐怖という過去に向き合い、そこに同性愛という新しい視点を盛り込んでいる。クシュナーの『エンジェルズ・イン・アメリカ』という作品が圧倒的なパワーを持った演劇であるのは、その言葉の意味の転換による。同じ言葉を繰り返し使い、その意味を書き換えて行き、それらの言葉を演劇という時間の中で提示することによって、演劇というテクスト空間の中に変化をもたらし、未来への展望、意志を提示することに成功している。

この作品を読むことの面白さは他にもあるだろう。多様な声を盛り込むことによって、様々なアメリカを浮かび上がらせている点は、近年の映画、ドラマ、小説の特徴でもある複数の登場人物たちの物語が並行して展開していく群像劇の傾向にもつながる。つまり、一人のヒーローを中心とした物語ではなく、個々の人間が様々に絡み合う物語となっている。また、この作品の特徴として、階級の問題を語ることが少ないアメリカにおいて、経済による格差という問題を提示していることも評価すべきだろう。マイノリティと都市の問題、ユーモアと笑いの力といった要素もある。

この戯曲は観る者に、二〇世紀の終わりから二一世紀へと向かう時代、アメリカとは何か、世界とは何かという問いを突きつける。長く続いた共和党政治からクリントン政権に移り、冷戦が終わる。このある種の変化への希望、意志に満ちた結末とはうらはらに、実際のアメリカは、湾岸戦争を経て、ミレニアムを迎えた後に九・一一を経験することになる。一時代のアメリカを描いたこの作品の持つ意味が問い直されるのか、今なおこの演劇が力を持つのか。エイズへの恐怖という時代のパニックや感情を一つの記憶として描きながら、クシュナーが述べる「科学的でない表現形式以外では語りえないもの」(Savran, "Tony Kushner" 三〇三)[3]を語ることに成功している。このようなある特定の場所、時代の特殊な状況を描いた演劇の中に、その後の時代における普遍的状況を読み取り、共感し、批判的にこの世界を見つめること、これがこの戯曲を観ること、読むことの楽しみといえるのではないか。

使用テキスト

Kushner, Tony. *Angels in America: A Gay Fantasia on National Themes*. Theatre Communication Group, 2009.

（3）Savran, David. "Tony Kushner." *Speaking on Stage: Interviews with Contemporary American Playwrights*. Ed. Philip C. Kolin and Colby H. Kullman. U of Alabama P, 1996, 291-313.

第一一章……二〇〇〇年代

ジョナサン・サフラン・フォア『ものすごくうるさくて、ありえないほど近い』

――中垣恒太郎

【二〇〇〇年代の時代背景】

二一世紀の幕開けとなった二〇〇一年に「九一一／同時多発テロ」が起こる。二〇〇一年九月一一日朝、四機の旅客機が国際テロ組織「アルカイダ」に乗っ取られ、二機がニューヨークの世界貿易センタービルのツインタワーに突っ込み、別の一機がワシントン近郊の国防総省庁舎に激突。残り一機がペンシルベニア州に墜落した。時のブッシュ政権は一〇月、報復としてアフガニスタン攻撃に踏み切り、その後さらに二〇〇三年、イラクが大量破壊兵器を持っている疑いがあるとして、イラク戦争を開始した。グローバル化が進むと共に、アメリカ的価値観の押しつけが強まっているという意味で、アメリカナイゼーションに対する批判の声が高まり、国内では右傾化が急速に進んだ。世論が大きく分かれる中でブッシュは再選を果たし、保守化の傾向が続いた。

言語化を拒むような大惨事をいかに言語化するか。多くの死者や被害者について作家に語る権利があるのか。文学者をはじめとする表現者はそれぞれ九一一以後の時代の中でどのように表現に向き合うかを探求し続けた。表現の倫理をめぐる問題、戦争や価値観の相克をどのように捉え直すことができるかなどがあらためて焦点化される契機となった。

オバマ政権発足からサブプライムローンに端を発した世界金融危機の時代へ

ブッシュ政権の後に誕生した第四四代大統領バラク・オバマ（二〇〇九～二〇一七在任）は、アフリカ系の背景を持つ非白人による初めての大統領職であり、「ガラスの天井」と称される障壁を乗り越え、アメリカの政治の新しい時代を切り開く高い期待を寄せられ、再選も果たし、二期にわたって大統領として政策運営を行った。

折悪しく、就任直前の二〇〇八年秋に、米証券四位のリーマン・ブラザーズが米連邦破産法の適用を申請したことに端を発する「リーマン・ショック」が起こり、「サブプライムローン問題」が世界的な金融危機をもたらしたことにより、オバマ政権はそのスタートから暗礁に乗り上げることになった。格差も増大し、貧困層や様々なマイノリティをめぐる問題が顕在化した時代となるが、その解決はたやすいものではなかった。

家族像の変容——ステップファミリー

米国はもともと移民によって形成された成り立ちからも、とりわけマイノリティ・グループに関しては、競争社会／多民族多文化社会の中で相互に助け合う傾向もあり、エスニック・コミュニティ、家族意識を尊重する伝統がある。二〇世紀においては家族の再生を物語の主題に据える傾向が顕著に見出せる。その背景には、離婚件数の上昇とそれに伴い、より複雑さをきわめている複合家族／ステップファミリー、親権・面会権を求める離婚調停などの問題がある。さらにアメリカ合衆国では養子縁組が非常に盛んであり、さらに一九八〇年代後半以後は同性愛カップルによる家族（疑似家族）のあり方、あるいは育児が困難な状況にある場合にソーシャル・ワーカーや行政が関与する場合など、家族像がより一層多様化している状況にある。

多様化が進む「アメリカ」の未来――「トランプ現象」を越えて

二〇世紀現在、とりわけニューヨークをはじめとする都市部は多種多様な人種の住民から成り立っている。様々なアクセントの異なる英語を話す、そこに暮らす人々の多くは英語を母語としない移民の出自を持ち、アメリカ国勢調査局の統計によれば、ニューヨーク市の約半数の住民は、自宅では英語以外の言語を用いている。また、一七九〇年以降、一〇年に一度行われてきた国勢調査では「人種」についての調査も行われてきたのだが、その質問項目の選択肢から人種概念の変遷を読み込むことができる。一九九〇年以前の国勢調査では、人種の選択は必ず一項目だけであったのに対して、二〇〇〇年の調査以降は複数の選択肢を回答することができるようになった。この背景は、人種アイデンティティの概念がより複雑になったことを反映している。さらに、グローバル化により、人的文化的流動性がより一層進む中で、国家や国境のあり方も変容しつつある。その一方で、同じ「アメリカ」国民といっても、地域的、階級的な格差はますます増大し、人種やセクシュアル・アイデンティティなどをめぐる状況もより一層多様化をきわめている。アフリカ系アメリカ人市民に対する暴行事件を契機に沸き起こった抗議運動「ブラック・ライブズ・マター」（黒人の命を軽視するな）など、アメリカ国内の分断も顕在化している。

「米国を再び偉大に」というスローガンを掲げたドナルド・トランプが第四五代大統領に選出されるに至るアメリカの世論が分断された背景は「トランプ現象」と称された。ＰＣ（政治的正しさ）の流れと逆行するようなトランプの言動に批判が高まる中で、なぜ彼が大国アメリカの大統領として選出されるに至ったのか。移民排斥などが起こる中ではたして「アメリカ人」とはどのような人たちを指すのか。また、民主主義、国家とは何かをめぐる問題をはじめ、アメリカおよび世界のあり方も問い直されている。

文学においても多様性をめぐる主題はさまざまに進展している。手法の面からは、ジョナサン・サフラン・フォアによる「ヴィジュアル・ライティング」と呼ばれる視覚表現にまつわる実験的技法や、イラストや図表を駆使したライフ・ラーセンによる長編小説『T・S・スピヴェット君傑作集』(二〇〇九)などをマルチメディア時代における文学のあり方を探求している例として挙げることができる。さらにグラフィック・ノベルと呼ばれるコミックスのメディアとの連動も目を引く動きとして現れている。セクシュアル・マイノリティをめぐる自伝的回想録、アリソン・ベクダル『ファン・ホーム――ある家族の悲喜劇』(二〇〇六)、ベトナム系移民としての家族史と歴史を重ね合わせる、ティー・ブイ『私たちにできたこと』(二〇一七)、フェイクニュースが蔓延する現代メディア社会を描く、ニック・ドルナソ『サブリナ』(二〇一八)などのグラフィック・ノベル作品はコミックスの受容層よりも文学の枠組みから捉えられることが多く、文学の多様な発展を見ることができる。

【作家・作品紹介】

ジョナサン・サフラン・フォア(Jonathan Safran Foer, 一九七七-)

『ものすごくうるさくて、ありえないほど近い』*Extremely Loud and Incredibly Close*, 二〇〇五年)

ワシントンDCにてユダヤ系の家庭に生まれる。プリンストン大学在学中、創作科でジョイス・キャロル・オーツに師事。二〇〇二年に『エブリシング・イズ・イルミネイテッド』にて作家デビュー。タイポグラフィによる実験的試みや写真・図版の挿入などが多く用いられた手法は、「ヴィジュアル・ライティング」と称される。彼は、実験性が高い現代作家であると同時に人気作家でもある。例えば、『エブリシング・イズ・イルミネイテッド』は、俳優リーブ・シュレイバーによる初監督作品となる邦題『僕の大事なコレクション』として二〇〇五年に映画化されており、ウクライナでルーツを探求するユダヤ系アメリカ人青年の主人公ジョナサンを人気俳優イライジャ・ウッドが演じたことでも話題作となった。また、『ものすごくうるさくて、ありえないほど近い』（二〇〇五）も、二〇一一年にスティーブン・ダルドリー監督により映画化されている。他にも、自身が父親になったことを契機に、アメリカの食肉産業にまつわる調査に根差した『イーティング・アニマル――アメリカ工場式畜産の難題』（二〇〇九）があり、人間にとって肉を食べるとはどういうことなのかをアメリカ人のアイデンティティを軸に据えながら探求したノンフィクション文学となっている。現時点での最新作『ヒア・アイ・アム』（二〇一六）は、フォア自身を想起させるワシントンDCに住むユダヤ系アメリカ人の作家を主人公にした四世代に及ぶ家族の物語に、中東で起こった災害や戦争を重ね合わせている。ユダヤ系のルーツをモチーフにした新世代作家としての注目度も高い。

ジョナサン・サフラン・フォア

『ものすごくうるさくて、ありえないほど近い』は、二〇〇一年のアメリカ同時多発テロ事件を背景とする物語であり、この事件により父親を失った九歳の少年オスカー・シェルが、父の遺品から見つけた鍵の秘密を探るためにニューヨーク中をめぐるところから展開される。さらに、祖父母の回想や手紙を交えることにより、ドレスデンの空爆の悲劇が同時多発テロと重ね合わされている。

オスカーを語り手とする物語を軸としながら、失踪したオスカーの祖父がまだその時点では生まれていなかったはずの息子（すなわちオスカーの父）に宛てて書いた手記や、オスカーの祖母による回想が随時、挿入されながら進む。また、物語の内容に関連した写真や図版、ビルから墜落していく男の連続写真を逆の順序に載せたフリップ・ブックが多数導入されており、言葉を失った祖父の手記を活字で再現するために一行しかない頁や、誤植をチェックしたことを示す印が本文中でそのまま再現されるなど、「ヴィジュアル・ライティング」と称される実験的な趣向に特色がある。

ニューヨークに住む九歳の少年である語り手のオスカーは、二年前にアメリカ同時多発テロ事件により宝石商であった父親を失っている。早熟な少年であるオスカーは空想的で、常に頭の中で「発明」をしており、饒舌に語り続けている。情緒不安定な面もあり、カウンセリングを受けている。

ある日、父の遺品である花瓶の中からどっしりとした鍵と、赤いペンで書かれた「ブラック」という文字を発見する。父の遺したメッセージであると判断した彼は、母親に告げずにニューヨーク中をめぐり、「ブラック」の苗字を持つ人物を手当たりしだいに訪問する。その途中で同じビルに住んでいた百歳になる元従軍記者のミスター・ブラックと親しくなり、その後、しばらく行動を共にするようになる。「ブラック」探しが半年におよぶも進展がないままであったが、オスカーは祖母の家で、言葉を失った見知らぬ老人と出会う。その人物は実は彼が生まれる前に失踪した実の祖父であったのだが、オスカーはその事実を知らないまま、それまでの自分の物語を彼に語って聞かせる。

やがて「ブラック」の真相が明らかになる。「ブラック」探しの初期の段階で出会っていた疫学者のアビーとその前夫ウィリアムがガレージセールでオスカーの父に例の花瓶を売っていたことがわかり、謎の鍵の真相に辿りつく。そして同時にオスカーは母が自分の冒険をはじめから把握しており、ずっとその経過を見守ってくれていたことを知る。

【作品案内】

フォア、ジョナサン・サフラン．『エブリシング・イズ・イルミネイテッド』近藤隆文訳．ソニーマガジンズ、二〇〇五年．

――．『ものすごくうるさくて、ありえないほど近い』近藤隆文訳．ＮＨＫ出版、二〇一一年．

――．『イーティング・アニマル――アメリカ工場式畜産の難題』黒川由美訳．東洋書林、二〇一一年．

――．『ヒア・アイ・アム』近藤隆文訳．ＮＨＫ出版、二〇一九年．

『ものすごくうるさくて、ありえないほど近い』――探し物をめぐる少年の旅

一　「喪失」を抱えた少年の物語

ジョナサン・サフラン・フォア『ものすごくうるさくて、ありえないほど近い』は、二〇〇一年九月十一日に起こった同時多発テロにて、父親を亡くしてしまった少年を主人公とする物語である。その十年後となる二〇一一年に映画版が公開されることを契機に日本語版も刊行されるに至るのだが、日本では東日本大震災後の世相の中で広く読まれることになった。アメリカのニューヨークを舞台にした物語であり、同時多発テロという具体的な事件によって、それまでの日常生活や家族のあり方を奪われてしまった少年の視点／語りにより展開される物語であるが、事件や自然災害を含む広義の「災害」をめぐる文学の系譜に本作を位置づける場合、「喪失」を抱える主人公および周辺の人物たちが「喪失」と向き合い、互いの心の傷を労わりながら、新しい日常を取り戻していく普遍的な物語にもなっている。

同時多発テロに父親が巻き込まれた、「あの日」の「あの時間」に、父親がどのように死を覚悟し、受け入れようとしていたのか。父は電話を通して家族に対して懸命に冷静さを保ちながらメッセージを伝えようとしていた。物語は、「あれから一年後」の時点からはじまる。主人公であるオスカー・シェルは、父を行方不明のまま喪ってしまったために心の傷を負っている。学校も休みがちで、ストレスから自傷傾向も現れ

ており、死のイメージに常に取り憑かれている。旅客機が突っ込んだ高層ビル内に閉じ込められてしまった人々の中には脱出できないと観念し、ビルから飛び降りる者もあった。その姿がテレビのニュース映像を通してくりかえし放映されたことにより、そして、父の最期の瞬間を想像することしかできないために、死のイメージが強く頭にこびりついてしまっているのだ。十代は死や人生を観念的に捉えがちなものであるが、九歳のオスカーは早熟であり（映画版では一一歳に設定変更）、自分の好きなこと、関心のあることに没入してしまう傾向にある。理論物理学者スティーブン・ホーキングの著作を愛読しているオスカーは、人生とは何か、死とは何かを考え続けている。

「人生というのは苦労してまで生きる値打ちがあるんだろうかと考えた。それだけの値打ちがあるものにしているのは、正確に言って何なんだろう？　ずっと死んだままになって、何も感じないで、夢も見ないでいるのは、何がそんなにこわいんだろう？　感じたり夢を見たりするのは、何がそんなにすばらしいんだろう？」（一四五）

頭でっかちで早熟な少年が、父にまつわる探し物の行方を探るためにニューヨークをめぐり、それまでに会ったことがない人たちに自ら連絡を取り、話を聞いて回ることになる。観念的な世界の捉え方から、人との対話を通して、人生とは何か、世界とは何かを捉え直す経験を得る。文学において伝統的な「通過儀礼」を踏まえた少年の成長物語の系譜上に位置づけられる物語であり、また、ニューヨークを舞台にした少年が街を彷徨する物語としては、J・D・サリンジャーの『ライ麦畑でつかまえて』（一九五一）との連関を見ることもできるであろう。ニューヨークのワールドトレードセンターが同時多発テロの標的として選ばれたように、ニューヨークの高層ビルはアメリカの象徴として機能している。ワールドトレードセンターが一九七三年にオープンするまでは、一九三一年に竣工したエンパイアステートビルが「世界一高いビル」の称号を得てアメリカの発展を象徴する存在であった。本文中でも、「ニューヨーク市の感性と精神がエンパイアステートビルと一体化している。（中略）このビルは地上で有数の絶景を提供するばかりか、アメリカの独創性の象徴」（二四九）であることに言及がなされている。そして、ニューヨークに暮らしている人たちのあり方はアメリカの中でもひときわ多様である。ニューヨークを少年が実際にめぐり、多様な人びとに出会うことを通して、少年は「喪失」をうけとめ、その先の新しい日常に向けて一歩を踏み出していく。

本作の印象深いタイトルは主人公であるオスカーの口癖に由来するものであり、オスカーは「ありえないほど」の表現を多用する。理屈っぽく饒舌な語り口もどことなくホールデンを思い起こさせるものだ。『ライ麦畑でつかまえて』のホールデン・コールフィールドは一七歳で高校を放校になり、西部の病院で療養する結末を辿るが、ティーンネイジャー以前の九歳の少年オスカーにとって自ら行動できる範囲は限られており、周囲の大人たちがそれとなく見守ってくれている。事件により傷ついた人たちがお互いを支えあう理想の共同体の姿が示されている。多様な人々によって構成されるニューヨークでは、多くの人たちが事件により大切な誰かを喪い、今もなお悲しみに暮れている。そして、オスカーにとって、父と過ごした大切な想い出として、ニューヨークにかつて存在していたという「幻の第六行政区」をめぐる父の話に由来する「調査探検ゲーム」があった。「第六行政区」とは、マンハッタン、ブルックリン、クイーンズ、ブロンクス、スタテンアイランドの五つの行政区に加えて、第六の行政区として扱われることもあるウォーターフロント周辺を指す。流動的ではあるが、ニューヨーク行政には欠かせない存在であり、この流動的で捉えがたい側面もまた、本作において象徴的に機能している。内に閉じこもりがちな息子を心配していた父は、息子と共にニューヨークをめぐる調査探検ゲームをすることで息子に外の世界を体験させたいという想いを抱いていた。父が不在となった今、オスカーは父の想い出と共にニューヨークの調査探検に再び挑むことになる。

また、現代文学として本作はマルチメディア時代における文学のあり方を探る試みにもなっている。主人公の心の傷や動揺を、そして、現代社会に生きる複雑さを描くために、「ヴィジュアル・ライティング」の技法として写真や手書きの文字が挟み込まれている。主人公の父が家族に託した留守番電話への音声メッセージがくりかえし言及されているように、視聴覚に対する感性も本作において重要な役割をはたしている。

主人公の少年オスカーは饒舌であるが、父を喪ってしまった「あの日」の自分のふるまいの中で、「もしあの時こうしていたら」をめぐる後悔の念は語りにくいままであり続けている。「語りえないこと／語りにくいこと」、そして、「書くこと」、伝えることをめぐる、言葉やコミュニケーションもまた本作の主要な観点となっている。

こうしたさまざまな観点を参照しながら、本稿では、二一世紀初頭に刊行された、ジョナサン・サフラン・フォア『ものすごくうるさくて、ありえないほど近い』を、旅をめぐる少年の成長物語、家族の関係性などの観点を軸に「アメリカ的な物語」の系譜上に位置づけ検討していくことにしたい。

二　「探し物」をめぐる旅の物語——傷ついた人たちの連帯

本作は九歳の少年を主人公にした「探し物」をめぐる旅の物語である。ユニークであるのは、探し物をしている本人自身が具体的に何を探しているのかわからないまま探し物をめぐる旅に出るところにある。事件から一年経ち、父の部屋で父にまつわる想い出に触れる中で、クローゼットにあった花瓶を誤って落としてしまったことから、その中に小さな封筒に入った謎の鍵の存在を知る。鍵が入っていた封筒に書かれていた「ブラック」という言葉から、「ブラック」という苗字の人物が謎を解く鍵を握っているにちがいないと判断し、ニューヨークに暮らす四七二人ものブラックさんに会いに行く調査探検に乗り出すことになる。学校の授業がない週末を使って、片っ端からブラックさんを訪問し、鍵について、父について、知っていることがあれば教えてもらおうという計画である。つまり、探し物にまつわる手がかりはきわめて乏しいものでしかなく、自分が具体的に何を探しているのかわからないまま調査がはじまる。当然のことながら、この調査は捗々しい成果を得ることができない状況が続く。

その中で、オスカーは祖母の家に間借り人として暮らしている老人と親しくなり行動を共にするようになる。この老人はちょうど同時多発テロ事件が起こった頃に祖母の家に間借り人として暮らすようになり、発話障害を抱えていることから言葉を発することができず、文字を介して意思疎通をはかる。この老人も「喪失感」を何十年もの間、抱き続けている。そして、この老人が間借り人として部屋を借りている先の、オスカーにとっての祖母もまた、妊娠中に夫が失踪してしまったことによる「喪失感」を抱えていた。「おじいちゃんは僕が生まれる前におばあちゃんを置いて出ていったんだ」(二五六)というのが、孫であるオスカーにとっても一家をめぐる公式の歴史とされており、その歴史の深層はことさら省みられることはない。私たちの身近にいる人々もまた、ふだんは表に現れないとしても、それぞれの喪失感であったり、人生の問題を抱えたりしながら日々を送っているものだ。

この老人は祖母と同じドイツのドレスデン出身であり、ドレスデン爆撃などの戦争体験を経ていることがわかる。戦争体験を含めた、複数の世代の人生観が物語の中で重ね合わされていくのだ。老人もまた、オスカーと行動を共にすることを通して、喪失感を乗り越える「何か」を探そうとしている。ほかにも本作には「祖父から息子（オスカーの父）に向けて書かれた手紙」や、「祖母から孫（オスカー）に向けられた手紙」が挟み込まれることにより、物語の語りが重層化されている。

実はこの老人こそが、妊娠中であった祖母の元を突然去った、オスカーにとっての祖父であることが後に明らかになるのだが、同時多発テロにより父を喪ってしまったオスカー少年の物語は、同様の事件で息子を喪ってしまった祖父母の物語にもなる。そして、祖父母の戦争体験とその後のアメリカ移住など、紆余曲折を経た人生のあり方も見えてくる。謎の間借り人として暮らす祖父と、四〇年もの間、家族を捨てて目の前から去った夫（オスカーの祖父）の帰還を受け入れた祖母の人生は、少年にとって不可解そのものであるにちがいない。しかも、謎の老人は自らがオスカーにとっての祖父であることを明かそうともしない。調査探検を通して、祖父母の波乱万丈に満ちた人生の一端にオスカーは触れることになる。

オスカーが探していた鍵の行方に関しては、物語の終盤で、オスカーが最初に会いにいったアビー・ブラックの元夫がその謎を解明してくれることになる。結果として、オスカーが期待していたような父にまつわる新しい「何か」が解き明かされることにはならないが、アビー・ブラックの元夫の方でもまた、自分の父親のゆかりの品である鍵の行方を探していた。アビー・ブラックの元夫とオスカーの父は、ガレージセールの主と花瓶を購入した客という関係でしかなく、オスカーは父にまつわる新しい逸話すら得ることができない。しかし彼もまた、その父にまつわる遺品の整理をめぐり、父と息子を繋ぐ想い出の「鍵」を探していた事実を知ることになったのである。

オスカーの探し物をめぐる旅は、「近い」と思っていた相手が「ずっと遠い」存在であったり、思いがけないほど「近い」ところで探していたことが見つかったりする不思議な経験となる。謎の鍵をめぐる寓意的な物語であり、探し物は具体的には見つからないまま終わるが、自分にとって何が大事なものであるのかを探ることを通して少年の成長物語になっている。

戦争や事件、災害など、人生のさまざまな不合理に傷ついている人たちは自分以外にも実はたくさん存在している。しかし、「こんなにさびしい人がずっと近くにいたなんて」（一六三）の言葉が示すように、ふだん私たちは私たちの身のまわりの人たちの孤独や心の傷に、気づかないまま日々の生活を送っているものである。ふと周囲を見回してみた時に、身近な他者の人生のそれぞれのあり方に想いを寄せることができる。もし私たちが孤独を感じることがあった際に、私たちと同じような気持ちを抱えている人たちの存在に気づかせてくれたり、自分以外の他者の人生のあり方に想いをめぐらせたりするきっかけを与えてくれるのも、まさに物語の使命である。

とりわけ本作の舞台となるニューヨークのような都会では、隣人は身近に暮らしていながらも、はるかに遠い存在となるものであろう。物語を通して、それぞれの人生を交錯させることによって、同じ時代に生きる多様な人生のあり方が見えてくる。

三　父と息子、祖父および母をめぐるアメリカの家族の物語

オスカーにとって最愛の父の足跡を辿る旅の過程で、その存在がなかったものになっていた祖父と出会い、また、事件以降、気持ちのすれ違いが生じていた母親と家族のあり方を構築し直す結末がもたらされる。

オスカーの祖父がその息子の誕生前に失踪してしまったことにより、つまり、オスカーにとっての父はそ

の父の存在を知らないまま育ち、やがて自らが父親となった背景が明らかになる。自らが父親になることに対する不安から失踪してしまったオスカーの祖父は、自分の両親を戦争で亡くしてしまった心の傷を抱えながら、さらに、妻と胎児であった子どもの前から姿を消すことで、息子に対しても負い目を抱いたまま生きてきた。

つまり、同じ人物をめぐり、その息子（オスカー）とその父親（謎の老人）が、人生および家族をめぐる探求の旅をくりひろげているわけである。祖父もまた、息子（オスカーの父）に対して贖罪の想いを抱き続けている。

オスカーの祖父母はドイツ出身であり、アメリカに第一世代として移住してきた背景を持つ。移民国家としてのアメリカの家族の物語として本作を捉える場合、祖父母の人生に力点を置くことで、移民第一世代としての祖父母の波乱に満ちた人生のあり方も見えてくる。祖父母にとっては息子（オスカーの父）を亡くしてしまったことにより、アメリカに渡って以降の人生の足跡、そして、孫との現在の人生のあり方があらためて問い直されることになる。母語ではない言語文化圏で人生を歩むことになった祖父母による人生がけっして楽なものではなかったことは、流麗とは言えない手紙の無骨な文体にも象徴的に現れている。祖父母の回想に込められた第二次世界大戦の影は、作者であるフォアの母親がホロコーストの生存者としてポーランド系の一家に育ち、幼少期にアメリカに移住してきた背景を連想させるものでもあるだろう(1)。

謎の老人（間借り人）と実は孫であるオスカーとの共同作業として、二人は真夜中にオスカーの父親の墓に赴き、棺を掘り出して開ける。からっぽのはずである棺は当然のことながらやはりからっぽであるのだが、「ありえないほどからっぽ」であることにオスカーは驚く。そして、謎の老人はそのからっぽの棺の中に届けられなかった息子への手紙を入れる。その手紙はさまざまな想いが募るあまり、過剰に言葉が溢れ、文字間隔が狭くなり、最後には文字が重なって何も読めなくなってしまう。

そして、早熟な九歳の少年であるオスカーは、事件により父を喪って以降、遺された母との間で関係性がぎくしゃくしてしまっていた。母もまた、夫を突然亡くしてしまったことによる喪失感に深く傷ついており、その欠落を埋める「何か」を求めている。一方、息子であるオスカーにとっては、父の不在後、一年ほどの歳月しか経っていないにもかかわらず、母のそばに恋人と思われる他の男性の存在が見え隠れすることに対し不信感を抱いている。

「母と息子」をめぐる物語として本作を捉える場合に、主人公オスカーの視点と心象風景を軸に物語が展開されていることからも、関係がぎくしゃくしている母の存在は物語の前半部では希薄であるか、厄介な対象としてしか映っていない。物語の結末では、探していたものが見つからなかった代わりに、母の愛情をあらためて確認し、父が不在となって以降の新しい家族のあり方を再構築していく可能性が示されている。そもそも小学生の子どもが一人でニューヨークの街を探索してまわる展開は現実離れして見えるものであろうが、実はオスカーの訪問相手に母親が先回りして挨拶をすることで円滑に訪問調査が進んでいたという背景が明らかになる。恋人の存在により自分は蔑ろにされていると思い込んでいたオスカーであったが、母親は息子に無関心であったどころか、「すべてを知って」いて、手はずを万事整えながら状況を見守ってくれて

(1) フォアはユダヤ系アメリカ人三世の世代となる。ユダヤ系アメリカ文学に共通するモチーフは見えにくくなっている世代であるが、「父と息子」のモチーフが世代を越えてどのように変遷しているかの例として挙げられることもある。

いたのだ。

「物事はものすごく複雑で、母親が自分を見つめているのは何にもまして複雑なのだ。でもそれはありえないほど単純でもある。僕の一度きりの人生において彼女は僕の母親であり、僕は彼女の息子なのだ」(三二四)

父の足跡を辿る旅は、まわりまわって、ぎくしゃくしてしまっていた母との関係性を修復する形に行き着く。調査探検の旅を通して数多の人生に触れた経験を経たことで、オスカーは人生や世界はけっして単純なものではないことを体験的に知ることにより、母の人生のあり方に対しても寛容に受け入れることができるようになる。母は、家族を喪った人たちが集うグループで新しい恋人に出会い、その心の傷を乗り越えようとしていた。母にもまた母の人生があり、幸せになる方法を探る権利があり、傷ついていたのはオスカーだけではなかったことを知る。

そして、オスカー自身も、それまで誰にも言えなかった秘密として、父がオスカーに対し、最後の対話となることを覚悟してかけてきたであろう電話に応答することができなかった後悔を言葉にして向き合うことができるようになる。饒舌なオスカーであったが、それまでは話題にすらできなかったことである。父は助からないと覚悟し、息子との最後の対話として必死に電話をかけつづけていたはずであるが、テレビのニュースで事件を知ったオスカーは、父との最後の対話となってしまう悪い予感を恐怖に思うあまり、父の想いに応えられず、逃げまどい耳をふさぐことしかできなかったのだ。

「もしあの時こうしていたら」、しかし、「たとえもし、あの時こうできていたとしても」、災害や事件で奪われてしまう命を救うことはできないであろう。にもかかわらず、大切な誰かを喪ってしまった人たちは後悔の念を抱き続け、自責の念にとらわれてしまいがちである。オスカーは、探していた鍵の謎を知る人物（アビー・ブラックの元夫、ウィリアム・ブラック）に出会い、その鍵の謎が自分の求めていた類の探し物ではなかったことがわかる。そして、その人物もまた、その人物の父親と自分とを繋ぐ探し物として、同じ鍵の行方を二年もの間、探し続けていたことを知る。ウィリアム・ブラックも、亡くなった父の遺品に込められた意味を知らないままアパートを引き払い、家具をガレージセールで処分してしまっていたことを後悔していた。ウィリアム・ブラックは初めて会ったオスカーに対し、亡くなった父にまつわる想い出を語って聞かせる。二人の他人は共に長い間、家族にまつわる探し物をしてきた同士であったのだ。

「君が探し物をしているのはわかっている。そしてこれが探しているものではないこともね」（四〇四）

初めて会った他人であるはずのその人物に、オスカーはそれまで語りえなかった秘密（父からの最後の電話に応答できなかったこと）をふと打ち明けて、赦しを乞う。喪失を抱えている者たちがその先の新しい人生を歩んでいくためのステップとして、それまでの心の負い目についてようやく言葉にすることができたこの瞬間が、オスカーにとって大きな一歩となる。母親の新しい人生のあり方を寛容に受けとめられるようになり、死のイメージとしてとらわれていた、高層ビルから転落する男性のイメージも、フィルムの逆回転のように浮かび上がってくるイメージへと転化できるようになる。そして、オスカーを主人公とする物語の背後で、祖母もまた、祖国で過ごした子どもの頃の記憶、家族と過ごした日々を夢に見ながら、数奇な人生をふりかえり、最後に孫であるオスカーに愛を捧げる手紙を綴っている。戦争、祖国を離れての移住、夫の失踪、そして、同時多発テロで息子を亡くした祖母の人生は苦難に満ちたものであったはずであるが、現在は孫が身近にいる生活に幸せを感じている。

四　「冒険」を終えて――二一世紀のアメリカ文学として

命を喪ってしまった人が帰ってくることはない。しかし、その人の想い出と共に生きていくことはできる。大切な誰かを喪ってしまった家族のあり方も、かつてとまったく同じような形では元に戻ることはない。しかし、今いる人たちと共に、家族や共同体を新たに構築し直すことはできるかもしれない。八か月ほどの期間におよんだ冒険を終えたオスカーは、「僕たちは安全だ」（三二六）の一語に込められた安寧の境地に辿り着くことができる。オスカーにとっての父の記憶は、第六行政区についての物語を語って聞かせてくれていた姿と密接に結びついている。父が物語る声が脳裏に聞こえる中で、オスカーは安全を実感できる境地に達する。

『ものすごくうるさくて、ありえないほど近い』は、同時多発テロに巻き込まれてしまった、あるアメリカの家族をめぐる物語であるが、ニューヨークの調査探検という旅を通して、そこに暮らす多様な人たちの人生が重ね合わされていく。

少年の成長物語の系譜を踏まえながら、手紙による回想や、ヴィジュアル・ライティングの技法、発話障害を抱える謎の老人の存在などを通して、回想すること、語りえぬ（語りにくい）ことについて語り伝えることをめぐる論点も浮き上がってくる。

語りえぬ言葉を、大切な誰かを喪ってしまった喪失を、旅を経た成長を通して「回復」していく物語としての本作は、「アメリカ的な物語」の伝統を継承しながら、多様な人生のあり方を包括したアメリカ像を志向している。

使用テキスト

Foer, Jonathan Safran. *Extremely Loud & Incredibly Close*. Houghton Mifflin, 2005.

＊『ものすごくうるさくて、ありえないほど近い』近藤隆文訳、ＮＨＫ出版、二〇一一年、に基づく。

引用参考文献

Bell, Robert C. and Robert M. Ficociello, eds. *America's Disaster Culture: The Production of Natural Disasters in Literature and Pop Culture*. Bloomsbury, 2019.

Vanderwees, Chris. "Photographs of Falling Bodies and the Ethics of Vulnerability in Jonathan Safran Foer's *Extremely Loud and Incredibly Close*." *Canadian Review of American Studies*. Vol. 45.2, 2015, 171–94.

Safer, Elaine. "Illuminating the Ineffable: Jonathan Safran Foer's Novels." *Studies in American Jewish Literature*. Vol. 25, 2006, 112-32.

加藤有子「物語／歴史の操作——ジョナサン・サフラン・フォアの小説の視覚的要素」、『れにくさ』第三号、東京大学大学院人文社会系研究科現代文芸論研究室、二〇一一年、二二六-四二頁。

【特別寄稿】文学研究と「私」

亀井俊介

「浴衣がけ」の学問

本日は「新・アメリカ文学の古典を読む会」で何か話すようにというお誘いをいただいて、たいへん光栄に存じます。で、私が日頃思っていることを話させていただこうと思います。学問的であるような、ないような、要するに雑談でありますが。

一九九四年、今から二十二年前、私はおもに中部地方の、その頃は若かったアメリカ文学研究者たち十数人と、「アメリカ文学の古典を読む会」という勉強会を立ち上げました。偉そうに言うと、一種の使命感を持ってでした。

学問的な文学研究は、その頃すでに明らかな衰弱状況に陥っていました。世の中がいろいろと難しくなってきたことの反映でしょうか、文学研究の世界にフォルマリズムとかデコンストラクションとか、神話主義とか新歴史主義とか、フェミニズム批評とかクイア理論とか、心理分析とかカルチュラル・スタディーズとか、そういうのにネオとかポストとかがくっついた理論とか、次々とお偉そうな批評理論が出て来て、もてはやされ、文学・文化を裁断することが流行していました。一瞬、文学・文化のある局面が分かったような気にもなるのですね。ところが、肝心の「文学」そのものは取り残されてしまって、文学研究を読んでも聴いても、文学作品や文学者の中身は一向に生きたものとして伝わってこないのです。抽象的な理屈が寒々と伝わってくるだけなのです。

で、私たちがやろうとしたことは、会の名前にそっくり現われています。「文学」を「読む」。それも古典的「文学」作品を「読む」のです。私たちは多く、古典の名前は知っている。が、実際にきちんと読んでいない古典的作品も多いですね。日本文学を例にすれば明瞭です。『源氏物語』の名は誰でも知っている。ストーリーも知っているかもしれない。が、全篇をちゃんと読んだ人は極めて少ない。アメリカ文学についても同様です。フェニモア・クーパーはアメリカ最初の大作家で、*The Pioneers*（『開拓者たち』）はその代表作です。つまりアメリカ文学における『源氏物語』と言えば言えなくもないような作品です。が、これを本格的にきちんと読んでいる人は意外と少ない。私たちはこういう作品を「読む」ことを志したのです。年に一回、夏休中に合宿して、一回に大作二冊ずつを読むことにしました。

ここで大事なことは、きっちり「読む」ということです。「きっちり」というのは、「心」をこめて読むということです。そしてもう一つ大事なことは、この読んだこと、読んだものに対する自分の反応、つまり「感想」を、「素直に」述べることです。あの批評理論などに当てはめて、難しい **jargon**（専門用語）を並べ、「解釈」を構築することではありません。その種の学問的な「よろいかぶと」を取っ払い、いわば「浴衣がけ」で学問しようというわけです。作品を心をこめて読んだ上での素直な感想をもとに、皆でディスカッションしたい。専門用語なんていらない。普段の日常の言葉で、読んだ思いを述べ合う。そこから作品の「生きた」理解が深まり、広がるのではないか——というわけです。

こういう勉強あるいは研究で、一番重要なのは「私」です。作品、あるいは作家に対して、「私」という一個の人間の最も生きた部分、私の「生（ライフ）」とでも呼びましょうか、その反応を確め、表現することが、研究の基本なんです。もちろん、人にはさまざまな種類の能力があります。ですから、この基本さえ踏まえれば、その先は批評理論に走ったり、歴史的・伝記的研究に進んだり、あるいは文化的研究に視野を広めたりと、いろいろあってよい。しかしとにかく「私」の「生」をもとに、作品や作家、つまり「文学」と真っ向から組み合い、その反応、その結果としての思いを素直に、率直に述べる——そういうことから

「文学」研究を再出発させたいと私たちは思ったのでした。

この「私」をもとにしたディスカッション方式の勉強会は、かなり成功したんじゃないかと私は思います。六年間やりましたが、オリジナル・メンバーで途中退会する人は一人も現われませんでした。そして毎年一回の合宿勉強会に欠席する人も、まことに止むを得ない場合のほか、ついに一人もいなかった。そこで、予定していた六年を終わった時、この勉強会の成果を本にまとめただけでなく、全員の希望で第二期六年間もやることになり、それまでに入会希望していた人にも参加してもらうことにしましたので二十数人になりましたが、基本的には同じ姿勢での勉強会を続け、やはりその成果を本にしました。(1)(2)

ただ、どんな勉強会も続けていくうちにマンネリズムに陥ります。私たちの勉強会もともすれば「読む」姿勢が型にはまり、理論に頼りがちになったように思います。その方が楽ですし、何だか立派なことを言っているように思えて、恰好いいですから。それで、この会は二期十二年間で終わりにしました。ただ、メンバー中の若手で元気のよい人たちが更に新たな意気込みで結成されたのが、この「新・アメリカ文学の古典を読む会」です。やはり年に一回の合宿で一回二冊ずつの古典を読んでこられ、今回、所期の目的を果たし、その成果を本にされようとしています。まことにめでたい限りです。

ところで、これだけの話だとめでたい限りで終わるのですが、実はこの勉強会で最初からメンバーの中に強くあったのが、このようにして「読み」、かつ「感想」を述べる主体となる「私」についての不安です。「私」は知識もなく、見識もない。そういう「私」の反応なんて、軽薄で、たぶん間違いもあり、意味あるものにならないのではないか。やっぱり何か権威あるものに頼りたい。あるいは権威ある恰好をつけたい。先行論文を調べたり、批評理論を借用したりして、単なる「感想」ではなく、立派な「解釈」であるような恰好をつけたい。つまり「浴衣がけ」よりも、「よろいかぶと」で身を固めた方が楽です、というわけ。これも正直な意見ではありますね。

そう、「私」の反応を「素直に」語るというのは、勇気のいることなのです。その勇気がないから、学問は衰弱してきたとも言えるんじゃないでしょうか。

「私」vs.客観的表現（?）

ここでちょっと話が変わるようですが、私があちこちで話したことがある思い出話を、もう一度ここでくり返させていただきたいと思います。私は一九五五年にはじめてアメリカに留学しました。私は日本の大学院では比較文学を専攻し、日米文学交流史を研究していたのですが、そのためにはアメリカ文学をもっとよく知らなければいけないと痛感するようになり、博士課程三年生の時、アメリカに留学、英米文学を専攻しました。当時、大学院で文学を専攻する者が最初に取らなければならない必須コースにBibliography and Researchという授業がありました。文学の学問的研究にbibliographyが重要だ、ということはよく分かります。実際、たいへん参考になることをいろいろと教わりました。問題はresearchのあり方、というよりその成果の発表の仕方でした。

たいへん温厚で碩儒といった風格のある老教授でしたが、ある時こんなことを言われたのです。学術的

（1）アメリカ文学の古典を読む会編『亀井俊介と読む古典アメリカ小説12』南雲堂、二〇〇一年.
（2）アメリカ文学の古典を読む会編『語り明かすアメリカ古典文学12』南雲堂、二〇〇七年.

論文では客観性が重んじられるから、「私」を出してはいけない、I think などという表現は主観的だ、どうしてもそういうことを言いたい時は、たとえば the author thinks とでもすればよい、そうすれば客観的表現になる、などなど（後に誰かに見せてもらった *MLA Style Sheet* か何かにも、そういう指示があったように思います）。が、私には納得できませんでした。私が思うことを述べるのなら、I think と言うのがむしろ客観的ではないか。それを第三者が思うように言うのはむしろ客観性からの逸脱ではないか、内容がゆがんでくる、などと下手な英語で（それこそ I think, I think を連発して）異議を申し立てたのです。教授は笑われ、諄々（じゅんじゅん）と反論されましたが、私はとうとう納得しませんでした。しかしこのことがきっかけとなって、教授は私の存在を認めて下さったように思います。

一人称を三人称に転化するこの表現は、本当のところ、かなり魅力があるようですね。アメリカ留学帰りの若い学者の中には、論文などで「私」の代わりに「筆者」などと書く人をかなり見かけます。やっぱり、ちょっと恰好いいんでしょうか。しかし私には、わが思いを述べる「私」は簡単に三人称に転化できない重要なもの、文学研究の要（かなめ）につながる主体に思えます。文学研究でない、文学作品そのものにおいても、「私」が表現を得るまでには、日本では、近代文学そのものの苦闘があったと思います。その有様を、いささかでも私流にふり返っておきたいと思います。

「私」を消した日本文学の古典

私は日米戦争中に小学校時代を過ごし、日本敗戦の年に中学校に入り、アメリカ占領下に中学・高校時代を送りましたから、ごく自然にアメリカ文学・文化に関心を寄せたのですが、それだけ一層、日本人たる自分を意識するところもあり、日本文学にも積極的な関心を抱いてきています。で、日本文学についても古典を読もうと言う思いがあり、たとえば『日本古典文学大系』(3)のようなものを買い込んで、その詳細な注解に頼りながら、少しずつ頁をめくるようなことをしてきました。

が、十年ほど前でしょうか、私は不意に、こういう読み方では駄目だ、「文学」なんだから、そんな権威に頼らず、もっと自分の「心」本位に「読む」ことが必要だと思い到りました。それで『大系』に収まっている作品でも別に文庫本を買ってきて、いわば「浴衣がけ」で読むことを始めたのです。文庫本でも注のついているものが多いですが、幸か不幸か字が小さくて私の目では読み難い。で、たいていはそれを無視し、分からぬ箇所はすっ飛ばして読んでいくのです。

最初にそれをやったのは『奥の細道』でした。感嘆しました。作品の「勢い」というか「力」というか、それに私の「心」が感応するのですね。芭蕉の烈々たる芸術意識に私の「生」が揺り動かされる――とまあ、そんな体験をしたのです。で、そういう読み方に味をしめて、しだいに時代をさかのぼって、古典を読み進みました。と言っても、『徒然草』とか『方丈記』とか、有名作品ばかりですけれどもね。

調子に乗って最近読んだのが、『更科日記（さらしなにっき）』です。ようやくはっきり平安朝の文学までさかのぼったわけです。これは日記と称しているが、実は自伝（あるいは回想録）ですね。更科というのは例の「うばすて山」のある場所の名で、つまりそういう見すてられて然るべき老女の思いを綴った文章、といった作品です。作者は菅原孝標女（すがわらたかすえむすめ）となっている。が、それは文学史などで便宜的につけた名であって、本当のと

（3）『日本古典文学大系』全一〇〇巻．岩波書店、一九五七–一九六八年．

ころは父の名しか残っていないんじゃないか。この点は紫式部や清少納言でも同じですね。本名は分からない。式部は父の官職名であり、紫はたぶん『源氏物語』の紫の上から取られた呼称でしょうね。清はやはり父の姓が清原といったことに由来すると思われる。少納言は本人が宮仕えした時の官職名じゃないかしら。

ともあれこうして、著者名に個性がない、つまり「私」がないのですが、『更科日記』を通読して驚いたのは、内容にも「私」がいないことです。私のような無知な者でも、日本の古典文学の表現に「私」が欠如していることは知っていました。たとえば『奥の細道』にも、「私」という一人称の主語は基本的に欠如しているのです。ただこの作品は日々の行動の記録で、文章のメリハリがはっきりしていますから、「私」が不在でも楽に読んでいけます。

ところが、『更科日記』は、自分の生涯を綴るんですよ。旅の話、都での引っ越しの話、結婚し子供ができた話、その間に歌をよんだ話などがいろいろとなされるんです。それが「私」なしで語られるんですから、すごい。さらに、「私」がいませんから、私の周辺の人もまるでぼやけた語り方になります。「父」「母」という言葉は辛うじて出てきますが、夫との出会いも結婚も一言も語られない。文章の進み具合がどうも変だと思って、虫メガネで注を見たら、結婚したのであろう、なんて言っている。この後、夫は「頼む人」という言葉で二度言及されるだけで、死んだ時も主語なしで「わずらひいでて」などと述べられるだけです。

作者は「いみじう心細く悲しい」世の中のことを語ろうとしているようなので、登場人物の茫洋（ぼうよう）とした存在ぶりは作品の効果を高める要素かもしれませんが、「私」のこういう不在ぶりは私には大発見でした。

そしてもちろんこれに関連して、人物だけでなく、文章のつながり方、展開の仕方も、やはり頼りなく、ぬるぬるとして、とらえ難い。たぶん読みなれればそこに文章の面白味が見出されるんでしょうね。ある文章事典では、この作品を「平明で快い文章」と言っていました。そうでなければ、文章のこういう特質がもっと大規模にくりひろげられる『源氏物語』のような作品が読者を引きつけるはずがありません。

しかしまた私は、こういう古典文学の日本語の文章表現が、今われわれの使っているような文章になるまでにはたいへんな変革があっただろうな、という思いに駆られるのです。つまり文章あるいは文学の中に「私」を引っ張り出してきた日本近代の文学者たちの「私」への努力は、非常なものであったに違いないと思うのです。

「私」が現われる一葉の日記

話はまたとぶようですが、『更科日記』に驚嘆した後、私はこれまで断片的に読んでいただけの樋口一葉の日記を通しで読んでみたくなりました。一葉が日本近代文学の出発期、明治中期を代表する天才作家であることはここで言うまでもありませんが、早くから和歌の手ほどきを受け、古典なども努めて勉強していたので、平安日記文学を近代に受け継ぐところもあろうかと思ったのです。

一葉の日記は回想文などではなく、今日いうところの日記です。文章は伝統的な古文。というより、彼女はこの日記を通して美しい古文の練習をしていたように見えます。美文をくりひろげ、和歌も入れるのです。が、ここで『更科日記』などとはっきり違うのは、冒頭（明治二十四年四月十一日、一葉十九歳）から「私」を登場させ――「おのれ」と表現――その行動や、観察した事柄を詳述し、それについての感想も散りばめていることです。ここには、明かに近代社会に生きようとする人間の姿が現われています。

しかも読み進むにつれて、美文の修練から少しずつ日常的な散文の習得に移っていくような気がいたします。彼女が小説の師匠とし、恋情も抱いていたと思われる半井桃水（なからいとうすい）から、「余り和文めかしき所多かり、今少し俗調に」と教えられた（四月二十一日）ことにもよるのでしょう。そして待合（まちあい）の有様などを見て、社会批判じみたことを述べたりもし始めます（十月四日）。

こんなふうにして樋口一葉という一女性の成長の姿が、日記中に文章の進展と相まって生き生きと綴られていき、それを「読む」こちらの「心」も躍るわけです。しかし時間もありませんから一気にとばし、まったくどの頁でもよいのですが、彼女がもうすでに雑誌『文学界』（明治二十六年一月創刊）の同人と交わり、「たけくらべ」（『文学界』二十八年一月−二十九年一月）や「にごりえ」（『文芸倶楽部』二十八年九月）を発表するようになった時期、明治二十八年五月十七日の日記を開いてみます。初夏で、衣替えが必要だが、浴衣は質屋に入ったままだし、ほかに季節の必要品も多い。で、母と妹は「我れ」を責める、といった記述の後に、こういう文章が出てきます。

> 静かに前後を思ふて、かしら痛きことさまざまなれど、こはこれ昨年の夏がこゝろ也。けふ一葉は、もはや世上のくるしみをくるしみとすべからず。恒産なくして、世にふる身のかくあるは、覚悟の前也。

ここでは、文語ではあるがすでに立派な現代文をくりひろげ、「私」を「一葉」と固有名詞ではっきりあらわし、その「一葉」の覚悟を世の中に見せつけようとするかのような意気込みが見えます。静かな口調ですが、「私」はもう近代的自我の入り口にさしかかっていると言えそうです。

日本近代文学における「私」

文章の中に「私」がどのように現われてくるかを見るだけで、私は作家樋口一葉の形成の姿を如実に見るような気がします。そして私の心は感動するのです。これはもちろん一葉についてだけ言えることではありません。明治時代になり、日本が国際社会の一員となって以後、「私」の確立は知識人の重大問題となりましたが、そのことは文学における表現の上でも如実に現われました。「私」をあらわす言葉の使い方の進展の有様は、ほとんど文学史そのものです。

この新しい時代に真剣な作家たろうとする者のまず最初の問題は、現実に通用しなくなってしまった文章（漢文とか、あの平安朝的な古文）に代わる「言文一致」を実現することでした。この時、あの消されてしまっていた「私」をどうあらわすかは、作家の生きる姿勢とも相まって、いろんな実験を生むことになりました。

明確な文学的意図をもって、「言文一致」運動の先駆けとなった二葉亭四迷の翻訳（ツルゲーネフ原作「あひゞき」（『国民之友』明治二十一年七–八月）を見ますと、それに付した短い挨拶文では「私の訳文は我ながら不思議とソノ何だが、是れでも原文は極めて面白いです」と、口語体に一種伝統的な「私」と「我」を使っていますが、本文では語り手（書き手）は「自分」となっています。その人自身という意味の「自分」は江戸時代から使われていたようですが、一人称を指すこの「自分」の使い方は新鮮だったのではないでしょうか。多分に口語的な響きがあり、近代の人間にふさわしい軽快さを感じたのかもしれません。

しかし散文では「自分」が容易に侵入しえても、詩ではやはり伝統が重んじられ、「明治ノ歌」となることを目指した『新体詩抄』（明治十五年）でも、「我は官軍我敵は……」といった使い方です。革命家北村透谷の『楚囚之詩』（明治二十二年）でも主人公の語り手は「余」、『蓬莱曲』（明治二十四年）でも「われ」が懸命に自己を確立しようとしています。與謝野鉄幹のような詩歌の意識的革命家にいたると、最初の詩歌集『東西南北』（明治二十九年）は、「自序」で「小生」が出てきます。しかし、謙遜の語ですが、「小生の詩は、即ち小生の詩に御座候」と、一種倨傲な姿勢を示しています。本文ではもちろん「われ」です（「韓にして、いかでか死なむ。われ死なば、をのこの歌ぞ、また廃れなむ」）。

「私」が近代文学の散文で一人称単数の代表のように使われ出したのは、いつ頃からでしょうか。細かに調べていけばいろいろ面白い問題が出てくるでしょうが、明治三十年代後半になって、自然主義が起こるにつれ、「私」がねちねちと自分を語る体のものが主流をなしたようです。まさに「私小説」ができ上がり、純文学の中心となるのです。

しかしこの自然主義が支配的な文壇に「天窓を開け放つた」（芥川龍之介）ような白樺派は、この「私」にも不満だったのではないでしょうか。たとえば自然のままに生きようとする人間の姿をそのままに表現しようとした代表格の作家、武者小路実篤は、出世作の短篇「お目出たき人」（明治四十四年）以下の諸作品で、盛んに「自分」を用いました。「自分」が氾濫しているような叙述の作品もあります。その影響を蒙ったのか、千家元麿は第一詩集を『自分は見た』（大正七年）と題して出版、彼の代表作と言ってよいと思います。

こういう話をしていくと切りがありませんし、講演のテーマとあまり関係ないように受け止められるかもしれませんから、もう止めますが、私の言いたいのは、日本の近代文学は「言文一致」への苦労と重なって「私」の表現確立に苦労してきた。そしてもちろんその根底には、近代的自我確立の努力がある。簡単に三人称に変えて「客観的」になれるものではない、ということです。

アメリカ文学の「私」をどう受け止めるか

私が話してきたのは文学を創造する人における「私」の重みであって、文学研究者の場合は違うという意見があるかもしれません。私は同じだと思います。研究者は「私」の重みをしっかり受け止めて、はじめて文学作品や文学者の肝心の部分を理解し、評価することができる、と私は思うのです。

ここで、アメリカ文学に展開する「私」に、ちょっと目を転じてみましょう。日本文学の場合と違って、「私」は初めから重いです。とくにいわゆるアメリカン・ルネッサンスの時代になると、「私」は文学の生命となっています。が、「私」に鈍感な研究者はその生命を受け止めることができず、ましてや味わうことなどまったくできず、批評理論による「解釈」に助けを求める傾きが強いのです。

こまかい議論をしている余裕がありませんので、二、三の短い文章を材料にして結論だけ述べることにします。まず、エマソンの有名な文句を取り上げてみましょう。

To believe your own thought, to believe that what is true in your private heart is true for all men — that is genius.

(Emerson, "Self-Reliance," 1841)

自己の考えを信じること、自己の心の奥底で真実であることはすべての人にとって実だと信じること

——それこそ天才のなせる業だ。

「私」の private heart（「心の奥底」と訳してみました）で真実であることは実は普遍的な真実だ、それを信じることが「天才」の営みだ、という。ものすごい言い方ですね。こういう表現にスリルを感じ、感動を覚えるのは、「私」についていつも思いを致している人だけです。「私」から逃げている人には、こういう言葉の迫力が受け止められず、genius（人間の精神のうちなる霊的な力）などと言われてもちんぷんかんぷんで、仕様がないからあれこれ理論的（ふう）な分析に走って、自分をごまかすんじゃないでしょうか。

あるいはソローの、これまた有名な文章を見てみましょう。

Wherever I sat, there I might live, and the landscape radiated from me accordingly.
(Thoreau, *Walden*, 1954)

私はどこに腰をおろしても、そこに生きることができた、そして私から、風景が自然に輝やかしくひろがった。

これは To~, to~と二つの不定詞句を主語とした、いささか文語調のエマソンの文章と対照的に、ずっと口語に近い感じの文章です。そして自分がどこでも大地に腰をすえて生きられる、自分の生命力を自慢してみせる文章のようです。しかもその「私」から全景が輝やかしく展開していくという、たいへん詩的な文章になっています。「すごい」ですね。本当のソロー研究は、こういう「すごさ」を受け止めるところから始まるべきだと私は思います。

詩からも、ほんの一、二の例を出したい。

最初はもちろんホイットマンから。

I celebrate myself and sing myself,...

(Whitman, "Song of Myself," §1," 1885)

これにはこの後すごい詩行がくっついていきますが、この一行だけでも「すごい」。それまでいったい誰がこんなに恐れ気もなく「私」をふりかざしたか。しかもこの「私」はしだいに自己を拡大し、

Walt Whitman, a kosmos, of Manhattan the son,...

(*Ibid.*, §24)

などという壮大で強烈な自己表現になります。ところがこの詩人は、このように「私」を詩化し、宣揚するのですが、どうしても何かうたい切れないものが残る、しかもそれが何か、自分でもよく分からない、何か自分の中の大事なものですね、それが表現できないといったもどかしさまで表現するのです。

There is that in me — I do not know what it is — but I know it is in me.

(*Ibid.*, §50)

ヘンな表現ですが、There is that in me の that（そいつ）とは「私」の本性のようなものかもしれません。が、はっきり名指しできず、漠然と that と言えるだけなのです。ホイットマンは結局、表現の限界も知っていた。そして §52 までうたって、いわば「私」をうたい切る仕事を未来に残し、静かに退場していくのです。これこそ本当に「すごい」ですね。文学研究者としての「私」を大事に思いながら、その頼りなさ、能力の限界を強く感じる私は、こういう表現にも「すごい」ものを感じ、感動を覚えます。

時代が下がると、アメリカ文学における「私」も、いつもこんなふうに活動的、能動的でありえたわけではありません。しかし誠実な詩人は、誠実に時代に対応し、「私」をうたっています。もう一行だけ、エミリー・ディキンソンの詩から引いてみましょう。

I'm Nobody! Who are you?

(Dickinson, "I'm Nobody!...," c.1861)

一見して、あの日本平安朝の歌人のように「私」を消しているように見えます。が、実は自分を Nobody として開き直り、you に向かって、「あなたの存在は何?」と問いつめているのです。ディキンソンの詩には、こういういわば二枚腰の「私」があふれています。この「私」に研究者自身が自分の「私」

をぶつけていかなくて、彼女の詩の真価が分かり味わえるとは、私には思えません。

「私」を養うこと

相手が「私」をふりかざせばかざすほど、こちらもしっかりした「私」でもって受け止めなければ、本当の文学理解は成り立ちません。相手に「私」が不在、あるいは存在しても弱々しい時には、こちらがしっかりした「私」で相手を支えなければ、やはり相手の文学理解にはいたらない。ですから、文学研究にとっても「私」は必要不可欠の存在であって、それは「私」以外の者では代理のつとまらぬものなのです。第三人称さんでは、せいぜいおかめ・ひょっとこのお面程度の役しかつとまりません。

文学研究における「私」のこのような重要性を述べると、すでに申しましたように、必ず、自分は知識も見識も乏しく、とてもそんな役割はつとまりませんと反論する人が現われます。しかし私はこの点でこれに与(くみ)しません。一つには、これは要するに「私」を安全なところに隠しておきたい、作品や作家と直(じか)に向き合い、自分の正体をさけるような危険は犯したくない、といったずるい思いがもとになっていることが多い。それからもう一つには、自分の情なさを強調して、一見、立派な謙遜ぶりですが、自分の能力は、そんなふうにして「私」をさらけて発揮されるような下卑たものではない、もっと微妙で繊細な、あるいはもっと知的で高尚な領域のものなんだ、とでもいったような思い上がった感情が根底にある。謙遜というのは、本当は思い上がりの反映であることが多いですね。

ところで、以上のように「私」を出したがらない文学研究者に対して、私は批判、反対の目を向けるんですが、私自身、自分について知力も意力も情力も不十分の思いをいつも抱いているんですよ。ただ私は、そういう「私」から逃げたくないだけなんです。そこで私は最後に、文学研究者のあるべき「私」について、エマソンの名文句をもう一行だけ紹介して、話を終えたいと思います。

Only so much do I know, as I have lived.
(Emerson, *The American Scholar*, 1837)
私は自分が生きた度合いに応じてのみ、ものを知り得る。

私が先に、「文学」の研究、本当の理解には、「私」の「生」をもとにして作品を「読む」ことが一番の出発点だと申しましたのは、まさにこういう意味においてであります。その「生」が力ない後向きのものでは、文学理解も後向きで発展性のないものになってしまうでしょう。私たちは「生」を養うことが必要です。いやそれこそが文学研究者のなすべきこと、修業でしょう。「知る」ということは、知識を積むことではありません。先行論文を調べ、批評理論を学び、jargon の使い方を習得することではありません。「知る」ということは「生」を発展させること、文学研究について言えば、作品を直に読み、作家の生に直に「私」を対応させ、そうすることによって「私」を発展させることだと思います。

二〇一六年一二月三日　講演

あとがき

本書『物語るちから』は、「まえがき」でその経緯と理念が述べられているように、一九九四年から二期一二年間にわたって活動した「アメリカ文学の古典を読む会」を前身とし、当時の「若手」メンバーを中心に二〇〇八年から継続された研究会の成果である。中京大学にて毎年夏に一泊二日の合宿形式で実施され、夜は懇親会も交えて文学研究や人文系のあり方についてなどさまざまに談義を楽しむことができた。「ＦＤ」と称される、大学教育を改善していこうとする試みはすでに制度的に定着してきているが、所属先をこえて長い視点で問題意識を共有しあうという意味において、実質上のＦＤの実践にもなったようにも思われる。

「現在ではあまり読まれなくなったものの、実は面白く重要な作品」を読書会形式で読み、語り合う「古典を読む会」の方針を継承し、十年間（ディケイド）ごとに一作品とりあげることで二〇世紀全般を展望することを本書では目指した。本書で選出したそれぞれの十年間（ディケイド）に対しては、なぜ他の作品ではなく、この作品をとりあげたのかなどさまざまに異論も出るにちがいない。参加者の背景、とりわけ世代や年齢なども作用するものであろうが、次に読む作品を選ぶところからはじまるディスカッションは毎回大いに盛り上がるものであった。「重要であると見込まれる作品であるがじっくり読む機会にめぐまれなかった作品」、「皆で一緒に読み、意見を交わしたい作品」を選ぶことを常に心がけた。もし他のメンバーによって同じような趣旨で読書会が行われ、それぞれの十年間（ディケイド）ごとに作品リストが作られたとするならば、おそらくそのリストは本書とはまったく異なるものになっていたであろう。こういったいわば、「なまもの」としてのライブのセットリストのような側面も読書会ならではといえるのではないか。そして私たちはそのライブ・セッションに、普段使い慣れた愛器ではなく、あえて初めて触れる楽器を手に臨んだ。専門分野から遠く距たった（ように見える）テクストに接し、それについて人前である程度まとまった内容の話をするのは、緊張や不安を伴う経験であると同時に、新しい地平に導かれるような興奮でもあったと思う。

二一世紀も早いものですでに五分の一が経過し、「アメリカの世紀」とも呼ばれた二〇世紀から、今はその先の新たな局面を迎えつつある。はたして「古典」をどのように捉え、どこまでを射程に入れるかもまた世代や文学史観によっても異なるものになるであろう。先行する「古典を読む会」の姿勢を踏襲しつつ、私たちの世代においては「古典」の概念をより拡張できるのではないかと考え、「古典を読む会」が射程としていた一九二〇年代よりも以降の作品を積極的に取り上げることを狙いとした。そのとき私たちが意識していたのは、「新しい古典」だったと思う。実際、本会の成果報告の機会として、二〇一五年九月一九日、日本アメリカ文学会東北支部例会で企画させていただいたシンポジウムを、私たちは「二〇世紀アメリカ文学の『新しい』古典を読む」と銘打った。今ふりかえってみると、なかなかに大それたタイトルだと思わずにはいられないが、その基本的な発想は本書の成り立ちにも生き続けている。「古典」が「古典」たるゆえんは、時代を超えて繰り返し再評価、再発見されることにある。比較的最近の作品も含めて取り上げている本書が、新たな再評価、再発見に貢献するものであればと、執筆者一同、切に願っている。

二一世紀以降、激変といってよい大学改編の流れの中で、英文科、文学部のあり方も大きな変容を迫られており、はては人文系不要論なども切実な問題として受けとめなければならない局面を迎えている。そのなかで、文学、とりわけ外国文化としての、アメリカの文学を読むということはなにを意味するのか、大学でアメリカ文学を学び教えるとはどういうことなのか、日本のものであれ、海外の翻訳ものであれ文学に接する経験をほとんどもってこなかった学生たちに向けて、いかに文学の楽しさを伝えられるのかが重要な論点になってきている。教室という場で文学の楽しさを伝達するためにも、まずは、私たち自身が「物語」を読み、語り合うことに楽しみを感じる原体験に立ち返ることが有効ではないだろうか。

また、アメリカを取り巻く事情、世界のあり方も変容しつつある。文学を含むアメリカ文化がかつてと比べると魅力的に映っていない、あるいは、関心が薄れていることを実感させられる機会が多くなった。国家という単位で文学や文化を捉えることが難しくなってきてもいる。それでも、自由・平等・民主主義を理念とするアメリカの文学や文化は「アメリカとは何か」をなおも探求し続けている。グローバル化とともにアメリカのあり方も問い直されている中で、アメリカ文学はどこに向かっているのか。「古典」文学は常にその道標となってくれるであろう。文学作品の読解を通じて精神文化のありようの変遷を探ることも、また意義のある試みとなるにちがいない。文学作品は必ずしも時代や社会を反映することだけを目的とするものではないが、時代や文化も異なるさまざまな人々をめぐる物語を通して、私たちは「他者」に対する想像力を育むことができる。

外国の文学について語ることはけしてたやすいことではないけれども、文学に接する原初の喜びを私たち自身が実際に経験した上で、その喜びをさらに若い世代とも共有したいという思いは本書の狙いの中でも大きな要素の一つとなっている。私たちがさまざまな読書会を通じて学びの機会を得てきたように、この楽しさを多くの皆さんにもぜひ共有していただきたい。それは大学生などの若い世代ばかりではない。社会に出て、あるいは、人生のさまざまな分岐点の折に、文学作品を共に読んでみたいという需要は少なからずあるのではないだろうか。

そこで参考となるのは、人間や社会をめぐるふとした哲学的なテーマについて語り合う「哲学カフェ」の実践例である。「哲学カフェ」を成功させるためには、専門家や一番知識を有する者がファシリテイターに徹し、参加者の意見を引き出し、議論の交通整理に徹するのがコツであるそうだ。外国文学に関しては特に言語や背景となる文化の問題もあり、哲学カフェが広く一般に開かれた交流の場になっている一方で、相応に効果的な機能をはたすことは難しいかもしれない。それでも、文学を求める多様な層に届けるアプローチを探っていく必要性もあるように思う。個人作家研究に特化した学会では大学などの研究機関に所属しているわけではない方の入会も時々見受けられる。しかしながら、多くの場合、そうした期待にうまくこたえられているとも思われない。その一方で、かたやアメリカで同様の学会に参会してみると、その関わり方の多様さにいつも驚かされる。独立研究者として質の高い研究をしている方もいれば、他業種を生業とし基礎研究を積み上げている方も、熱心な愛好家もいる。文学の魅力をより外側に開いていくことが今こそ求められているように思われる。

本研究会では「古典を読む会」の読書会方針を踏襲してきた。同じテクストを共有しながら読み手のそれぞれがそれぞれの視点、関心、文学観に基づき、読解し、語ることを通じて、文学を読み、語り合うことの楽しさを実感する。そういった文学作品と向き合う原初の、根源的な動機、楽しさに立ちかえることが読書会型研究会の醍醐味である。作品を共有し、テクストに基づいてそれぞれの読み方を披露しあう原点としての「精読」と、専門にとらわれず幅広い作品に触れる「雑読」との、いわば、「ミクロ」と「マクロ」の視点で文学の世界を楽しむ実践である。文学を共に読み、語る喜びをめぐるこの理念を「物語るちから」として本書の題名に込めた。本書を準備している中で、松籟社から『精読という迷宮――アメリカ文学のメタリーディング』（吉田恭子・竹井智子編）が刊行されるなど、「読むこと」に対する機運も高まっている。

二〇二〇年に世界中で蔓延したコロナウイルスにより、私たちがそれまで当たり前としてきた日常のあり方を見直すことを余儀なくされている。思えば、読書会や教室での授業までもが実はかけがえのない貴重な時間であった。激動の時代を生き、その先の時代を展望する上で、物語をめぐる想像力は私たちに多くのちからを授けてくれるものだ。あるいは、今過ごしている世界にものたりなさや窮屈さを感じることがあったとしても、物語の想像力は私たちに新しい世界の扉を指し示してくれる。

本研究会（「新・古典を読む会」）の発足を歓迎してくださった亀井俊介氏からは折に触れ、叱咤激励をいただき本研究会のために講演をしていただき（二〇一六年十二月三日、本研究会主催によるシンポジウム「語りと物語の逍遥――アメリカ古典想像の旅」、於・中京大学）、さらに本書のために特別寄稿を賜った。「古典を読む会」の先輩メンバーの皆様からも研究会の門出を祝福していただき、さまざまなご支援をいただいてきた。

そして、本書のようにテーマに特化した専門書とも異なる、扱いが難しいであろう出版企画に対し、趣旨をお認めいただいた松籟社の木村浩之さんをはじめとする多くの方々に辛抱強くご支援をいただいた。

中京大学には会場提供をはじめさまざまに便宜をはかっていただいている。日本アメリカ文学会東北支部では前述したように、シンポジウムを開催する貴重な機会をいただいた。本書の刊行にあたり山形県立米沢女子短期大学から出版助成をいただいた。記して感謝を申し上げたい。

文学には楽しさばかりではなく、厳しさもまたつきまとう。かつての「若手」も文字通り馬齢を重ねていく中でそれぞれを取り巻く環境も大きく変わり、原稿としてまとめ上げるまでに多くの時間を費やしてしまった。反省も尽きないのだが、文学を広く外に開いていくための実践がさらに広がっていくことを願ってやまない。

著者一同

（文責　中垣恒太郎・山口善成）

【や行】

【ら行】

【ま行】

【な行】

【は行】

【た行】

【さ行】

【か行】

◉ 索 引 ◉

・本文および注で言及した人名、書名、歴史的事項等を配列した。
・作品名は原則として、作者名の下位に配列した。

【あ行】

著者紹介

中垣　恒太郎（なかがき　こうたろう）

一九七三年、広島県生まれ。慶應義塾大学大学院文学研究科修士課程修了。専修大学文学部教授。専門はアメリカ小説史・比較メディア文化研究。著書『マーク・トウェインと近代国家アメリカ』（音羽書房鶴見書店、二〇一二）、共編著『アメリカン・ロードの物語学』（金星堂、二〇一五）、共著『ヒッピー世代の先覚者たち――対抗文化とアメリカの伝統』（「ソロー・リバイバルと対抗文化の作法――アメリカ精神文化の想像力」、小鳥遊書房、二〇一九）

水口　陽子（みずぐち　ようこ）

一九七六年、岐阜県生まれ。関西学院大学大学院文学研究科博士後期課程満期単位取得退学。大阪樟蔭女子大学学芸学部准教授。専門はイーディス・ウォートン、二〇世紀転換期アメリカ文学・文化。共著『異相の時空間――アメリカ文学とユートピア』（「『エイジ・オブ・イノセンス』に描かれるアメリカの理想」、英宝社、二〇一一）、共著『アメリカン・ロード――光と陰のネットワーク』（「スロー・ドライブ・イン・アメリカ」、英宝社、二〇一三）、共著『ヘミングウェイ大事典』（勉誠出版、二〇一二）

森　有礼（もり　ありのり）
一九六八年、徳島県生まれ。名古屋大学大学院文学研究科博士後期課程中途退学。中京大学国際学部教授。専門はウィリアム・フォークナー、批評理論、現代表象文化。共著『ウィリアム・フォークナーと老いの表象』（「「老い」の逆説――『野性の棕櫚』に見る「老い」のメランコリー」、松籟社、二〇一六）、共編著『路と異界の英語圏文学』（「『悪魔のいけにえ』を観るフォークナー――都市伝説、ロード・ナラティヴ、『サンクチュアリ』――」大阪教育図書、二〇一八）、共監訳ジョエル・ウィリアムソン著『評伝ウィリアム・フォークナー』（水声社、二〇二〇）

森岡　隆（もりおか　たかし）
一九六一年、大阪府生まれ。同志社大学文学研究科（英文学）修士課程修了、関西学院大学大学院文学研究科博士後期課程満期単位取得退学。和歌山工業高等専門学校総合教育科准教授。専門はウィリアム・フォークナー、アメリカ白人音楽、英語教育。共著書『アメリカ帝国と他文化社会のあいだ――国際文化フォーラム二一世紀』（「カントリー音楽の現在・過去・未来――ディクシー・チックス、ガース・ブルックス、そしてアパラチア」、開文社、二〇〇三）、共著書『語り明かすアメリカ古典文学一二』（南雲堂、二〇〇七年）、『フォークナー事典』（松柏社、二〇〇七）

山口　善成（やまぐち　よしなり）
一九七四年、愛知県生まれ。筑波大学大学院博士課程文芸・言語研究科各国文学専攻単位取得退学。博士（文学）。金沢大学人間社会研究域歴史言語文化学系教授。専門は一九世紀アメリカ散文。著書 *American History in Transition: From*

Religion to Science (Brill, 2020)、共著『知の版図――知識の枠組みと英米文学』(「旅する歴史家――フランシス・パークマンの歴史記述における空間性と土地の記憶」、悠書館、二〇〇七)、共著『〈法〉と〈生〉から見るアメリカ文学』(「笑う歴史家――ワシントン・アーヴィングによるアメリカ文学はじまりの空騒ぎ」、悠書館、二〇一七)。

渡邊　真由美（わたなべ　まゆみ）

一九七〇年生まれ。東京都立大学大学院人文科学研究科英文学専攻博士課程満期単位取得退学。山形県立米沢女子短期大学准教授。専門はアメリカリアリズム文学。共著『アメリカ文化年表――文化・歴史・政治・経済』(南雲堂、二〇一八)、論文「*The Bulwark* を読む――信仰と文体をめぐって」(『東北アメリカ文学研究』第四一号、二〇一七年)、"Theodore Dreiser's Travel in Europe: His Overcoming Modernism and Snobbism in *A Traveler at Forty*" (『山形県立米沢女子短期大学　付属　生活文化研究所報告』第四六号、二〇一九)

亀井　俊介（かめい　しゅんすけ）

一九三二年、岐阜県生まれ。五五年東京大学文学部英文科卒業。大学院で比較文学比較文化を専攻。文学博士。東京大学名誉教授。著書『近代文学におけるホイットマンの運命』(研究社、一九七〇、日本学士院賞受賞)、共著『亀井俊介と読む古典アメリカ小説12』(南雲堂、二〇〇一)、『語り明かすアメリカ古典文学12』(南雲堂、二〇〇七) 他多数。

物語るちから——新しいアメリカの古典を読む

2021 年 8 月 31 日　初版第 1 刷発行　　　定価はカバーに表示しています

［編］ 新・アメリカ文学の古典を読む会
［特別寄稿］ 亀井俊介
［著］ 中垣恒太郎・水口陽子・森有礼・
森岡隆・山口善成・渡邊真由美

発行者　相坂　一

発行所　松籟社（しょうらいしゃ）
〒 612-0801　京都市伏見区深草正覚町 1-34
電話　075-531-2878　振替　01040-3-13030
url　http://www.shoraisha.com/

印刷・製本　モリモト印刷株式会社
装幀　安藤紫野（こゆるぎデザイン）

Printed in Japan

 ISBN978-4-87984-410-1　C0098